토와의 정원

TOWA NO NIWA by Ito OGAWA

토와의 정원

오가와 이토 장편소설

박우주 옮김

내가 잠이 들 때면, 엄마는 항상 이 시를 내게 들려주었다. 엄마의 목소리는 너무도 부드러워 듣다 보면 따끈한 물에 손바닥을 담그고 있는 듯한 기분이 들었다. 그 목소리는 온기로 가득한 동굴 깊숙이에서 울려온다.

당신이 가르쳐주었다.

샘이 있다고 가르쳐주었다.

우거진 숲속 깊숙이, 덥수룩하게 풀이 무성한 곳.

온통 돌멩이로 가득한 그곳에, 샘이 있는 줄은 몰랐다.

나의 숲임에도.

당신을 바라보는 것만으로도, 샘에는 물이 넘쳐흐른다.

당신을 그러안으면, 샘은 콸콸 솟아난다.

달콤하고, 부드럽고, 맑은 물.

"목이 마를 때면 얼마든지 마셔요!"

우리의 샘물을, 많은 이들에게 나누어줍시다.

많은 생명에게, 많은 풀꽃에게 나누어줍시다.

당신의 평안은, 나의 평안.

당신의 굶주림은, 나의 굶주림.

당신의 슬픔은, 나의 슬픔.

몸과 몸을 꼭 맞대면, 영혼과 영혼이 기쁨에 겨워 웃음을 짓는다.

나와 당신은, 온 세상에 아름다운 음색을 퍼뜨린다.

당신이 나를 바라보면, 나는 몹시 강해진다.

당신의 잠든 얼굴을 보고 있으면, 나의 불안은 사라진다.

언제나, 당신 곁에 있고 싶다.

나는 엄마의 팔에 안긴 채 엄마의 심장을 바로 가까이에서 느끼며 엄마의 목소리를 듣곤 했다. 나는 엄마의 목소리를 듣는 것이 좋았다. 그 어떤 아름다운 음악보다 엄마의 목소리가 더 좋다. 이 시의 제목은 「샘」이었다.

나에게 빛을 선물해준 것은 엄마다.

나는 앞이 보이지 않는다. 태어났을 때 아주 희미하게는 볼 수 있었는지 몰라도 이 눈으로 제대로 된 빛을 느껴본 기억은 없다. 철이 들 무렵 내 눈은 그저 막연한 색의 덩어리와 '밝음', '어두움'밖에 식별하지 못하게 되었다. 그리고 그조차도 점점 경계선이 모호해졌고, 이윽고 어둠의 저편으로 가라앉아 갔다.

만약 어른이 되고 나서 하루아침에 눈이 멀게 된 것이라면 삶이 혼란으로 가득했을 것이다. 그러나 나는 다행히 그렇지는 않았다. 앞이 보이지 않는 것이 나에게는 일상이며, 반대로 내일부터 갑자기 모든 것이 보이게 된다면 너무 많은 색채들에 놀라 오히려 정신을 잃을지도 모를 일이다.

내 삶이 막막하지 않았던 것은 엄마 덕분이다. 엄마가 나의 빛이 되어주었기 때문에. 엄마는 나의 태양이다. 글자 그대로, 엄마는 넓고 넓은 땅을 따사롭게 비추는 태양이다.

나의 태양인 엄마는, 나 역시 계절이 바뀌는 걸 알아차릴 수 있도록 정원에 향기를 지닌 나무를 심어주었다. 서향이며 금목서며, 그 밖에도 향기를 품은 나무들이 많이 있다. 엄마는 그 정원을 '토와의 정원'이라고 불렀다.

토와는 나의 이름이다.

엄마가 내게 붙여준 소중한 이름.

어느 날 나는 엄마에게 물었다.

"토와는, 왜 토와야?"

그 무렵 나에게는 끊임없이 '왜?'를 던지는 시기가 찾아온 참이었다. 왜? 왜? 모든 일에 의문을 던지며 엄마를 곤혹스럽게 만들곤 했다.

그렇지만 엄마는 조금도 싫은 기색을 보이지 않았다.

"토와는 엄마에게 있어 영원한 사랑이니까, 토와라는 이름을 지은 거야. 토와('영원(永遠)'을 일본어로 훈독한 발음—옮긴이)는 영원하다는 뜻이거든."

엄마는 대답했다.

"영원한, 사랑?"

"언제까지나 끝나지 않는다는 뜻이야. 한자로는 이렇게 써."

그렇게 말한 엄마는 내 왼쪽 손바닥을 펼쳐 그 한가운데에 복잡한 선을 써 내려갔다.

"간지러워."

나는 몸을 비틀었다. 엄마는 한 번 더 '영'과 '원'이라는 글자를 천천히 덧썼다. 내 왼쪽 손바닥은 항상 작은 노트가 되기 일쑤였다.

"근데 한자로 쓰는 건 어려우니까, 토와는 히라가나로 써."

그러고는, 이렇게 쓰는 거야, 하며 '토(と)'와 '와(わ)'를 내 손바닥 노트에 그린다.

"자, 토와도 같이 써보렴."

엄마는 내 오른손을 받치더니 이번에는 내 검지로 '토', '와'를 적었다.

그다음엔 나 혼자 '토', '와'를 따라 써본다.

"대단해. 토와는 정말 똑똑하구나? 단번에 자기 이름을 완벽하게 써내다니."

엄마가 칭찬을 해주면 나는 기쁘고 또 기뻐 어쩔 줄을 몰랐다. 그리고 더 칭찬받고 싶은 마음에 무리를 했다.

"엄마 이름은? 토와가 엄마 이름도 써줄게."

엄마는 대답했다.

"엄마 이름은 있지, '아이'라고 해."

그때 나는 처음으로 엄마의 이름을 알았던 것 같다. 그 전까지는 엄마의 이름을 '엄마'라고만 생각했었다.

"아이?"

"맞아. '영원한 사랑'할 때의 아이('사랑(愛)'을 일본어로 음독한 발음—옮긴이)."

나는 행복한 마음이 들어 나도 모르게 엄마의 목을 감싸 안았다.

'영원한 사랑'이라는 마법의 실로 나와 엄마가 끊어질 수 없이 꽉 묶여 있는 듯한 느낌을 받은 것이다.

"사랑?"

"그래, 사랑."

"어떻게 쓰는데?"

내가 묻자, 엄마는 내 왼쪽 손바닥에 '아(あ)', '이(い)'라고 자신의 이름을 천천히 덧썼다. '아'는 복잡해서 어려웠지만 '이'는 금세 익힐 수 있었다. 얼마간 머릿속에서 곱씹어보고는 '아'와 '이'를 엄마의 손바닥에 써 보인다.

"정말 잘했어. 토와는 천재야."

엄마가 또 한 번 나를 칭찬해주었다.

하나의 '왜?'가 해결되면 곧바로 다른 '왜?'가 떠오르는 것이 그 무렵 내 머릿속에서 일어나던 현상이었다. 나는 엄마에게 물었다.

"사랑이 뭐야?"

그러자 엄마는 잠시 생각에 잠기는 듯하더니 불쑥 말했다.

"사랑이라는 건, 사람이나 사물에 대해 바라는 것 없이 모든 걸 다 주고 싶다고 생각하거나, 자기 가까이에 두고 싶다고 생각하는 따뜻한 감정. 몹시 아끼고 소중히 여기는 마음.

국어사전에는 이렇게 쓰여 있어."

하지만 나는 잘 이해되지 않는다.

"좋은 거야?"

나의 물음에 엄마는 대답이 없었다. 그 대신 나를 가슴에 꼭 끌어안으며,

"토와랑 엄마한테 영원한 사랑이 있으면, 무엇도 두려울 게 없어."

그렇게 내 귓가에 속삭였다.

"정말 좋아해."

나도 엄마의 등을 양손으로 꼭 붙들고 말했다.

"토와는 엄마를 영원히 좋아해."

방금 막 배운 '영원'이라는 말을 써보고 싶었다.

"엄마도 토와를 영원히 사랑한단다."

나와 엄마가 사랑의 속삭임을 주고받는 것은 결코 드문 일이 아니었다. 우리는 매일같이 서로에 대한 마음을 말로 표현하며 확인하곤 했다. 이는 결코 쑥스러운 행위가 아니었다.

그때까지 나는 엄마와 찰싹 붙어 한순간도 떨어지는 일 없이 함께 생활했다. 우리는 작은 이층집에 살았는데, 이 층 침

실 위에는 더욱더 작은 다락방이 있었고, 일 층 부엌 아래에는 아담한 지하실이 숨겨져 있었다. 그리고 그런 집 앞에 있는 것이 바로 토와의 정원이었다.

나의 생활에는 엄마의 사랑이 흘러넘친다. 내가 먹을 음식들은 엄마가 매번 손수 만들어주었고, 옷은 엄마가 입던 옷을 꿰매어 새로 지어주었다. 치마 주머니에는 항상 다림질된 깨끗한 손수건이 들어 있었고, 화장실 위치를 바로 알 수 있도록 화장실로 이어지는 길 천장에 털실을 달아준 것도 엄마였다.

앞이 보이지 않아도 엄마가 어디에 있는지는 금세 알 수 있었다. 엄마에게는 엄마만의 냄새가 있었으니까. 그 냄새가 토와의 정원에 자라난 식물의 향기와 닮았다는 사실을 깨달은 건 한참 뒤의 일이긴 하지만. 나는 엄마의 냄새라면 곧바로 알아차릴 수 있다.

아빠에게도, 아주 조금이긴 하지만 냄새가 있었다. 엄마가, 아빠가 가져다준 상자의 뚜껑을 열면 언제나 이제껏 집에 없던 냄새가 난다.

그것은 잎사귀와 같이 그윽한 향기로, 코에 엄청나게 집중하지 않으면 알아차리기가 어렵다. 어른이 되고 나서 화이트 세이지라는 풀이 타는 냄새를 맡은 순간 뇌리에 아빠의 존재가 떠올랐다. 하지만 어린 나는 화이트 세이지라는 식물을 알

길이 없었다.

아니, 사실 알 길은 있었는지도 모른다. 엄마가 내게 수많은 책을 읽어주며 세상을 넓혀주었으니까. 그렇다곤 해도 화이트세이지를 특별히 염두에 둔 적은 없었기에 아빠의 냄새를 말로 정확하게 표현하기란 어려웠다.

그것은 결코 어슴푸레한 느낌의 냄새는 아니었고, 오히려 별에 가까운 냄새였다. 나에게는 냄새에도 저마다의 특유한 색이나 빛과 같은 것이 있어, 냄새와 색을 연결 지어 상상하는 경우가 많다.

아빠는 일주일에 한 번, 나와 엄마가 사는 집으로 생필품을 가져다주었다.

한 번도 확인해본 적은 없지만, 아빠는 분명 남자였다. 엄마가 필요한 물건의 목록을 적어 빈 깡통에 넣어두면 그것을 본 아빠가 다음 주 수요일에 물건들을 가져다준다.

'수요일 아빠'

나는 그를 마음속으로 그렇게 불렀다.

아빠가 누구인지, 엄마는 가르쳐주지 않는다. 아빠와 엄마가 말을 주고받는 일은 없었으며 아빠가 집 안으로 들어오는 일도 없다. 어쩌면 내 눈이 먼 것처럼 아빠도 몸 어딘가에 기능하지 않는 부분이 있었던 걸지도 모른다.

아빠는 대개 수요일 저녁 즈음 찾아와 집 부엌문 앞에 짐을 두고는 부엌문을 똑, 똑, 똑, 하고 세 번 두드린다. 그것이 아빠가 왔다는 신호이며, 그 소리가 들리고 얼마 후 엄마는 밖에 놓인 짐을 집 안으로 가지고 들어왔다. 식재료도 휴지도, 반창고도 감기약도, 비누도 칫솔도 모두 아빠가 가져다주었다.

엄마가 집 안에 짐을 들여놓고 나면 보통 전화벨이 울렸다. 신호음이 이어지다 결국 자동 응답기 메시지로 넘어가고, 이후 기묘한 소리가 새어 들어온다. 나는 그 소리를 제대로 알아들을 수가 없다. 그것은 마치 겨울이 시작될 무렵 불어오는 차가운 북풍과 같은 소리였다.

다만 엄마만은 그 말을 알아듣는 듯 그 소리가 나면 매번, 아빠네, 하고 혼잣말을 했다.

전화는 아빠가 걸 때를 빼고는 울리지 않았다. 나는 전화라는 건 본래 그런 것이며, 어느 특정한 인물과 일대일로만 연결되는 것이라 여기고 있었다.

나는 시간의 흐름이라는 감각을 그다지 잘 이해하지 못했지만, 굳이 말하자면 아빠는 시계의 짧은바늘이었다. 아빠가 오는 것으로 나는 그날이 수요일임을 깨닫고 일주일이라는 시간의 흐름을 느낄 수 있었다.

아빠가 짧은바늘이라면 긴바늘은 구로우타도리(대륙검은지빠귀, 나그네새의 일종으로 플루트처럼 맑은 소리를 내는 것이 특징이다—옮긴이)였다.

그래, 구로우타도리 합창단!

구로우타도리 합창단의 노래가 내게 아침을 알려주는 것이다.

앞이 보이지 않는 내가 빛의 정도로 아침이 오거나 밤이 됨을 알기란 어렵다. 그런데 구로우타도리가 나의 눈을 대신해 아침의 기척을 느끼고 노래를 해준다.

구로우타도리가 나의 시계다. 나는 구로우타도리의 노래를 들음으로써 아침이 왔음을 알 수 있다.

토와의 정원은 구로우타도리 합창단에게 있어 더없이 좋은 무대였다. 구로우타도리들은 서로 경쟁하듯 토와의 정원에서 아름다운 노랫소리를 뽐내었다. 마음이 내키면 구로우타도리는 해 질 녘에도 찾아와 노래를 부르므로 나는 아침뿐 아니라 밤이 오는 것도 알 수 있다.

문제는 흐리거나 비가 오는 날이다. 그런 날은 구로우타도리 합창단도 공연을 쉬는 것인지 그 아름다운 노랫소리를 들려주지 않는다. 구로우타도리는 나에게 아침저녁이 오는 때뿐만 아니라 그 날 하늘의 모습까지 알려주는 가히 의지할 만한 존재였다.

구로우타도리가 노래하지 않는 아침은 엄마가 레코드를 틀어 내게 아침을 알려주었다. 레코드에서 흘러나오는 건 대개 잔잔한 피아노곡으로, 엄마는 피아노 소리를 좋아했다.

아침부터 피아노 소리가 흘러나오는 날, 엄마는 여느 때보다도 기분이 좋았다.

나에게 말을 가르쳐준 것은 엄마다.

엄마는 어느 날 내게 필통을 사다 주었다. 안을 열어보니 거기에는 지우개와 끝이 뾰족한 연필 몇 자루가 들어 있었다.

"오늘부터 공부를 할 거야."

엄마는 기운차게 말했지만, 나는 그 말을 조금 건성으로 듣고 있었다. 지우개에서 오렌지나 레몬 비슷한 맛있는 향이 났기 때문이다. 나는 지우개를 코에 가져다 대고 냄새를 맡기만 했다.

나는 유독 말 공부에 푹 빠져 있었다.

하루는 엄마가 내 손바닥 한가운데에 솜뭉치를 올려놓고 말했다.

"토와, 이걸 천천히, 부드럽게 쥐어봐."

나는 엄마의 말대로 손끝에 조금씩 힘을 실어 그 뭉치를 손바닥으로 감싸 쥐었다.

"폭신폭신. 토와, 알겠니? 이게 폭신폭신이야."

엄마는 말했다.

"폭신, 폭신."

나는 확인받듯이 엄마가 한 말을 천천히 되풀이했다.

"맞아, 폭신폭신. 만져보면 폭신폭신하지?"

듣고 보니 손바닥 안에 있는 것은 참 폭신폭신하다. 그 외의 다른 말은 어울리지 않는 것 같았다.

잘 생각해보면 '폭신폭신'은 내 주변에 많이 있었다. 이를테면 엄마의 종아리, 아직 굽지 않은 식빵, 그리고 내 입술.

'두근두근'도 금방 이해할 수 있었다. 두근두근은 내 안쪽 가슴에 늘 자리하고 있는 바람이었다. 엄마가 옆에 오면 두근두근하고, 밤에 잠이 들기 전 책을 읽어줄 때도 두근두근했다. 무척 좋아하는 오므라이스를 먹을 때도 두근두근했다.

'미끈미끈'도 쉬웠다. 엄마가 내 손에 나메코라는 이름의 버섯을 올려놓고 만져보도록 했기 때문이다. 엄마는 '미끈미끈'이나 '미끌미끌'을 별로 좋아하지 않는지 글자 모양까지도 미끈미끈하다며('미끈미끈'과 '미끌미끌'의 일본어 표기는 각각 'ぬめぬめ', 'ぬるぬる'—옮긴이) 께름칙한 듯이 말했지만, 나는 '미끈미끈'도 '미끌미끌'도 제법 좋아했다.

'보들보들'도 곧바로 이해했다. 엄마가 자기 허벅지 안쪽에 내 손을 가져다 대고 그것을 쓰다듬게 했기 때문이다.

"보들보들."

내가 말하자 엄마도 똑같이 따라 말했다.

나는 내 빰을 엄마의 허벅지에 맞대고 서로의 '보들보들'을 느끼도록 했다.

'보들보들'은 무척이나 기분 좋은 말이었다.

반대로 어려웠던 것은 '반짝반짝'이나 '번쩍번쩍', '뭉게뭉게' 따위로, 금방은 이해할 수 없었다.

나는 아직까지도 '터벅터벅'을 잘 모르며, 내가 생각하는 '터벅터벅'이 과연 많은 사람들이 쓰는 '터벅터벅'과 같은 모습인 게 맞는지 의아하다. 그래서 나는 '터벅터벅'을 말할 때마다 배에 구멍이 뚫린 듯한 미심쩍은 기분이 든다.

그리고 색에 대한 표현을 이해하는 것도 어려웠다.

빨강이라고 해도 빨강과 주황이 어떻게 다른지를 알 수 없다. 파랑도 노랑도 보라도, 처음에는 외계인의 말을 듣는 것처럼 막막하기만 했다. 하지만 엄마가 친절히 가르쳐주었기에 대충은 이해할 수 있게 되었다.

나는 이유는 알 수 없지만 '잿빛'이라는 말이 좋다. 잿빛만은 처음부터 이해가 잘 되는 기분이었다. 잿빛이라는 말을 처음 가르쳐준 것도 엄마였다. 엄마는 옛날 사람들이 입던 상복의 색깔이라고 알려주었다. 상복이 뭐야? 하고 내가 묻자 엄마는 얼마간 말이 없다가, 사랑하는 사람이나 친한 사람이 멀리 멀리 떠나버려서, 두 번 다시 만날 수 없다는 슬픔에 잠겼을 때 입는 옷이야, 라고 말했던 것 같다.

그런 거라면 나는 아직 알 리가 없었다. 그야 사랑하는 엄마는 늘 내 곁에 있으니까. 그럼에도 나는 '잿빛'이라는 말을 처음 만나기 전부터 잿빛을 알고 있었던 것 같다. 어쩌면 잿빛과 나는 전생에 친구 사이였을지도 모른다.

독서가인 엄마는 내게도 책을 자주 읽어주었기에 나는 집에 있으면서도 이곳저곳으로 여행을 떠날 수 있었다. 구로우타도리라는 이름의, 몸통 좌우에 날개가 달린 하늘을 나는 동물이 있다고 알려준 것도 외국에서 쓰인 어느 이야기였다.

여행은 보통 잠이 드는 시간대에 시작되었지만, 가끔은 햇볕 속에서 여행을 하는 때도 있었다. 일본의 이야기, 외국의 이야기, 그리고 지어낸 나라의 이야기 등등 이야기의 무대는 각양각색이었다. 요즘 이야기, 아주 먼 옛날이야기, 외계인이 등장하는 미래의 이야기까지 아주 다양했다.

책 역시 아빠가 직접 매주 수요일에 가져다주었다.

그때까지 나는 말 그대로 한시도 떨어지지 않고 엄마와 함께였다. 눈 속에 지은 굴에서 한겨울을 나는 엄마 곰과 아기 곰처럼 나와 엄마는 자그마한 집에서 오랫동안 밖으로 나가는 일 없이 둘이서만 생활하고 있었다. 나는 그것을 당연한 일로 여겼었다. 집 안에 엄마만 있어준다면, 나는 그것으로 족했다.

그러므로 엄마가 나에게 혼자 집을 지키고 있으라는 말을 했을 때는 그 상황을 받아들이기가 힘들었다. 정확히 내가, 아니 엄마가, 악어가 되고 만 주인공의 이야기를 다 읽고 난 때였다.

"그럼, 엄마도 슬슬 일하러 가야겠다."

엄마는 마치 비가 오니 빨래를 걷어야겠다고 혼잣말하듯 아무렇지 않게 그 말을 내뱉었다.

"일을 한다고?"

"응. 토와랑 둘이서 살아가기 위해 엄마는 일을 하기로 했어."

그때 내가 몇 살이었는지는 정확히 모르겠다. 그도 그럴 것이 내게는 수요일 아빠와 구로우타도리 합창단이라는 두 개의 시곗바늘밖에 없었으니까. 구로우타도리 합창단의 멤버가 아침을 알려주면 그 후 아침, 점심, 저녁 세 번의 식사를 하고, 잠이 들고, 또다시 구로우타도리 합창단의 노랫소리를 듣는다. 그렇게 일곱 번을 되풀이하는 중에 수요일 아빠가 찾아온다.

나에게 시간의 흐름이란 그것이 전부였다. 그보다 세세하게 시간을 나누는 초(秒) 혹은 분(分), 하다못해 시(時)조차도 내게는 필요하지 않은 단위였다.

엄마가 외출을 한다니, 엄마와 떨어진다니, 상상도 못 해본 일이었다.

"싫어. 절대 안 돼."

나는 말했다.

"엄마가 밖에 나가면, 토와도 같이 갈 거야. 토와, 얌전히 잘 기다리고 있을게."

나는 어느 나라의 늘 주인과 함께 다니는 영리한 개 이야기를 떠올리며 말했다. 그 개가 할 수 있는 일이라면 나도 틀림없이 할 수 있으리라 생각했다. 하지만 엄마는 허락하지 않는다.

"그럴 순 없어, 토와. 이해해줘. 엄마는 돈을 벌어야만 해."

"돈이 뭔데?"

이제껏 돈이란 이야기 속에서만 등장하던 것이었다. 엄마는 나를 타이르듯이 말했다.

"돈이 없으면 이 세상을 살아갈 수 없어. 토와, 혼자 잘 있을 수 있지? 그리고 토와가 자는 동안만이니까, 토와가 일어날 때쯤엔 분명 엄마가 집에 이미 와 있을 거야. 그러고 나면, 토와가 아주 좋아하는 팬케이크를 구워줄게."

팬케이크라는 말에 혹해 내 마음은 기울기 시작했다. 그렇지만 불안감은 떨칠 수가 없다. 나는 엄마의 팔을 꽉 움켜쥔다.

"괜찮아. 아빠한테 부탁해서 잠자는 숲속의 공주 약도 받아두었으니까. 그리고, 기저귀도."

"기저귀? 기저귀는 아기가 하는 거잖아. 그런 거, 토와는 절대로 안 해!"

이제 와서 갑자기 기저귀를 차라고 하니 굴욕적으로 느껴졌다. 혼자서도 화장실에 갈 수 있도록 집 안 이곳저곳을 궁리하던 건 엄마면서.

"말 잘 들어야지. 응? 부탁할게. 토와가 자는 동안 화장실에 안 가도 괜찮도록 기저귀를 차는 거야. 그래야 엄마도 안심이 되거든."

"엄마, 날 좋아해? 토와를 사랑해?"

나는 지금 당장 엄마의 애정을 확인받고 싶어졌다.

"물론이지, 토와. 엄마는 있잖아, 토와를 세상에서 가장 사랑해. 토와를 바다보다도 더 깊이 사랑해."

재촉하는 엄마의 말에 나는 마지못해 속옷을 벗고 기저귀에 발을 넣었다. 뻣뻣한 감촉이 몹시 기분 나빴다. 이런 건 필요가 없다고 생각했지만, 엄마를 안심시키기 위함이기에 타협하는 수밖에 없었다.

나는 윗옷을 입은 채 아래는 기저귀만 차고 침대 위에 누웠다.

"자, 아 해봐."

입을 벌리자 엄마가 혀 위에 무언가를 올려놓았다. 그것은 살짝 차가운 동그란 덩어리였다.

"엄마, 금방 갔다 올게.

사랑하고, 사랑하고, 사랑하는 토오와, 잘 자렴."

엄마의 목소리를 끝까지 다 듣기 전에 나는 깊은 잠에 빠져들었다.

잠들기 전, 잘 자라는 인사를 할 때에만 엄마는 내 이름을 '토오와'라고 길게 늘어뜨려 불러준다. 나는 그걸 듣는 게 너무나도 좋았다.

눈을 뜨니 엄마는 이미 집에 돌아와 있었다. 엄마가 집에 없던 만큼의 공백을 채우려는 듯 엄마의 냄새를 더욱 강하게 느낀다. 엄마의 냄새에는 분명한 형태가 있어 나는 그것의 윤곽을 볼 수 있다.

"엄마?"

침대에 누운 채로 엄마를 부르자,

"아아, 다행이다."

엄마는 내 곁으로 와 내 뺨을 어루만지며 말했다.

"엄마는, 토와가 이대로 계속 잠에서 깨지 않으면 어쩌나 하고 불안했어."

"구로우타도리 합창단은?"

나는 물었다.

"무슨 얘기야, 토와. 이제 곧 점심이야."

그 말인즉슨 나는 구로우타도리 합창단이 노래하는 줄도 모른 채 자고 있었다는 것인가. 지금껏 그런 적은 단 한 번도 없었다. 집에 혼자 있던 시간이 내게는 아주 한순간인 것처럼 느껴졌다. 별거 아닌 일이었네, 하고 나는 슬쩍 혀를 찼다.

그런데 문제는 다른 데 있었다.

"자, 토와, 기저귀 좀 벗어줄래? 혼자서 할 수 있지?"

엄마는 그렇게 말하고는 빠르게 일 층으로 내려간다. 엄마의 말을 듣기 전까지 나는 내가 기저귀를 찼다는 사실을 잊고 있었다.

기저귀는 묵직하니 무거워져 있었다. 오른발, 왼발을 번갈아 빼며 기저귀를 벗고 속옷으로 갈아입는다. 왜인지 괜스레 공허한 기분이 들었지만, 이 기분을 엄마에게 하소연해도 이해받지 못할 게 분명해 마음을 접었다. 그래서 기저귀에 대해서는 엄마에게 아무 말도 하지 않았다.

약속대로 엄마는 점심으로 팬케이크를 구워주었다. 나는

팬케이크를 정말 좋아한다. 엄마는 평소 쓰던 식탁에 식탁보까지 깔고 어딘지 모르게 신이 난 듯한 모습이었다.

나는 엄마가 구워준 팬케이크에 메이플 시럽과 버터를 듬뿍 올린다. 그런 다음 팬케이크에 메이플 시럽이 스며드는 소리에 잠시 귀를 기울인다. 팬케이크의 테두리 곡선과 표면의 눌은 자국을 손가락으로 따라가며, 메이플 시럽이 흠뻑 스며든 팬케이크의 정중앙을 손가락 끝으로 눌러 그 감촉을 확인한다. 그러고 나서야 마침내 입으로 가져간다.

엄마의 팬케이크는 폭신하게 부풀어 창가에서 햇볕을 쬘 때 느껴지는 냄새가 났다. 평소에는 네 장을 구워 엄마와 내가 두 장씩 먹는데, 이날은 내가 엄마 몫까지 한 장 더해 세 장이나 먹어버렸다.

엄마가 구워준 팬케이크를 먹으면 나는 늘 졸음이 밀려온다. 나에게 있어 팬케이크는 행복해지는 약이다.

"참, 토와는 아침밥 안 먹었지?"

내 뒤에 서 있던 엄마가 쿡쿡 웃으며 말했다. 식사를 마치고 엄마와 함께 목욕을 했다.

해 질 무렵 토와의 정원을 찾아와 목청껏 아름다운 노랫소리를 뽐내는 구로우타도리처럼, 엄마는 그날 하루 종일 기분이 매우 좋아 보였다.

처음에는 일주일에 한 번 정도였던 '혼자서 집 지키기'가 두 번, 세 번으로 조금씩 늘어나게 되었다. 엄마가 외출 준비를 할 때마다 나는 조마조마하여 마음이 가라앉지 않는다. 엄마가 일하러 나갈 준비를 하고 있다는 건 화장 도구를 여닫는 소리나 립스틱 냄새로 금방 알았다.

엄마는 외출할 때마다 항상 이렇게 말했다.

"누가 오더라도, 하물며 아빠라도 절대 문을 열어선 안 돼. 대답도 하면 안 돼. 알겠지?"

그런 다음 엄마는 매번 빼놓지 않고 사탕과 함께 잠자는 숲속의 공주 약을 내 입에 넣어주었다. 그 사탕 안에는 꿀이 들어 있어 조금 핥다 보면 걸쭉한 꿀이 나온다. 꿀과 함께 잠자는 숲속의 공주 약을 삼키면 나는 금세 잠이 왔다.

그리고 잠에서 깨어났을 때는 이미 엄마가 집에 돌아와 있다. 언제나 그랬다. 나는 그저 잠이 들어 꿈을 꾸고 있기만 하면 됐다.

꿈!

그래, 나는 꿈을 꿀 수가 있었다.

신기하게도 나는 꿈을 꿀 때 빛을 느낄 수 있었다. 잘은 설명할 수 없지만 꿈속 광경에는 여기저기에 색이 묻어 있어, 내 시야에는 빛깔을 머금은 세상이 두 팔 벌리고 기다리며 나를 성대하게 맞아주는 것이다.

나는 자유자재로 하늘을 날거나, 높이 뛰어오르거나, 폴짝폴짝 뛰어다니거나, 때로는 넘어지기까지, 무슨 일이든 할 수 있었다. 현실 세계에서는 한 발짝 앞으로 나아갈 때마다 발바닥에 신경을 곤두세워야 하지만 꿈속에서는 조금도 그럴 필요가 없었다.

꿈속의 나는 이루 말할 수 없이 자유로웠다.

공원 철봉에 치맛자락을 빙그르 휘감아 앞으로 회전하는, 일명 치마돌기를 할 수 있게 된 것도 꿈속에서였다. 그때는 기쁜 마음과 더불어 온 세상이 빙그르 돌아가는 충격에 꿈속에서 웃음이 멈추지 않았다.

엄마가 일을 시작하기 전까지 나와 엄마는 아침에 구로우타도리 합창단의 노래로 눈을 뜨고, 밤늦게까지 깨어 있는 일 없이 일찍 잠이 드는 생활이었다. 적어도 나는 그랬다.

그런데 그것이 점점 흐트러지기 시작했다. 잠자는 숲속의 공주 약을 먹은 다음 날 나는 저녁까지 잠을 잘 때도 있었고, 일이 없는 날 엄마는 구로우타도리가 아무리 일어나라고 깨워도 침대에서 나오지 않는다. 구로우타도리의 노래는 내 마음속에서 울리는 목소리이기도 했다.

그럴 때 엄마는 졸린 듯한 무거운 목소리로 나에게 말했다.

"미안하지만, 대충 뭐라도 챙겨 먹을래? 미안해, 토와."

하지만 대충 챙겨 먹으라고 해도 나는 앞이 보이지 않는다. 엄마는 그 사실을 잊어버리고 있다. 나는 엄마처럼 부엌에 서서 불을 쓸 수가 없는 것이다. 게다가 애당초 위험하다며 내가 부엌에 서는 걸 금지한 것은 엄마이다. 불이 나면 큰일이라면서 엄마는 절대로 내가 불을 쓰지 못하게 했었는데.

"응."

나는 짧게 대답하고, 부엌 수납장을 열어 늘 먹는 야키소바 컵라면을 찾아낸다. 컵라면 뚜껑을 열어 안에 든 고명과 소스 봉지를 꺼내고 뜨거운 물을 붓는다. 뜨거운 물은 전기 주전자로 물을 끓여 사용한다. 코에 신경을 집중해 어느 정도 괜찮은 냄새가 풍겨 오면, 고명과 소스를 적당히 섞어 먹기 시작한다.

컵라면을 먹은 다음 날에는 거의 항상 배탈이 났다. 그것이 기저귀를 차는 날과 겹치면 최악의 상황이라고밖에 할 수 없었다.

물론 엄마가 항상 그랬던 것은 아니다. 얼마간 침대에서 쉬고 나면 엄마는 되살아났다. 그리고 평소보다 더 밝고 수다스러워졌다.

하루는 엄마가 불쑥 이런 말을 했다.

"춤을 추자! 토와, 오늘은 온종일 무도회를 여는 거야."

"무도회? 신데렐라 이야기처럼?"

내가 묻자,

"그래 맞아, 신데렐라의 무도회. 분명 토와에게도 멋진 왕자님이 나타날 거야."

엄마가 이상한 말을 한다.

"토와는 결혼 같은 거 안 해. 여기서 쭈욱 엄마랑 같이 사이좋게 살 거야. 그러니까 왕자님 따위 필요 없어."

나는 말했다. 정말로 그럴 생각이었다.

"고마워. 토와는 참 착하구나."

엄마는 내 두 손을 잡으며 말했다.

"그래도 오늘은 무도회를 열자. 엄마, 춤추고 싶어졌어. 우리 둘 다 드레스로 갈아입어야겠다."

"드레스? 토와는 그런 거 없잖아."

평소에는 엄마가 예전에 입던 걸 새로 만든 옷을 입고 있었다.

"괜찮아, 엄마가 토와 것도 금방 만들어줄 테니까."

그러더니 엄마는 곧바로 드레스를 만들기 시작했고, 정말로 내 드레스를 지어주었다. 그런 다음 엄마와 함께 막 완성된 드레스로 갈아입었다.

"예쁘다."

거울에 비친 나를 보면서 엄마는 한숨 섞인 목소리로 말했다.

나는 눈을 크게 뜨고 거울에 비친 내 얼굴을 상상한다. 하지만 아무리 만져보아도 내 얼굴은 구체적인 이미지가 조금도 떠오르지 않는다. 그래서 나는 이따금 내 얼굴이 궁금해 견딜 수 없는 기분이 든다. 엄마에게 예쁘다는 말을 들으면 그 기분은 점점 더 크게 부풀어 오른다.

"엄마도 예뻐."

나는 말했다. 엄마는 나에게, 세상에서 가장 예쁜 사람이다.

"자, 그럼."

엄마는 내 손을 잡으며 말했다.

엄마가 레코드에 바늘을 내려놓자 느릿한 음악이 흘러나왔다.

"왈츠. 그래, 오늘은 왈츠의 날로 하자. 아침이 될 때까지 밤새 춤추는 거야."

엄마가 내 귓가에 말한다.

"그치만, 신데렐라는 열두 시 전에 집으로 돌아가야 해."

내가 말하자,

"맞아, 신데렐라는 그랬지 참. 토와는 역시 똑똑해."

엄마는 혼잣말처럼 중얼거렸다.

나는 엄마의 움직임에 맞춰 내 몸을 가만가만 흔들었다. 가끔씩 빙글빙글 돌기도 하고 팔을 교차시키기도 한다.

무도회는 이야기 속에만 있는 현실이라고 생각했었다. 그런데 춤을 추다 보니 어딘지 모르게 즐거워져 나는 민들레 홀씨라도 된 기분으로 가볍게 몸을 움직였다.

둥실둥실 두둥실, 둥실둥실 두둥실.

왈츠의 리듬이, 내 귀에는 그렇게 들렸다.

토와의 정원의 나무들이 말을 하기 시작한 것은 언제부터였을까.

변함없이 내 시계는 구로우타도리 합창단의 긴바늘과 수요일 아빠의 짧은바늘 둘뿐이었는데 거기에 또 하나, 일 년이라는 시간을 구분해주는 존재가 더해졌다.

어느 날 다락방의 살창을 열었더니 아스라이 달콤한 향기가 풍겨 온 것이다. 결혼식 때 신부가 머리에 쓰는 면사포라는 장식품이 있다고 전에 엄마가 읽어준 이야기에서 들은 적이 있는데, 그 향기를 맡았을 때 내 뇌리에 떠오른 것은 그 '면사포'라는 단어였다. 그 향기는 살창에서 슬그머니 요정처럼 나타나 내 머리 위에 아름다운 면사포를 씌워주었다.

이 층 침실에 있는 창은 열어서는 안 된다고 예전부터 엄마가 말해왔다. 실제로 열리지 않도록 테이프로 막아두었다. 하지만 다락방에 있는 살창은, 집 안에서 유일하게 내가 자유로이 열어도 되는 창이었다. 그 무렵 나는 다락방을 내 방으로 점찍고 그곳에서 시간을 보내는 일이 많아지고 있었다.

좋은 향기.

나는 몇 번이고, 몇 번이고 심호흡을 했다. 그렇게 향기를 맡다 보면 그 나무와 이야기를 나누는 것 같은 기분이 든다. 나는 엄마가 아닌 대화 상대를 처음으로 찾은 기분이었다.

"엄마, 이 향기는 무슨 나무야?"

겨우 잠에서 깬 엄마에게 나는 물었다.

"향기?"

"응. 오늘 있지, 엄청 좋은 향기가 났거든. 분명 토와의 정원에 있는 향기 나는 나무겠지?"

"아아."

엄마는 졸린 듯한 소리를 내더니 하품을 하며 말했다.

"서향이야. 봄이 되면 피는 꽃이지."

"꽃? 꽃이 향기를 내뿜는 거야?"

"응. 서향나무에 꽃이 핀 걸 거야, 아마."

"어떤 꽃인데?"

나는 서향이 어떤 꽃인지 궁금해 견딜 수 없었다. 커다란 꽃인지, 아니면 조그마한 꽃인지. 어떤 색을 하고 있고, 꽃잎은 어떤 모양을 하고 있는지. 하지만 엄마는 다소 귀찮은 듯이 대답할 뿐이었다.

"글쎄, 어떤 꽃이더라? 잊어버렸어."

엄마가 본격적으로 일을 하기 시작하고부터 이전만큼 정성 들인 음식을 해주지 못하게 된 건 어쩔 수 없다며 체념했다. 그런데 좀처럼 책을 읽어주지 않게 된 것은 나로서는 참을 수 없이 괴로운 일이었다. 나는 엄마의 눈을 빌리지 않고는 한 글자도 읽을 수 없는 미완성의 존재라는 현실을 새삼 통감하게 되었다. 구로우타도리가 엄마 대신 책을 읽어주었다면 얼마나 좋았을까.

엄마가 마지막으로 책을 읽어준 게 언제였는지, 나는 과거로 거슬러 올라가 그동안 아빠가 집에 왔던 날들을 헤아려본다. 한 번, 두 번, 세 번, 네 번. 그렇다면 대략 한 달이 될 동안 나는 한 번도 여행을 떠나지 못하고 있는 것이다.

"엄마, 부탁이야. 오늘은 책을 읽어줘."

하루는 내가 엄마의 등에 대고 애원했다. 더는 어떻게 해도 그 마음을 억누를 수가 없었다.

"지금은 책이 없어. 아빠가 가져다주질 않으니까."

"거짓말."

나는 말했다. 나도 모르게 반사적으로 튀어나온 것이다. 엄마에게 상처를 주려는 생각은 조금도 없었다. 그런데, 때는 이미 늦었다.

"엄마는 거짓말 같은 거 안 해!"

엄마는 소리치듯이 말했다.

"절대로, 거짓말 같은 거 안 해."

그러고는 훌쩍훌쩍 울기 시작했다.

"미안해. 엄마, 미안해."

나는 엄마의 등을 만지며 간절히 사과했다. 내가 엄마를 울리고 말았다. 슬프게 만들고 말았다. 그 사실이 무척이나 괴로웠다. 그리고 미안한 마음이 들었다.

하지만 내가 아무리 사과해도 엄마는 울음을 그치지 않는다.

"미안해, 엄마. 미안해."

엄마의 뺨을 타고 흐르는 눈물을 더듬어 나는 열심히 손수건으로 닦았다.

"그래 맞아, 다 엄마 잘못이야. 엄마 때문에 토와가 이렇게 된 거야. 엄마야말로 토와가 이런 일을 당하게 해서 미안해."

그렇게 말하고 엄마는 점점 더 큰 소리로 울었다.

엄마에게 사과를 받는 일이 나에게는 참으로 괴로웠다.

"괜찮아, 책은 이제 필요 없어. 그러니까 엄마, 부탁이야. 이제 울지 마. 엄마가 울면 토와도 슬퍼서 눈물이 난단 말이야."

그렇게 말하자마자 나는 점점 더 슬퍼졌다. 내가 제멋대로 떼를 쓰는 바람에 엄마를 터무니없이 슬프게 만들고 만 것이다. 나는 그 일을 땅에 넙죽 엎드리는 마음으로 반성했다.

"토와, 미안해. 이런 엄마라서 정말 미안해."

엄마가 나를 가슴에 꼭 끌어안아 준다.

"아니야, 전부 다 토와가 잘못했어. 엄마는 하나도 안 나빠."

나는 말했다. 필사적이었다.

"고마워. 엄마는 토와를 사랑해. 토와가 있어준다면, 엄마는 무엇도 두렵지 않아."

엄마의 뜨뜻미지근한 숨이 귀에 불어와 간지러웠다. 하지만 나는 간지러운 것을 애써 참았다. 엄마와 계속 이렇게 있고 싶었으니까.

"토와도 엄마를 정말 좋아해. 엄마를 사랑해."

나는 말했다. 그래도 내 마음은 반도 엄마에게 전해지지 않는 기분이라 안타까웠다.

"괜찮아. 엄마, 노력할게. 토와랑 둘이서 행복하게 살기 위해서니까. 엄마가 힘을 내야지."

엄마는 겨우 울음을 그친 듯했다.

"그러니까, 토와도 조금만 더 견뎌줘. 조금만 더 지나면, 엄마가 다시 토와 곁에 계속 있을 수 있도록 할 테니까."

그 말을 엄마에게 들었을 때 나는 어찌나 크게 환호성을 지르고 싶었는지 모른다. 엄마가 늘 집에 있고, 구로우타도리 합창단의 노래로 눈을 뜨고, 팬케이크를 구워주는 일상이 되돌아오기를 나는 무엇보다도 바라고 있었다. 혼자서 집 지키기도, 기저귀도, 잠자는 숲속의 공주 약도 없는, 그저 평화롭고 규칙적인 시간의 흐름이 또다시 이 집에 되돌아올 수 있다면, 그럴 가능성이 있다면 나는 뭐든 견뎌낼 수 있으리라 생각했다.

돌아보면 이즈음부터 엄마의 감정 기복이 심해져 간 듯싶다.

그 무렵, 엄마는 잠들지 못하는 불안감을 곧잘 입 밖에 내기 시작했다.

"토와는 좋겠네. 푹 잘 수 있어서. 엄마는 토와가 부러워."

엄마는 말했다.

"엄마, 잠을 못 자?"

잠들지 못하는 불안감이 어떤 것인지 나는 잘 모르겠다. 나는 언제나 쿵 하고 물건이 낙하하듯 잠에 빠진다.

"토와가 양을 세어줄까?"

오래전 엄마가 읽어준 그림책에, 잠이 오지 않는 밤에 양을 센다는 이야기가 있었다.

"엄마가 못 자는 데에 양은 도움이 안 돼."

"잠자는 숲속의 공주 약은?"

나는 말했다.

"물론 그것도 한참 전부터 시도해보고 있지. 그런데 한 번에 잔뜩 먹어도 거의 효과가 없어. 그리고 그건, 토와가 집을 지키는 데 꼭 필요한 거고."

엄마는 말했다.

"토와는, 잠자는 숲속의 공주 약 따위 안 먹어도 괜찮아."

나는 말했다. 게다가 그것을 먹으면 다음 날 꼭 머리가 무거웠기에 가능하면 더 이상 먹고 싶지 않았다.

"안 돼. 잠자는 숲속의 공주 약을 안 먹겠다니. 엄마가 너무너무 걱정돼서 미쳐버릴지도 모른단 말이야. 혼자 집에 있는 동안, 토와는 푹 자고 있어야만 해."

엄마가 너무도 진지하게 호소하므로 나는 그 마음을 받아들이는 수밖에 없다.

"맞아, 잠자는 숲속의 공주 약은 혼자서 집 지킬 때 꼭 필요한 거야. 없으면 곤란해."

"그래."

엄마는 의기양양하게 말했다.

"잠자는 숲속의 공주 약은 아껴 써야 해."

그런가 하면 엄마는 아침에 막 잠에서 깬 내 머리 위에 느닷없이 화관을 씌워서 나를 놀랜 적도 있었다.

"토와, 어때? 예쁘지! 엄마가 밤중에 토와의 정원에서 이걸 만들었어."

나는 천천히 두 손을 머리 쪽으로 가져가 신중하게 손가락을 움직이며 화관을 만졌다.

"하얀 코스모스랑 분홍색 코스모스랑 오렌지색 꽃도 있어. 토와한테 딱이야. 정말 잘 어울려."

나는 그 화관이 더욱 궁금해져서 양손으로 살짝 들어 올려 화관을 벗었다. 그리고 화관에 바싹 얼굴을 가져다 대고 냄새를 맡는다. 그렇게 하면 왠지 나에게도 그 화관의 모습이 어렴풋하게 보이는 듯한 기분이 든다.

"거울에 비춰봐도 돼?"

나는 말했다. 화관을 떨어뜨리지 않도록 조심히 들고서 복도에 있는 거울 쪽으로 이동한다. 단순한 착각일지도 모르지만 실제로 거울 속에 내 모습을 비추어보고 있으면 상상한 이미지가 어쩐지 더 뚜렷해지는 것이다.

거울 앞에 서자 엄마가 내 손에 있던 화관을 자기 손으로 가져가 한 번 더, 마치 왕자님이 공주님에게 해주듯이 공손하게 내 머리 위에 얹어주었다.

"엄마도 써봐."

나는 말했다. 분명 나보다는 엄마가 이 아름다운 화관에 더 어울릴 듯싶다.

"됐어, 엄마는 안 어울려. 게다가 이 화관은 작기도 하고. 엄마는 괜찮아."

뒷걸음질을 치듯이 엄마는 말했다.

속마음은 엄마한테도 씌워주고 싶었지만 억지로 권했다가 모처럼 둥글게 가라앉은 엄마의 감정에 손톱으로 흠집을 내버릴 것 같았고, 그것이 두려워 나는 그 이상 아무 말도 하지 않고 조용히 있었다. 아마도 그게 정답이었으리라.

나는 그날 하루 동안 엄마가 만들어준 화관을 머리에 쓰고 있었다.

밤에 잘 시간이 되었을 때는 완전히 시들고 말았지만, 나의 마음은 하루 온종일 메이플 시럽을 입 안에 머금은 듯한 기분에 휩싸여 있었다.

엄마가 토와의 정원에 피어난 화초를 모아 나에게 화관을 만들어준 건 이것이 처음이자 마지막이었다.

"토와, 친구를 데리고 왔어."

어느 날 엄마가 그렇게 말하며 내게 그녀를 소개했다.

"친구?"

나는 잠에서 깬 직후라 아직 머리가 멍한 데다가 축축하게 젖어 묵직한 기저귀도 빨리 갈고 싶었다. 그러나 엄마는 좌우간 한시라도 빨리 나에게 친구를 보여주고 싶은 모양인지라 기저귀를 벗는 건 뒷전으로 밀려났다.

갑자기 친구를 데려왔다고 한들 나는 잘 이해가 되지 않는다. 더욱이 그때의 나는 친구 같은 건 필요 없다고 생각하고 있었다. 왜냐하면, 마음을 기댈 수 있는 존재가 친구라면 이미 나에게는 엄마가 있다. 수다 떨 상대라면 토와의 정원의 식물들로도 충분하다. 하지만 엄마는 그런 줄은 조금도 모른 채 내 곁에 친구를 데리고 왔다.

"토와, 알겠니? 친구란다."

엄마가 아닌 다른 사람의 얼굴을 만지는 건 처음이다. 나는 친구가 놀라지 않도록 그녀의 얼굴에 두 손을 살며시 뻗어 표면을 부드럽게 만졌다. 이럴 때 내 눈동자가 손바닥 가운데에 있다는 사실을 실감한다. 손바닥으로 만져보면 대부분의 것을 '보는' 것이 가능하다.

그녀는 미동도 하지 않고 내 손의 움직임을 가만히 참고 있었다.

친구에게는 기다란 속눈썹이 있고, 눈썹도 있다. 그리고 친구는 나보다도 훨씬 체격이 좋았다.

"토와, 친구에게 이름을 지어주면 어떨까?"

한차례 친구의 품평을 마치길 기다리다 엄마는 말했다.

"토와가?"

"그래. 토와가 그녀에게 멋진 이름을 지어줘."

나를 뒤에서 끌어안듯이 하며 엄마가 달콤한 목소리를 낸다. 간지러워서 나는 엉겁결에 몸을 꼬았다. 헤아려보건대 친구는 다락방에 놓인 소파에 앉아 있다.

친구는 말쑥한 옷차림에, 나중에 안 사실이지만 속옷 또한 제대로 갖춰 입고 있었다. 가슴께는 무척이나 부드럽고 폭신폭신하다.

나는 한 번 더 친구의 머리칼을 만져보며 이름을 생각했다. 엄마의 부탁이라면 친구에게 이름을 붙이는 것쯤은 어려운 일도 아니다. 친구의 귀에는 귓구멍도 제대로 있고, 코에도 올곧게 두 개의 동굴이 있다. 친구는 그렇게 품평하는 듯한 내 손길을 지그시 견디고 있다.

"로즈메리. 엄마, 얘 이름은 로즈메리로 할래."

내가 말했다. 그렇게 결정하고 나니 로즈메리에게는 로즈메리 이외의 다른 이름 따위 처음부터 없었던 것 같은 기분이 든다.

"와, 멋진 이름이네!"

엄마는 내 머리카락을 쓰다듬으면서 말했다.

로즈메리는 내가 좋아하는 향기 중 하나다. 엄마가 구워주는 비스킷에는 때때로 로즈메리가 들어 있다.

이날부터 나와 로즈메리는 친구가 되었다. 하지만 절친한 친구라 할 정도로 관계가 깊어진 건 꽤 오랜 시간이 지나서였다.

그야 나는 아무리 해도 로즈메리를 엄마처럼 좋아할 수는 없었기 때문이다. 첫째로 로즈메리는 내가 아무리 말을 걸어도 대답하는 일이 없으며, 엄마처럼 온기가 있지도 않다. 로즈메리의 발끝은 언제나 차갑기만 했다.

다만 로즈메리는 부드러웠다. 몸 전체가 꼭 마시멜로 같았다.

그래서 엄마가 상대해주지 않아 외톨이가 된 기분이 들 때면, 로즈메리의 곁으로 가 로즈메리의 허벅지에 머리를 대었다. 그리고 언제까지나, 언제까지나 살창 너머에 펼쳐져 있을 하늘을 바라보고 있었다.

로즈메리가 엄마보다 더한 안도감을 가져다주지는 않았고, 로즈메리와 그러고 있으면 오히려 외톨이가 된 듯한 마음이 점점 더 커지는 것도 이상한 일은 아니었지만.

그래도 우리는 이따금 함께 꼭 붙어 소파에서 지냈다. 대개 엄마가 바빠서 나에게 책을 읽어주지 않을 때였다.

그러한 까닭에 내 첫 입맞춤 상대는 로즈메리다.

한 번뿐이지만 나는 로즈메리와 입술을 포갠 적이 있다.

그 무렵 엄마의 몸이 조금씩 나아져 갔고, 다시 나에게 책을 읽어주게 되었다. 그 책 속에 주인공과 그의 연인이 호숫가에서 처음으로 입맞춤을 하는 장면이 있었다.

저물녘의 호수는 반짝반짝 빛나고 있었다. 그 수면 위를 백조가 우아하게 헤엄치고 있다.

연인이 문득, 예쁘네, 하고 주인공에게 말을 걸었을 때 주인공의 얼굴이 연인 쪽으로 다가오며 둘은 고요히 입술을 포갠 것이다.

이 장면을 들으면서 나는 콩닥콩닥이 멈추지 않았다. 배 아래쪽이 쑤시고, 왠지 묘하게 곰틀곰틀했다. 희한하게 그날 밤은 쉬이 잠을 이루지 못했다.

입맞춤이 어떤 것인지 궁금하다.

호기심을 억누를 수 없었고, 다음 날 나는 엄마가 빨래를 너는 동안 다락방으로 올라가 소파에 앉아 있는 로즈메리 옆에 앉았다. 그러고는 그녀의 머리카락을 밀어 헤치고 입술과 입술을 가져다 댔다.

어제 엄마가 읽어준 이야기를 떠올리며 나는 로즈메리와 호숫가 벤치에 앉아 있는 양 입맞춤을 했다. 기대했던 맛은 전혀 나지 않았지만 로즈메리의 입술은 조금씩 열기를 띠었고, 이윽고 나와 똑같은 온도가 되었다.

열 살 생일날의 일은 지금도 또렷이 기억하고 있다. 그날은 아침부터 특별한 하루였다.

눈을 뜨니 일하고 돌아온 엄마가 부엌에 서서 무언가를 만들고 있었다. 형형색색의 따스한 김이 담요처럼 나를 사뿐히 뒤덮었다.

"좋은 아침."

내가 말을 걸자 엄마가 느닷없이 말했다.

"토와, 생일 축하해!"

"생일이라고?"

지금껏 내 인생에 생일 같은 건 존재하지 않았다. 그래서 나는 그 뜻을 알 수 없었다.

"오늘은 토와가 태어난 기념할 만한 날이야! 엄마는 말야, 토와를 십 년 전에 낳았어. 십 년 전 오늘, 엄마와 토와는 '영원한 사랑'으로 맺어진 거야."

하지만 그런 말을 들어도 나는 역시 잘 이해가 안 된다. 우두커니 있었더니,

"자, 엄마가 토와에게 주는 생일 선물이야!"

이번에는 커다란 꾸러미를 건네받았다.

"열어봐."

엄마가 내 얼굴로 가까이 다가와 말한다.

나는 곧장 웅크려 선물을 바닥에 내려놓았다. 어떻게든 빨리 기저귀를 처리하고 싶었으나 지금은 선물을 여는 쪽이 먼저였다. 표면이 반들반들한 포장지에는 리본이 달려 있다.

"무슨 색 리본이야?"

내가 물으니,

"토와가 정말 좋아하는 색이야."

엄마가 들뜬 목소리로 말한다. 그 대답으로 나는 그 리본이 노란색이라는 것을 알 수 있었다.

그 무렵, 나는 노란색을 좋아했다. 노란색은 해님 색깔이라고 예전에 엄마가 가르쳐주었다. 해님이 내는 빛에 손바닥을 가까이 대면 따끈따끈하다. 노란색은 상상하기 쉬운 색이었다. 내가 좋아하는 오므라이스의 달걀도 노란색이고 민들레도 노란색, 로즈메리가 입고 있는 속옷에도 노란 단추가 꿰여

있었다.

나는 노란 리본으로 묶여 있을 선물을 우선은 손바닥으로 음미한다. 그런 다음 손으로 더듬어 리본 끝을 찾아내고는 천천히 잡아당겼다.

순식간에 매듭이 풀리며 리본은 방금까지의 반듯한 형태를 잃고 느슨한 끈 한 가닥이 된다.

나는 시간을 들여 꽉 묶인 매듭을 제힘으로 풀고 포장지에서 리본을 떼어냈다. 모처럼의 긴 리본을 자르고 싶지 않았다.

포장지에 붙은 스티커와 테이프는 잘 떼어내기 어려웠지만, 그것도 이럭저럭 제힘으로 떼어냈다. 포장지 속에서 등장한 것은 결이 자잘한 거품과 같은 감촉의 원피스다.

"어때? 분명 토와한테 잘 어울릴 것 같아서, 엄마가 고민 끝에 고른 건데."

엄마가 내 앞머리를 젖히며 귓가에 속삭인다.

나는 원피스를 바닥에 펼쳐놓고 그 전체상을 확인했다. 짧은 소매는 꽃봉오리처럼 부풀어 있다. 재질은 사르르 한 질감으로 마치 매끄러운 물의 표면을 만지는 듯했다. 목 부분에는 레이스 같은 옷깃이 달려 있어 언젠가 엄마가 나에게 만들어 준 화관을 떠올리게 했다. 소매 끝에도 싱싱한 화초 같은 촉감의 레이스가 곁들여져 있다. 그리고 가슴 부분에는 풍성한 프

릴이 세로로 달려 있었다.

“너무 좋아.”

나는 넋을 잃고 말했다.

“아아, 다행이다. 안심이야. 엄마, 토와가 마음에 안 들어 하면 어쩌나 하고 불안했거든.”

엄마는 내 볼을 어루만지며 말했다.

“토와한테는 이 옷이 정말 잘 어울린단다.”

원피스의 색은 굳이 엄마에게 물어보지 않았다. 조금은 궁금했지만, 색 따위는 이제 아무래도 좋았다. 다만 엄마라면 아마도 잿빛 원피스를 고르지 않았을까 싶다. 내게 가장 잘 어울리는 색이니까. 그리고 엄마가 가장 좋아하는 색도 역시 잿빛이었으니까.

그러고 나서 엄마는 식탁 한가득히 맛있는 음식을 차려주었다. 나는 그 사이에 옷을 갈아입고 기저귀를 벗고 머리를 빗었다. 생일을 축하한다는 것은 어느 정도 지식으로서 알고 있었지만, 나에게도 생일이 존재한다는 사실은 설마 싶다고 해야 할지, 그저 놀라움 그 자체였다.

젖은 수건으로 얼굴을 구석구석 닦으면서, 그렇다면 엄마에게도 엄마의 생일이 있다는 건가, 하는 생각이 문득 떠올랐다. 하지만 엄마에게도 엄마가 있다는 이야기를 나는 이제껏 한 번도 들어본 적이 없다.

그나저나 나에게는 십 년이라는 시간의 길이가 참으로 이해되지 않았다. 구로우타도리 합창단이 몇 번 아침을 알려주고, 수요일 아빠가 몇 번 집 문을 노크해야 십 년이 되는 것인지 상상조차 되지 않는다. 갑자기 열 살이라는 말을 들어도 나는 하늘을 올려다보며 막막해하는 수밖에 없다. 열 살이 되었다는 실감은 전혀 나지 않았다.

식탁 위는 꽃밭처럼 생기가 가득했다.

"이건 무화과 샐러드고, 이건 버섯 수프고, 그리고 이건 토와가 정말 좋아하는 오므라이스야. 오므라이스는 있지, 생일 기념 특별 오므라이스야. 그리고 지금부터 디저트도 구울 거란다."

힘찬 기세로 엄마는 말했다.

"맞다, 맞다, 음악도 틀어야지."

엄마가 레코드에 바늘을 내려놓는다.

이렇게 나의 열 살 생일잔치가 돌연 시작되었다. 도중에 엄마가, 그래, 생일잔치니까 친구도 불러야지, 라는 말을 꺼냈고 급하게 다락방에 있던 로즈메리를 데리고 나왔다.

나와 엄마가 친근하게 식사를 하는 모습을 로즈메리가 조용히 지켜보고 있었다. 로즈메리는 먹지도 마시지도 않고 그져 가만히 내 옆에서 입을 연 채로 멈춰 있었다. 로즈메리는 아무리 해도 입술을 꾹 다물 수가 없었다.

엄마가 디저트로 구워준 건 초콜릿 케이크다. 아직 오븐에 넣기 전 단계부터 이미 부엌에는 달콤한 냄새가 가득했다.

오븐 안에서 초콜릿 케이크가 구워지는 동안 나는 몇 번이고 심호흡을 반복했다. 토와의 정원에 있는 향기를 품은 나무보다 더욱 강렬한, 뇌가 녹아내릴 것만 같은 냄새가 난다. 나는 오븐 문 앞에 쭈그리고 앉아 안에 있는 초콜릿 케이크를 막연히 머릿속에 그려보았다.

"토와, 위험하니까 그 이상 가까이 가면 안 돼."

초콜릿 향기를 더욱 짙게 느끼고 싶어 무심결에 나와 오븐과의 거리를 좁히고 만다. 그럴 때마다 엄마가 나에게 주의를 준다. 그렇게 말하는 엄마의 목소리에서도 초콜릿처럼 달콤한 향기가 났다.

엄마는 전에 없이 다정해서 마치 산들바람 같았다. 손 닿는 곳마다 엄마가 있다는 현실이 좌우간 나에게 깊은 평온을 가져다주었다.

이 얼마나 큰 행복인가. 열 살 생일이라는 그 자체가 최고의 선물이었다.

초콜릿 케이크가 무사히 구워져 그 열이 식기를 기다리는 동안 엄마는 내 머리카락을 가지런히 잘라주었고, 그 후 둘이서 목욕을 했다. 엄마는 여느 때처럼 내 몸을 구석구석까지 씻겨주었다. 막 자른 머리가 샴푸 거품으로 뒤덮이며 나는 꿈을 꾸는 듯한 기분을 경험했다.

"생일 축하합니다. 생일 축하합니다.

사랑하는 토오와.

생일 축하합니다."

내 뒤에 웅크리고 앉은 엄마가 내 머리를 감겨주며 무척 기분 좋은 목소리로 노래했다. 그때쯤 되자, 내 생일이라는 생각이 완전히 피부에 스며들었다. 아무런 의심 없이 나는 오늘부터 열 살이라고 생각할 수 있을 정도가 되었다.

생일이라는 건 어쩜 이렇게 멋지고 달콤한 향기가 나는 날일까, 하고 황홀해하던 그때 엄마가 제안했다.

"그러니 오늘은, 외출을 하자."

외출? 순간 가슴에 먹구름이 자욱하게 낀다. 나는 반사적으로 말을 내뱉었다.

"싫어!"

또 혼자 집을 지켜야 한다고 생각해서였다. 이렇게 멋진 날에 엄마와 떨어져 혼자 집에 있어야 한다니, 있을 수 없는 일이다.

엄마는 내 착각을 금방 헤아렸는지 부드러운 목소리로 말했다.

"토와는 엄마랑 같이 외출하기 싫은 거야?"

"같이?"

엉겁결에 뒤를 돌아서 엄마의 얼굴 쪽을 지그시 바라본다.

"그래. 지금부터 옷 갈아입고 같이 사진관에 가자. 우리 둘의 기념일이니까. 어때? 괜찮지?"

엄마는 내 머리에 흩어져 있던 거품을 한데 그러모으며 말했다.

"그럼 그 전에, 초콜릿 케이크 먹어도 돼?"

나는 내가 한 착각이 조금 부끄러워져서 그것을 얼버무리기 위해 구태여 물어보았다.

"물론이지."

엄마가 곧바로 대답한다. 그러고는,

"오늘은 하루 온종일 토와랑 함께야. 토와 곁을 떠나지 않을 거란다."

하고 부드러운 목소리로 덧붙였다.

"정말 좋아해."

나는 빙그르 뒤돌아 엄마의 가슴에 안겼다. 엄마의 가슴 위에 내 볼을 꾹 맞댄다. 그러고 있으니 더없는 안도감이 나를 휘감았다.

욕실을 나와 속옷 차림인 채로 엄마가 머리카락을 말려준다. 짧아진 내 머리 모양을 보고 엄마는 몇 번이나, 귀여워, 하고 칭찬해주었다. 엄마가 머리카락을 잘라준 날은 언제나 머리가 가벼웠다.

드라이어의 열로 머리카락이 바싹 마른 나에게 엄마는 말했다.

"자, 그럼 토와, 원피스 입은 모습을 엄마에게 선보여줘."

설마, 그 원피스를 오늘 입을 줄이야! 그 원피스를 입는 건 더 나중일 것으로 생각했었다.

"그래도 돼?"

나는 머뭇머뭇, 엄마 쪽을 올려다보며 묻는다.

"당연히 되지. 그러려고 엄마가 원피스를 골라 온 거니까."

그러고는 엄마가 내 머리부터 푹 원피스를 뒤집어씌우고 등에 달린 지퍼를 올려준다. 부푼 소매 끝으로 나와 있을 내 팔을 상상하며 나는 기쁨에 찬 나머지 펄쩍 뛰어오르고 싶어졌다.

"토와, 제발 가만히 있어줘. 뒤의 리본을 잘 못 묶겠거든."

엄마는 내 등에 커다란 나비매듭을 만들며 웃음기를 띤 채 말했다. 가슴께의 주름을 손가락으로 살짝 만져보니, 거기서 음이 연주되며 아름다운 음색이 울려 퍼질 것만 같았다. 늘 엄마가 물려준 옷뿐이던 나에게, 그것은 유일하게 나만을 위해 준비된 아주 새로운 옷이었다.

흘려서 더러워지면 안 된다며 그날은 엄마가 초콜릿 케이크를 먹여주었다. 나름 친구라는 이유로 엄마는 로즈메리에게도 초콜릿 케이크를 잘라 접시에 담아서 내주었다. 하지만 당연하게도 로즈메리가 초콜릿 케이크를 먹는 일은 없었다.

"자, 아 해봐."

엄마가 그럴 때마다 나는 신이 나서 입을 크게 벌리고 초콜릿 케이크를 맞이했다. 어린아이로 되돌아간 것처럼 멋쩍은 기분도 들었지만, 그보다 엄마에게 어리광 피우는 기쁨이 더 컸다.

"맛있어."

그렇게 여러 번 말해도 내 기쁨의 크기와 깊이가 엄마에게 정확히 전달되지 않을까 봐 불안했다. 촉촉한 케이크 속에는 수없이 많은 체리가 숨어 있었고 케이크에는 생크림이 곁들여져 있었다.

엄마가 입에 넣어주는 조그마한 스푼에는 초콜릿 케이크와 체리와 생크림이 늘 균형감 있게 따라붙었다.

"한 번에 초콜릿을 너무 많이 먹으면 코피가 날지도 몰라."

엄마는 그렇게 말했지만, 엄마가 내 열 살 생일을 기념해서 날 위해 만들어준 이 초콜릿 케이크라면 나는 얼마든지 먹을 수 있을 것 같았다.

실제로 나는 내 몫의 초콜릿 케이크만으로는 만족하지 못하고 로즈메리의 몫까지 날름 먹어 치우고 말았다. 이럴 때만은 묵묵히 초콜릿 케이크를 나누어주는 로즈메리가 고마웠고, 우정 비슷한 무언가가 느껴졌다.

"그럼, 슬슬 사진관에 갈 준비를 하자."

로즈메리 몫의 초콜릿 케이크를 다 먹은 타이밍에 엄마는 말했다. 그렇지, 참. 나는 지금부터 엄마와 외출을 하는 것이다. 제일 좋아하는 엄마와 밖을 걸어 다닌다니, 그야말로 꿈만 같다.

아아, 그렇구나. 두근두근은 이런 거구나, 하고 나는 생각했다. 그리고 집으로 돌아와 또 초콜릿 케이크를 먹을 걸 상상하니 더욱더 두근두근했다. 나의 가슴은 두근두근 괴물로 꽉 차 터질 듯했다.

엄마도 정성 들여 치장을 했다. 일하러 나가는 엄마가 준비 중일 때 나는 언제나 슬픈 감정에 시달린다. 하지만 오늘은 그렇지 않다. 나도 함께 나갈 수 있는 것이다.

화장을 끝낸 엄마는 나를 무릎 위에 앉히고 나에게도 화장을 해주었다.

"토와는 피부가 곱네."

내 얼굴에 특별한 분(粉)을 바르며 엄마는 혼잣말하듯이 말했다.

"엄마는 있지, 예쁜 딸을 둔 엄마가 되고 싶었어. 그래서 토와가 태어나준 덕분에 꿈이 이루어졌단다."

특별한 분에서는 일하러 갈 때의 엄마 냄새가 난다. 엄마는 내 눈꺼풀에 아주 살짝 아이섀도도 발라주었다. 그리고 마지막으로 내 입술에 립스틱을 칠한다.

나는 마치 공주님이라도 된 기분으로 내 얼굴을 떠올리며 황홀한 기분에 빠졌다. 엄마가 머리카락을 빗질해주고 내 머리에 머리띠를 씌워주었다.

머리띠에는 구로우타도리의 깃털 장식이 달려 있다. 만약 내가 앞을 볼 수 있었더라면 나는 내 모습을 거울에 비춰본 순간 너무 기쁜 나머지 정신을 잃고 말았을지도 모른다. 그러나 다행인지 불행인지 그때의 나는 내 모습을 머릿속에 상상하기만 할 뿐 실제로 보게 되는 일은 없었다.

"자, 다 됐다."

엄마가 만족스러운 듯 큰 소리를 낸다.

"얼른 가자. 서두르지 않으면 사진관 문 닫겠어."

그러고는 초조한 발걸음으로 현관을 향한다. 그리고 나보다 한발 먼저 신발을 신으려고 가냘픈 비명 소리를 냈다.

"없어. 신발이 없어. 어쩌면 좋지."

엄마는 기어들어 가는 목소리로 중얼거렸다. 하지만 얼마 지나지 않아 그래도 별문제가 되지 않는다는 사실을 나와 엄마 모두 깨닫게 되었다.

결국 나는 엄마의 팔에 안겨 집을 나왔다. 이제껏 오랜 시간 밖을 나가본 적이 없는 나는 신발이 없는 건 물론이고 신발을 신어본 적조차 없었던 것이다. 수요일 아빠에게 요청하는 생필품 메모에도 내 신발이 적힌 적은 한 번도 없었다.

엄마에게 안겨서 기분이 좋았던 건, 집을 나오고 아주 잠깐뿐이었다. 바깥세상에는 내 상상을 훨씬 뛰어넘는, 정체를 알 수 없는 소리가 넘쳐났기 때문이다.

자동차 경적 소리, 오토바이 엔진 소리, 개 짖는 소리 모두가 나를 가리키며 공격했다. 나는 무섭고 무서워서 가능한 한 모든 힘을 다해 엄마의 가슴에 매달렸다. 엄마와의 간격에 조금이라도 틈이 생기면 거기에 소리가 비집고 들어와, 영원히 엄마에게서 멀어질 것 같아 겁이 났다.

그중에서도 으뜸은 헬리콥터 소리였다. 그렇게 큰 소리를 나는 여태껏 들어본 적이 없었다. 상공에 헬리콥터가 날아오면 엄마는 그 자리에 웅크리고 앉아 나를 소리로부터 지켜주었다. 손으로 내 양쪽 귀를 막아 조금이라도 소리가 작아지도록 해주었다.

"전쟁."

나는 문득 엄마의 귓가에 내뱉었다. 어쩌면 이것이 책에서 읽은 전쟁일지도 몰라, 그렇다면 빨리 도망가야 해, 라는 생각이 들었다.

"괜찮아, 토와. 전쟁이 아냐. 그냥 헬리콥터 소리가 시끄러울 뿐이야."

엄마는 소리에 질세라 목소리를 높여 말했지만 그래도 헬리콥터의 폭음에는 별수 없었다. 소리가 멀어지기를 끈기 있게 기다린 다음, 엄마가 이번에는 나를 등에 업었다.

엄마는 빨리 사진관에 가야 한다는 생각에 초조했는지 마치 무언가로부터 도망가는 듯 반달음질을 했다. 심장이 콩닥콩닥한다. 일분일초라도 빨리 조용한 곳으로 가고 싶다. 나는 그러기만을 바라고 있었다.

공포는 자꾸자꾸 뒤따라와 내 피부밑으로 슬며시 잠긴 뒤 팽창해, 나를 뒤에서 그러안고 움직이지 못하도록 꽉 옥죈다. 나는 숱한 소리 사슬에 몸이 매인 채 숨 쉴 수조차 없게 된다. 살려줘, 하고 몸이 무언의 비명을 지를 때마다 입언저리에서 흐느끼는 소리가 새어 나왔다.

결국 엄마가 나를 업고 사진관 안으로 들어갔을 때 나는 울기만 하는 상태였다. 울음 말고는 그때의 내 감정을 표현할 방법이 무엇 하나 떠오르지 않는다. 아무리 엄마가 나를 의자 위에 앉히려 해도 나는 절대로 엄마 등에서 떨어지지 않았다. 내 의지로 그랬던 것이 아니라 몸이 멋대로 움직이지 않았던 것이다. 엄마가 나를 등에서 떼놓으려 할 때마다 양손으로 엄마의 목에 매달렸다.

"기념사진을 찍으려고요."

사진관 사람에게 엄마는 헐떡거리는 숨으로 말했다.

결국 나는 다시 엄마의 상반신에 안기게 되었다. 사진관 아저씨가 엄마에게 사진 크기와 가격을 설명한다. 그러는 동안에도 나는 줄곧 울고 있었다. 목소리가 쉬어도 쉰 목소리로 연신 울었다. 안심이 되는 장소는 엄마의 가슴께밖에 없었다. 엄마의 관자놀이와 목덜미에서도 땀이 흘러내리고 있었다.

이제 두 번 다시 바깥세상에는 한 발자국도 내놓지 않겠다.

내가 안심하고 지낼 수 있는 곳은 집 안뿐이다.

나는 그 사실을 통감했다. 한시라도 빨리 집으로 돌아가기만을 바라고 있었다.

"토와, 이제 괜찮아. 안심해."

엄마는 몇 번이고 그렇게 말하며 내 등을 부드럽게 어루만져주었지만, 소리는 멈추기는커녕 점점 더 크게 번지며 나를 덮쳐 온다. 모처럼 엄마가 '영원한 사랑'의 탄생을 기념해 나를 사진관에 데려와 주었는데 나는 미소 짓기는커녕 울부짖기밖에 못했고, 끝내 사진관의 셔터마저 내려지고 말았다.

엄마는 어찌할 바를 몰랐고, 아저씨는 기다리다 지쳐 하품을 했다. 내가 울음을 그칠 때까지 기다리자는 분위기는 점차 누그러들다가 이윽고 깨져버렸다.

결국 엄마는 카메라에 등을 돌린 자세로 배경 앞에 놓인 긴 의자에 앉았다.

사진관 아저씨가 종을 울리거나 장난감 나팔 소리를 내며 내 주의를 끌고자 안간힘을 썼다. 하지만 종소리와 장난감 나팔 소리는 나를 더욱더 공포에 빠뜨릴 뿐이었다.

"포즈를 반대로도 해서 한 장 찍을까요?"

사진관 아저씨가 엄마에게 조심스레 제안했던 것이 기억난다. 그러나 엄마는 그 제안을 거절하고, 흐느껴 우는 나를 다시 가슴에 껴안고는 허둥지둥 사진관을 뒤로했다.

소리가 무섭다는 사실을 내가 엄마에게 말로 잘 전달했는지 어떤지 모르겠다. 하지만 엄마는 왔던 길과 다른 길을 통해 집으로 가주었다. 도로에 풍기는 냄새의 차이로 그럭저럭 알아차렸다. 돌아오는 길은 강가에 난 산책로라 다소 어두침

침한 물 냄새가 났으니까. 그곳은 왔던 길보다 훨씬 조용해서 나를 제법 진정시켰다.

집으로 돌아온 나는 그대로 침대에 누웠다. 화장도 지우지 않고 원피스도 벗지 않은 채였다. 다만 화장은 이미 울면서 대부분 씻겨 나갔을 것이다. 눈물을 입에 머금으니 여느 때와는 조금 다른 낯선 맛이 났다.

어찌 됐든 나는 몹시 지쳐 있었다. 평소 나는 좀처럼 울지 않는 아이였기에 울면서 체력을 많이 소모했을 것이다. 무시무시한 소리를 떠올릴 때마다 나의 몸은 오들오들 떨렸다.

떨고 있는 내 옆에서 엄마가 「샘」을 읽어준다. 실은 끝까지 듣고 싶었지만, 내 눈꺼풀은 금세 무거워졌다. 잠자는 숲속의 공주 약도 먹지 않았는데, 나는 발에 무거운 돌이 묶여 호수 바닥으로 가라앉듯이 깊은 잠에 빠져들었다.

엄마의 목소리는 조금도 무섭지 않은데, 하고 생각하면서.

이것이 기념할 만한 열 살 생일날의 일이었다.

다음 날, 구로우타도리 합창단은 토와의 정원에서 멋들어진 아침 콘서트를 열었다. 마치 하루 늦게 내 생일을 축하해주는 듯했다. 그러나 엄마는 그 노랫소리가 들려와도 일어나지 않았다. 다음 날도, 그리고 그다음 날도 엄마는 침대에 엎드려 있었다.

모처럼 엄마가 나와 외출해 사진관에 데리고 가주었는데 내가 울기만 해서 망쳐버린 탓일까. 엄마는 그런 나에게 질려서 내가 싫어지고 만 걸까.

그런 생각을 하고 있자니 나는 몹시 슬퍼졌다.

엄마가 이제 두 번 다시 일어나지 않으면 어떡하지. 그런 생각을 하는 것만으로도 나는 불안해서 견딜 수가 없다.

어쩌면 엄마가 아파서 누군가에게 도움을 요청해야 하는지도 모른다.

바로 그때였다. 누군가 집 부엌문을 두드린 건.

똑, 똑, 똑.

수요일 아빠다. 나는 천천히 일어섰다. 그러고는 바닥에 흩어진 이것저것을 발끝으로 밀어 헤치며 부엌문 쪽으로 살며시 다가간다.

아빠라면 엄마를 도와줄지도 모른다. 하지만 나는 소리를 낼 수가 없다. 그야 엄마가 그렇게나 주의를 줬기 때문이다. 누가 오더라도, 하물며 아빠라도 대답을 해서는 안 된다고. 외출할 때 엄마는 항상 그렇게 말했었다. 그래서 나는 엄마의 말을 어길 수가 없었다.

아빠의 발소리가 멀어져 간 뒤에도 나는 얼마간 그 자리에 계속 서 있었다. 그런 다음 소리가 나지 않도록 조용히 엄마가 있는 침대 쪽으로 살금살금 되돌아와 눈을 감는다.

부엌에 가보니 싱크대에는 설거짓거리가 수북이 쌓여 있었다. 생일잔치의 흔적은 나와 엄마가 외출했을 때 그대로, 테이블에는 초콜릿 케이크가 놓여 있었다.

배가 고프면 나는 초콜릿 케이크를 손으로 집어 먹었다. 이 상태가 언제까지 이어질지 모르니 조금씩만 먹어야 한다는 걸 머리 한구석에서는 이해하고 있었다. 그러나 초콜릿 케이크는 눈 깜짝할 새에 내 배 속으로 들어가 버렸다.

그러는 동안에도 나는 엄마의 코끝에 몇 번이고 손바닥을 대보며 엄마가 숨을 제대로 쉬고 있는지를 확인했다. 그리고 거기에 작디작은 바람이 느껴지면 마음을 놓았다.

나는 조금이라도 엄마에게 도움이 되고자 실컷 어질러진 부엌 바닥을 정리하거나, 로즈메리를 제 위치인 다락방으로 돌려놓거나, 싱크대에 처박힌 그릇과 조리 도구를 물로 씻었다. 하지만 앞이 보이지 않는 내가 그러기에는 한계가 있는 것도 사실이었다.

할 수 있는 일들을 전부 해치운 나는 다락방으로 올라가 로즈메리와 소파에 드러누운 채 하늘을 올려다보았다. 오랜만에 살창을 열었더니, 함초롬히 젖은 듯한 달콤한 바람이 내 이마를 살며시 어루만지며 입맞춤한다. 나도 달콤한 바람에게 입맞춤을 되돌려주었다. 예전에 로즈메리와 했던 입맞춤보다도 이쪽이 훨씬 즐겁고 기분 좋다고 느끼면서.

엄마가 겨우 침대에서 일어난 건 수요일 아빠가 오고 난 뒤, 구로우타도리 합창단이 아침을 세 번 알려준 다음이었다.

"토와, 어딨니? 토와? 토와?"

그때도 나는 로즈메리 옆에 누워 하늘을 보고 있었다. 아마도 날씨가 좋으리란 건 손바닥에 닿는 빛의 세기로 대강 헤아릴 수 있다. 빛에도 어렴풋하게 냄새가 있다는 사실을 안 것은 꼭 이맘때였다.

엄마의 목소리에 나는 기세 좋게 몸을 일으켰다. 그러고는 발을 헛디디지 않도록 신중하게 계단을 내려가 엄마가 자고 있는 침대로 향한다.

"다행이다. 엄마가 이대로 눈을 뜨지 않으면 토와는 어쩌지, 싶었어."

내가 말을 걸자,

"괜찮아. 그런 일은 절대로 일어나지 않으니까. 토와랑 엄마는 '영원한 사랑'으로 맺어져 있는걸."

엄마는 작은 목소리로 속삭였다.

"이리 와."

엄마가 이불을 들어 올려주었기에 나는 미끄러지듯 엄마 옆을 파고든다. 그런 다음 엄마의 가슴에 꽉 안겼다.

"미안해. 모처럼 엄마랑 외출한 건데."

다시 떠올려보니 아쉬워서 눈물이 쏟아진다.

"마음에 두지 마, 토와. 게다가 엄마는 행복했는걸? 토와랑 외출할 수 있어서."

"정말? 엄마, 정말로 행복했어? 토와한테 화 안 났어?"

내가 싫어진 게 아니냐는 질문은, 역시나 두려워서 하지 못했다.

"화났을 리가 없잖아."

내 머리를 쓰다듬으며 엄마는 말했다.

"그치만, 토와는 엄마랑 이러고 있는 게 제일 좋아."

외출하는 것보다도 엄마와 단둘이 있을 수 있다면 나는 그 이상의 행복 따위 요만큼도 바라지 않았다. 그렇게 스스로 깨달았다는 것이 외출로 얻은 유일한 수확이었는지도 모른다. 이제 두 번 다시 나는 엄마와의 외출 같은 건 바라지 않는다.

"이 집은, 토와와 엄마의 성이야."

엄마의 말에 나는 고개를 끄덕였다.

"토와, 계속 이 집에 있을래."

나는 엄마에게 선언하듯 말했다.

"계속, 계속 엄마랑 이 집에서 살래. 응? 괜찮지?"

"괜찮고 말고, 여기는 토와의 집이잖아. 토와의 정원은, 토와 거야."

엄마는 말했다. 그러더니 엄마는 문득 생각난 것처럼, 아빠, 하고 내뱉었다.

"빨리 집 안으로 들여놔야겠다."

며칠 동안 밖에 방치된 탓에 아빠가 가져다준 식재료의 대부분은 엉망이 되어 있었다. 특히 버터는 완전히 녹아 형태를 잃어버린 상태였다.

"모처럼 마들렌을 만들려고 했는데."

그렇게 말하면서 엄마는 울었다. 못 쓰게 되어버린 식재료를 앞에 두고 하염없이 눈물을 흘렸다. 나는 엄마의 뺨에 흐르는 눈물을 손바닥으로 훔치며, 그것을 입에 머금는 일밖에 할 수 없었다. 엄마의 눈물은 희미하게 달면서도 조금은 쓴맛이 났다.

"일을 해야겠어. 역시 돈이 없으면, 토와와 함께 살아갈 수 없어."

이 말은, 이 일 이후로 엄마의 입버릇이 되었다.

그날 이후로 엄마는 또다시 홀린 듯 일에 몰두하게 되었다. 나에게는 혼자서 집 지키기와 기저귀와 잠자는 숲속의 공주 약이 일상이 되었다. 처음에는 그렇게나 차기 싫어했던 기저귀도 점점 안 차고 있는 쪽이 더 불안했다. 잠자는 숲속의 공주 약도 처음에는 한 알만으로 푹 잘 수 있었는데, 차츰 한 알로는 효과가 안 나기 시작했다.

외출하기 전, 엄마는 내 입에 세 알 혹은 네 알, 많으면 다섯 알이나 잠자는 숲속의 공주 약을 밀어 넣었다. 안에 꿀이 가득 든 사탕은 갈 곳을 잃었고, 그 대신 나는 컵에 담긴 물을 건네받았다.

슬펐던 것은, 내 몸이 조금씩 자라나 열 살 생일 선물로 엄마가 준 원피스가 어느 날 들어가지 않게 된 일이다. 아무리 먹는 양을 줄여보아도, 배에 힘을 주어도, 내 팔이 소매 반대편으로 빠져나오기란 불가능해졌다.

평소 생활하면서 그 원피스를 입는 일은 없었지만, 그 원피스 소매에 팔을 넣으면 나는 어디로든지 여행을 떠날 수가 있었다. 엄마가 바빠지면서 책을 읽어주는 횟수가 뚜렷이 줄어든 지금, 나를 다른 세계로 데려가 주는 건 원피스뿐이었다. 원피스가 마법의 양탄자가 되어 나를 먼 하늘로 데리고 가주었다. 그러나 이제 더는 마법을 쓸 수가 없다.

작아져라! 더, 더 내 몸이 작아져라!

나는 주문을 외우듯 내 몸이 작게 줄어들기를 매일 밤 기도했다. 아침에 일어나면 몸이 작아져 있기를. 그것이 나에게는 가장 크고도 조그마한 꿈이었다.

그 원피스가 내 몸에 맞지 않게 될 무렵부터 엄마는 이따금 고장이 나기 시작했다. 그것은 고장 난다는 말이 아니고서는 달리 표현할 수가 없다.

엄마가 일하러 나가면, 부엌 싱크대에 쌓인 그릇을 설거지한다. 그럴 때 그만 무심코 바닥에 물을 흘리고 만다. 그 물웅덩이를 집으로 돌아온 엄마의 발끝이 발견한다. 그러면 반드시 엄마의 손이 뻗쳐 온다.

엄마는 아무 말도 하지 않는다. 아무 말도 하지 않는 대신 손만이 격렬하게 감정을 앞세우며 내 뺨이나 머리로 향해 온다.

"죄송해요."

큰 소리를 내면 점점 더 손이 날아오므로 나는 무릎을 꿇고 신음하듯 엄마에게 사과한다. 사과하며 용서를 빈다. 나는 오로지 이 폭풍이 조금이라도 빨리 사그라지기를 기도한다. 나중 일은 아무것도 생각하지 않는다. 아프더라도 그 아픔에 '아프다'라는 구체적인 말을 붙이지 않는다. 괴롭더라도 그 괴로움에 '괴롭다'라는 감정을 대입하지 않는다. 아무튼 나 자신을 잃고 투명인간이 된 채 이 순간이 지나가도록 내버려 둔다. 그렇게 하는 게 가장 편한 방법이라는 걸 알았으니까.

어차피 앞을 못 보는 내가 저항해봤자 엄마를 당해낼 수 있을 리가 없다. 사태를 더욱 복잡하게 만들어 엄마의 감정을 해칠 뿐이다.

그리고 나는 알고 있었다. 폭풍이, 언젠가는 사그라든다는 것을.

폭풍이 사그라들 징조. 그것은 엄마의 뉘우침이었다.

"미안해, 토와. 미안해. 이런 엄마라서 미안해. 토와, 용서해줘. 엄마를 용서해줘. 엄마, 토와를 위해서 뭐든지 해줄 테니까."

엄마는 매번 눈물을 흘리며 나에게 말했다.

"엄마는 안 나빠. 전부 토와 잘못이야. 흘린 물을 제대로 안 닦고 놔뒀으니까."

그 단계가 되면 잊고 있던 아픔이 갑자기 존재감을 드러낸다. 나는 아픈 부위에 내 손바닥을 가져다 대고 아픔을 누그러뜨리며, 다른 한 손으로 엄마의 볼에 흐르는 눈물을 만진다. 이제 내 치마 주머니에 다림질된 깨끗한 손수건이 들어 있는 일은 없다.

"왜 그렇게 토와는 엄마한테 잘해주는 거야?"

엄마는 더욱더 크게 울면서 내 가슴에 얼굴을 묻는다. 나는 한쪽 무릎을 세운 채 작은 가슴으로 엄마의 머리를 힘껏 끌어안고 살며시 두 손으로 감싼다. 언젠가부터 역할이 뒤바뀌게 되었다.

"토와."

"엄마."

"엄마, 더, 더 좋은 엄마가 되고 싶어."

"이미 충분해. 엄마는 나한테 있어서 최고의 엄마야."

그러니 이제 울음을 그쳐, 라는 말을 나는 가만히 목 안으로 삼킨다. 이럴 때 엄마를 결코 채근해선 안 된다는 것 또한 알고 있었다. 나는 폭풍이 이제 절대로 되돌아올 수 없는 곳까지 떠나가 버리기를 끈기 있게 기다릴 뿐이다.

왜냐하면 폭풍이 지나간 후에는 반드시 평화가 찾아왔으니까. 그것이 자연의 법칙이니까.

엄마는 평소의 엄마보다 더 다정해지고, 내 소원을 들어준다. 책을 읽어주는 것이다.

나는 엄마와 한 침대에 꼭 붙어 엎드려서 자나 깨나 이야기 속을 여행했다. 밥을 먹거나 화장실에 가는 등 꼭 필요한 행동 외에는 침대에서 나가지 않고 엄마가 읽어주는 이야기에 귀를, 아니 몸 전부를 맡긴다. 내게는 이것이 보상이었다.

나는 폭풍 따위는 새까맣게 잊어버리고 이야기 속 세상에 파묻혔다. 엄마의 목소리는 나를 이야기 속으로 끌어들이는 부드러운 실이었다.

책의 문을 열 때 엄마는 언제나, 눈을 감으렴, 하고 나에게 말했다.

나의 눈은 이미 오래전부터 감겨 있는데도.

그래도 엄마는 매번 나에게, 눈을 감으렴, 하고 나긋나긋하게 속삭였다.

나는 슬그머니 마음의 눈꺼풀을 내린다.

그러면 보드라운 어둠이 살금살금 찾아와 나를 다른 곳으로 데리고 가준다.

휘몰아치는 폭풍과 감미로운 밀월.

등을 맞댄 두 행위를 번갈아 되풀이하며, 나와 엄마는 계속해서 같은 곳을 빙글빙글 돌았다.

그러나 아무리 기다려도 열한 살 생일은 찾아오지 않았다. 어쩌면 생일이라는 건 십 년에 한 번 축하하는 것일지도 모른다. 하지만 스무 살 생일도 역시 나에게는 찾아오지 않았다.

아니, 애초에 나는 아직 스무 살이 되지 않았던 것일지도 모른다. 시간의 흐름이라는 감각이 없기에 나는 내가 지금 몇 살인지를 모른다.

시간은 그 속에 무언가 일이 벌어지고서야 비로소 그와 대비되는 형태로 윤곽이 떠오르기 시작한다. 그렇지만 나에게는 시간을 느끼기 위해 벌어지는 일이 지나치게 부족했다. 전혀 없는 것은 아니지만 내 삶에는, 원래는 평탄하기만 한 시간이라는 것에 굴곡을 만들 만한 일이 거의 없다.

한 살, 두 살 나이를 먹어간다는 감각 또한 머리로는 알아도 나 자신의 몸으로 치환하여 상상하기란 어려웠다. 나에게는 지금 내가 여기에 있다는 사실만이 전부이며, 그 사실을 객관적으로 보거나 증명할 필요는 전혀 없었다.

시간이란, 강의 흐름과 닮은 무언가가 아닌 그저 그곳에 존재하는 것, 혼돈한 소용돌이 그 자체였다. 밀려왔다 밀려가는 파도 위에 등을 맡기고 아무런 저항 없이, 온몸에 힘을 뺀 채 그저 흔들거리는 것이었다. 가끔은 모래밭에 떠밀려 오는 때도 있지만, 하루 온종일 태양 아래 몸을 내던지고 있으면 이윽고 파도가 내 몸을 등 뒤에서 감싸 안아 드넓은 바다로 다시 떠밀어준다. 시간은 틀림없이 모든 사람에게 그런 것인 줄로 알고 있었다.

구로우타도리 합창단의 노래와 수요일 아빠의 방문을 정확하게 기록했다면 시간의 경과는 어느 정도 파악할 수 있었을

지도 모른다. 하지만 나는 그렇게 해야 할 필요성을 전혀 느끼지 못했다. 나에게는 앞일이라거나 예정이라고 부를 만한 것이 무엇 하나 존재하지 않았다. 그래서 당연히 그런 일은 하지 않았다.

하지만 내게는 역시 잘 이해되지 않는다. 무엇이 그 전까지와 달랐던 것인지. 어째서 그렇게 된 것인지.

생각해보고, 또 생각해보아도 답이 나오지 않는다. 그저 엄연한 사실만이 그곳에 떡하니 자리하고 있을 뿐이다.

"사랑하고, 사랑하고, 사랑하는 토오와, 잘 자렴."

엄마는 그렇게 말하고 여느 때처럼 내 입 안에 잠자는 숲 속의 공주 약을 넣었다. 그때의 정확한 개수는 생각나지 않지만 아마도 네 알 전후였던 것 같다. 그런 다음 내 눈언저리에 걸쳐진 머리카락을 귀 쪽으로 넘기듯이 여러 번 이마를 매만졌다.

눈을 감으니 잠의 왕이 우뚝 버티고 서서 나를 기다리고 있었다. 나는 잠의 왕에게 손목을 꽉 붙들린 채 잠 속으로 연행된다.

그 무렵 내 몸에 잠의 왕이라는 확실한 존재가 자리 잡고 있었다. 잠의 왕은 살짝 난폭한 어조로 나에게 명령하는, 수면을 지배하는 임금님이었다. 꿈을 꿨는지 어땠는지는 기억나지 않는다.

그 후 나는 구로우타도리 합창단의 노래로 눈을 떴다. 그런데 집 안이 유난히 고요하다. 평상시라면 생활음이 나야 하는데 마치 집이 통째로 밀폐된 것처럼 아무 소리도 들리지 않았다.

"엄마?"

불러도 대답이 없다.

"엄마."

나는 방금보다 조금 더 큰 목소리를 낸다. 그러나 역시 대답이 없다. 잠자는 숲속의 공주 약을 먹고 난 다음 눈을 떴을 때 엄마가 없었던 적은 지금껏 한 번도 없었다.

"엄마, 엄마!"

나는 침대에서 몸을 일으켜 큰 소리로 외쳤다. 사실 큰 소리를 내면 엄마가 고장이 나 무서운 손이 뻗쳐 온다는 것을 알고 있다. 하지만 나에게는 엄마가 없는 쪽이 더욱 큰, 정체를 알 수 없는 공포였다.

그나저나 이 고요함은 무엇일까. 커다란 소리가 나에게는 폭력과 다름없다는 사실은 열 살 생일날에 절실히 느꼈다. 나를 거뜬히 꽉 옥죄어 숨을 쉬지 못하도록 만든다. 하지만 완전한 정적 또한 나를 불안에 빠뜨리는 것이었다.

마치 이 세상에 나만 홀로 남겨진 것 같은 불안한 기분이 든다. 조그마한 생활음에 섞여 엄마의 목소리가 들리는 상태. 그것이 나에게는 가장 아늑하고 편안한 환경이었다.

내가 얼마나 자고 있었는지는 물론 알 수가 없다. 혹시 내가 너무나도 오래 자버린 탓에 엄마는 또 일을 하러 나간 것일까. 만약 그런 거라면 나는 잠의 왕을 아무리 원망하고 원망해도 모자라다.

나는 침대에서 일어나 화장실 쪽으로 향했다. 그러고는 기저귀를 벗어 다시 새 기저귀로 갈아 찬다. 예전에는 혼자 집 지킬 때가 아니고는 보통의 속옷을 입고 있었다. 하지만 빨래가 밀려 갈아입을 속옷이 없게 되고부터는 평소에도 기저귀를 차게 되었다.

이렇게 하면 굳이 힘들게 화장실까지 가지 않아도 어디서든 일을 볼 수 있다. 기저귀는 매번 수요일 아빠가 가져다주므로 떨어질 걱정은 없다.

지금은 화장실까지 다다르기에도 어려운 상태인 것이다. 예전에 가시밭길이라는 표현을 책 속에서 들은 적이 있는데, 화장실로 가기까지가 말 그대로 가시밭길이었다.

침실에서 화장실로 가려면 계단을 내려가야 하는데 그 계단에는 물건들이 어지럽게 흩어져 있다. 나는 손잡이를 잡고 발끝으로 물건을 헤치며 신중히 계단을 내려간다. 그런데 문제는 거기서부터다. 정체를 알 수 없는 커다란 비닐봉지가 앞길을 막는 탓에 나는 생각처럼 앞으로 나아갈 수가 없다. 때때로 비닐봉지에서 이상한 냄새가 나고 안에서 바스락바스락 하는 기분 나쁜 소리가 들려온다.

부엌 역시 혼돈 상태였다. 발 디딜 틈도 없는 데다가 지금은 싱크대의 위치가 어디인지조차 금방 알아채기 어려운 상황인 것이다.

엄마와 목욕을 하며 몸과 머리카락을 씻은 것도 언제가 마지막인지 기억나지 않는다. 욕실 안에도 역시 물건들과 비닐봉지가 넘쳐나기 시작해 그것들을 어디론가 옮겨놓지 않고서는 욕실을 쓸 수 없게 되었기 때문이다.

사용한 기저귀를 내버려 두고 나는 계단을 올라가 이 층으로, 더욱더 가파른 계단을 기어올라 다락방으로 향한다. 소파에는 여전히 로즈메리가 있었고 나를 부드러운 가슴으로 끌어안아 준다.

"메리."

나는 로즈메리에게 작은 목소리로 말을 걸어 물어본다.

"엄마는 어디 있어?"

하지만 로즈메리는 여전히 대답을 해주지 않는다. 나는 로즈메리에게 무슨 말을 듣길 포기하고 작게 부푼 로즈메리의 가슴에 손바닥을 댄다. 이렇게 하고 있으면 왠지 마음이 가라앉으니까.

나는 로즈메리의 손을 내 가슴께로 가져가 서로의 가슴을 만지게 한다. 로즈메리의 손은 조금 차갑게 느껴질 때도 있지만 그 손을 옷 속에 넣어 직접 가슴을 만지게 하면 차츰 따듯해지고 부드러워진다. 그러고 있으면 아주 잠깐이긴 하지만 엄마가 지금 이 집에 없다는 현실을 잊을 수 있었다.

얼마간 로즈메리와 장난을 치고 나서 문득 생각이 나 살창을 연다.

창밖으로 얼굴을 내밀었을 때 나는 마침내 알아차렸다. 내가 아까 들었던 구로우타도리 합창단의 노래는 아침을 알리는 소리가 아닌 하루의 끝을, 다시 말해 해 질 녘을 알리는 소리였다. 아침과 밤 공기의 차이는 이렇게 직접 얼굴을 공기에 맞대어보면 알 수 있었다.

창밖으로 손을 뻗으니 촉촉한 가랑비가 내리고 있었다. 가랑비라기보다 안개에 가깝다. 나는 크게 숨을 들이마셨다. 그러고는 몇 초간 호흡을 멈춘 뒤 한 번에 숨을 토해낸다. 그렇게 하면 나의 숨이 엄마에게 닿을지도 모른다.

엄마는 우산을 가지고 나갔으려나. 어쩌면 엄마는 비를 맞고 어딘가에서 비가 그치기를 기다리고 있는 걸지도 모른다.

창가에 서서 심호흡을 되풀이하고 있으니 멀리서 개 짖는 소리가 들려온다. 우우, 우우, 하고 찢어지는 듯한 소리로 짖고 있다. 나도 저렇게 온몸으로 소리를 내질러 내가 여기 있다는 걸 엄마에게 알리고 싶었다. 저 개 역시 홀로 집을 지키고 있는 걸지도 모른다.

"다행이야."

나는 로즈메리에게 말했다. 우리만 세상에 남겨진 것이 아니었다. 그 사실에 아주 약간은 가슴을 쓸어내린다. 적어도 나와 로즈메리 말고 이 세상에는 저 개도 있는 것이다. 이름도 생김새도 모르는 그 개가 우리와 운명을 같이하는 동지처럼 느껴졌다.

습기를 담뿍 머금은 밤바람이 기분 좋았다. 하늘 쪽으로 얼굴을 향하자 입자가 고운 물방울이 닿는다. 나는 며칠이나 씻지 않은 얼굴을 하늘의 눈물로 닦는다.

아침이 되면 반드시 엄마가 집으로 돌아올 것이다. 당연히 그러기 마련이다. 어쩌면 잠자는 숲속의 공주 약이 잘 듣지 않게 되어 내가 여느 때보다도 일찍 잠에서 깨버렸을 뿐일지도 모른다.

집으로 돌아온 엄마는 나에게 팬케이크를 구워주겠지.

나는 거기에 버터를 듬뿍 올리고 메이플 시럽을 뿌려 먹는다.

다 먹고 나면 엄마가 내 머리카락을 빗겨준다.

그리고 나는 엄마와 함께 목욕을 하며 엄마가 내 몸 구석구석을 씻겨준다.

드라이어로 젖은 머리카락을 말리며 기분이 좋은 엄마가 내게 노래를 불러준다. 엄마는 내 머리카락을 세 가닥으로 땋아 예쁘게 묶어줄지도 모른다.

그런 다음 엄마와 나는 침대에 엎드려 엄마가 나에게 책을 읽어줄 것이다. 이 집에 또다시 평온한 일상이 되돌아온다. 분명 엄마가 돌아오면 모든 것이 원래대로 돌아갈 것이다.

"메리도 그렇게 생각하지?"

나는 로즈메리에게 말하며 우리의 몸 위로 담요를 덮었다.

구로우타도리 합창단의 목소리가 또렷하게 들리도록 나는 살창을 열어두었다. 밤바람이 조금 쌀쌀했지만 로즈메리의 몸에 꼭 달라붙어 머리까지 담요를 뒤집어쓰고 있으면 따뜻해진다.

이렇게 나는 구로우타도리 합창단이 토와의 정원에 찾아오기를 애타게 기다렸다.

틀림없이 구로우타도리 합창단이 엄마를 이곳으로 데리고 와줄 것이라 믿고 있었다.

머지않아 제일 먼저 한 마리가 찾아왔고 뒤이어 다른 한 마리도 도착한다. 구로우타도리 두 마리가 내 귓가에 바짝, 아침이 찾아왔음을 쾌활하게 알린다. 나는 엄마가 집에 오는 걸 금방 알아차릴 수 있도록 귀를 쫑긋 세우고 그 순간을 기다린다. 기다리고 기다리다 엄마가 돌아오면 강아지처럼 달려들 셈이었다.

하루. 이틀. 사흘. 나흘.

나는 오로지 엄마가 현관문을 열고 집으로 돌아오는 순간을 기다렸다. 하지만 아무리 구로우타도리 합창단이 멋진 노래를 뽐내어도 엄마가 이 집에 돌아오는 일은 없었다.

어쩌면 사고가 난 것일지도 모른다. 차에 치여 구급차로 병원에 실려 간 것일지도 모른다.

아니면 엄마가 유괴를 당한 건가?

잠깐이라도 그런 일을 상상하니 조바심이 났다. 빨리 엄마를 도와줘야 해, 빨리 엄마한테 달려가야 해, 그렇게 초조한 마음만이 앞섰다.

그러나 역시 나는 이곳에서 움직일 수 없다. 마치 발바닥에 강력한 접착제가 발린 듯 여기에서 나갈 수가 없다. 그것이 엄마와의 약속이거니와, 첫째로 사방팔방에서 무서운 소리가 나는 바깥세상에 나 홀로 뛰어들기란 불가능이다. 그러므로 나는 이곳에서 엄마가 돌아오길 기다리는 수밖에 없다. 내가 할 수 있는 일은 마냥 기다리는 것뿐.

똑, 똑, 똑.

수요일 아빠가 부엌문을 두드린다.

아빠라면 엄마에 대해 무언가 알고 있을지도 모른다. 사정을 말하면 나를 엄마가 있는 곳까지 데리고 가줄지도 모른다.

하지만 역시 목소리를 낼 수가 없다. 나는 그저 그 자리에 꼿꼿하게 굳은 채 아빠의 기척이 사라지기를 숨죽이며 조용히 기다린다.

그리고 조금 지나자 전화벨이 울렸다. 나는 전화기로 손을 뻗는다. 난생처음 전화기를 만져보았다. 그러나 그다음 어떻게 해야 하는지를 모른다. 전화기에 손을 댄 채 가만히 있다 보니 자동 응답기 메시지도, 아빠의 목소리도 끝나고 이윽고 전화기는 조용해졌다.

밤이 되고, 부엌문을 아주 약간만 연 채 팔을 내밀어 놓여 있는 상자와 봉지를 안으로 들인다. 엄마가 없는 이상 이 일을 내가 하는 수밖에 없다.

왜냐하면 나는 배가 고팠기 때문이다.

허기만을 빵빵하게 채운 풍선이 배 속에서 당장이라도 터질 것처럼 부풀어 있다.

부엌문을 잠그고 상자의 내용물을 헤집으며 안에 든 것을 물색한다. 상자나 봉지에 든 무언가와 컵라면 중에서 지금 바로 먹을 수 있을 만한 것을 골라낸다.

이 감촉은 틀림없이 빵이다.

봉지를 뜯어 정신없이 베어 문다. 예상대로 간식용 빵이었다. 가운데에 달콤한 잼이 들어 있다.

맛있다.

너무 맛있어서 눈물이 날 것 같다.

나는 넋을 잃고 빵을 베어 문다. 자극을 받은 위장이 더욱 더 먹을 것을 요구한다. 내 위장은 블랙홀로 변신해 온갖 음식물을 차례차례로 삼켜댄다. 나는 배가 부르기는커녕 점점 더 배가 고파 정신을 못 차린다.

잼이 든 빵 다음으로 주먹밥을, 주먹밥 다음으로 초콜릿을 먹으며 한 가지 생각난 것이 있었다.

그 날, 엄마가 손발톱을 잘라주었던 것이다. 그 날이란 엄마가 없어진 날을 말한다. 외출하기 조금 전 엄마는 아무렇게나 자라 있는 내 손발톱을 잘라주었다.

두 손과 두 발, 다 합쳐 스무 개인 내 손발톱. 그 하나하나에 손톱깎이를 가져다 대어 내 손발톱을 짧게 깎았다.

손톱 사이를 파고든 초콜릿을 먹으려던 지금 퍼뜩 그 일이 생각난 것이다.

"엄마."

내 손발톱을 잘라준 엄마는 지금 어디에서 무얼 하고 있는 걸까?

그 후 나는 이불 속으로 기어들어 갔다. 양치질 따위 하지 않는다. 양치질을 할 수 있을 리가 없다. 칫솔도 치약도, 아빠가 가져다주는 생필품 목록에서 이미 옛날에 모습을 감추었다. 하지만 그런 건 아무래도 상관없다.

이불에는 아직 엄마의 냄새가 남아 있다. 이렇게 오랫동안 엄마와 떨어져 있는 건 처음이다. 태어났을 때부터 죽 엄마가 곁에 있어주었다. 나는 등을 잔뜩 말아 침대 안에서 웅크린다. 나의 냄새와 엄마의 냄새가 뒤섞인 공기 속에서 엄마의 냄새만을 찾아내 그것을 한 조각도 남김없이 몸으로 들이마신다. 엄마가 내 몸에 들어와, 나와 엄마는 하나가 된다.

엄마가 보고 싶다. 엄마가 보고 싶다. 지금 당장 엄마를 만나고 싶다. 엄마를 만나 엄마에게 꼭 안기고 싶다.

꿈에서라도 좋으니 엄마를 빨리 만나고 싶었다.

오늘 아침도 구로우타도리 합창단이 아침을 알리러 찾아온다.

예전에는 아침이 오는 것이 즐거웠다. 몹시도 기다려졌다. 나도 구로우타도리들 틈에서 노래를 부르고 싶었다. 하지만 이젠 그 소리가 들려와도 일어나지 못한다.

언젠가 엄마가 읽어준 이야기에 그런 주인공이 있었던 게 생각난다. 그 청년은 전쟁으로 가족과 한쪽 눈을 잃었다. 심지어 절친한 친구에게 배신을 당했다. 마침내 전쟁이 끝났음에도 청년은 기뻐하지 못한다. 절망하며 온종일 침대에 누워 있는다.

나도 그를 따라서 하루 종일 누워 있어볼까. 그렇게 하면 조금은 배고픔을 잊을지도 모른다. 배가 고플 때 몸을 움직이면 더욱 배가 고파질 뿐이다.

얼마 전 아빠가 가져다준 상자의 음식물은 대부분 먹어 치우고 말았다. 그러나 내가 전부 다 먹어버리면 엄마 몫이 없어지고 만다. 그래서 바나나 한 개는 아직 남겨두었다.

눈을 꼭 감고 잠의 왕을 부른다. 하지만 잠의 왕은 내가 와주길 바랄 때에만 모습을 드러내지 않는다. 나는 괴로움에 몸부림치며 아빠가 오기를 기다린다. 수요일만이 나에게 확실한 희망을 가져다준다. 아빠가 다시 똑같은 걸 가지고 오도록 나는 내가 먹은 식품 포장지의 일부를 깡통에 넣어 아빠에게 요청했다.

수요일 아빠가 오고 며칠은 먹을 것이 있어 그럭저럭 굶주림을 견딜 수 있었다. 그러나 일요일이 지나고 월요일, 화요일이 되면 배가 고픈 나머지 나는 내 머리카락이나 손톱마저도 먹어버리고 싶은 충동에 사로잡힌다.

가끔 요일을 잘못 세어 하루 일찍 아빠가 와주는 때가 있었다. 그럴 때는 펄쩍 뛰어오를 만큼 기쁘다. 그러나 반대로 예상한 날로부터 하루 혹은 이틀을 기다려야 하는 때에는 그야말로 지옥과 같은 괴로움을 맛본다. 나는 바나나 껍질을 입에 넣고 씹으며 그 잔향으로 굶주림을 견디는 처지에 이른다.

낮도 밤도 사라졌다. 아니, 사라진 것이 아니라 내가 알지 못하게 된 것이다. 구로우타도리 합창단의 노래에도 더 이상 예전처럼은 몸이 반응하지 않는다. 시계의 긴바늘은 퇴화하여 이윽고 썩어버렸고, 나에게 시간의 흐름을 알리는 것은 수요일 아빠밖에 남지 않게 되었다.

그럼에도 상태가 괜찮을 때는 다락방으로 가 살창을 열었다. 그리고 로즈메리와 나란히 소파에 엎드려 하루 내내 하늘을 바라보고 있었다. 예전에는 밝은 하늘을 보는 게 좋았는데 요즘에는 밤하늘 쪽이 나와 더 가까운 것 같은 기분이 든다.

별이라는 것을 나는 실제 내 눈으로 본 적이 없지만, 터무니없이 아름다운 것이라고는 어딘지 모르게 상상이 된다.

혹시라도 엄마를 다시 만나게 된다면 나는 밤하늘의 별들을 모두 이 손으로 주워 모아, 그것들을 꿰어 엄마 목에 걸어 주고 싶다.

눈이 내린 건 수요일 아빠가 오고 나흘 뒤인 일요일 아침이었다. 그날은 구로우타도리 합창단의 공연도 쉬는 날이었기에 아침이었는지 정확히는 모르겠지만, 아무튼 눈을 떠보니 눈이 내리고 있었다. 지금껏 눈이 내린 적은 여러 번 있었다. 그래서 눈이 어떤 것인지는 알고 있다.

"토와, 알겠니? 밖에 눈이 내리고 있어."

엄마는 그 때 평소보다 조금 더 흥겨운 목소리로 말했다.

"눈?"

"그래. 추워지면 비가 얼어서 눈이 되는 거야. 눈은 말이지, 하얀색이야."

그렇다고 해도 나에게는 종잡을 수 없는 말처럼 들렸지만.

비라면 알고 있다. 비가 오면 지붕이 떠들썩해지고 공기의 냄새도 달라지니까. 하지만 그게 얼어서 하얗게 된다는 것이 나로서는 잘 상상되지 않는다.

"지금, 엄마가 토와한테 눈을 가져다줄게."

엄마는 그렇게 말하고 현관 밖으로 나갔다. 그러고 나서 토와의 정원에 떨어져 있던 동백꽃 한 송이를 들고 와 내 손바닥에 올려놓았다.

"알겠니? 여기에 눈이 쌓여 있어."

엄마는 내 손가락 끝을 천천히 당겨 동백꽃 꽃잎 위에 쌓인 눈을 만지게 했다.

"차가워."

나는 말했다. 확실히 거기엔 물과는 다른 몹시 차가운, 그렇지만 부드러운 무언가가 있었다. 코를 가까이 대고 냄새를 맡자 흙을 응축시킨 듯한 대지 그 자체의 향기가 난다.

내가 손가락 끝으로 만져보는 사이에 눈은 순식간에 형태를 잃고 녹아버렸다. 나는 내가 눈에 깃들어 있던 생명을 앗아버린 것만 같아 미안한 기분이 든다. 정신을 차리고 보니 엄마의 손바닥에는 동백꽃만이 남겨져 있었다.

그때의 일을 선명하게 떠올리며 살창 밖으로 손을 내밀고는, 창살에 쌓여 있던 눈을 정성스레 퍼 올려 손바닥 위에 놓는다. 차가웠지만, 동시에 따뜻하게도 느껴졌다. 부드럽게 부풀어서 솜처럼 폭신폭신하다.

폭신폭신.

손바닥 위의 눈에서 보들보들한 엄마의 허벅지 안쪽으로,

나의 상상의 날개가 단숨에 날아올랐다.

손바닥에 얼굴을 가져다 대고 눈에게 인사했다. 나에게 인사란 상대의 냄새를 맡는 것이다. 그런 다음 천천히 혀를 내밀어 눈의 일부를 입에 머금는다.

나는 하늘을 통째로 먹고 있는 것처럼 즐거운 기분이 든다. 꼴깍 삼키자 몸 가운데에 차가운 눈 터널이 생겼다. 나는 무언가 하늘로부터 아주 귀중한 선물을 받은 듯한 기분이었다.

나는 무척 오랜만에 평온함 같은 걸 느끼고 있었다. 눈이 쌓여 모든 소리의 모서리가 사라지고 둥그레진 채 들려오는 것도 나를 안심시켜주었다. 나에게는 눈이 세상을 푹 뒤집어씌우는 담요처럼 느껴졌다.

담요 아래에는 나도 있고, 엄마도 있다. 나와 엄마는 같은 담요 아래에 있다. 하얀색을 모르는 나이지만 눈을 만지고 있으면 하얀색이 보이는 것 같은 기분이 든다. 그것은 몹시 눈부시며 삐이 하고 높은 소리를 내는, 올바름으로만 가득한 색이었다.

여전히 나는 배가 고팠다.

매일매일 배가 고파서 기본적으로는 항상 먹을 것만 생각하고 있었다. 수요일 아빠만이 구세주였다.

그러나 비루함을 쌓아갈 뿐인 나날에도 새로운 만남이 있었다. 바로 토와의 정원에 있는 나무들과의 만남이다. 그들이 나에게 말을 걸어주기 시작한 것이다. 향기라는 마법의 언어로.

어느 날 살창을 열었더니 여태껏 없던 향기가 문득 코끝을 스쳤다. 사늘하게 차가운 공기에 섞여 기품 있고 상쾌한 향기가 흘러들어 온 것이다. 소극적이기보다는 당차게 자기주장을 하며 흡사, 나 여기 있어! 하고 나에게 말을 걸어주는 듯했다.

나는 한동안 살창 밖으로 얼굴을 내밀어 그 나무와 이야기를 했다. 그때는 아직 나무들의 목소리를 말로 분명하게 해석하지는 못했지만, 어찌 됐든 그 나무가 나에게 내가 결코 혼자가 아니라는 사실을 알려주고 어깨를 두드리며 위로해준 것이다.

고마워!

나는 마음의 목소리를 있는 힘껏 내질러 나무에게 감사의 말을 전했다.

천만에!

그러자,

또 놀자!

하는 목소리가 들렸다.

지금껏 그럭저럭 친구라고 부를 수 있는 상대는 로즈메리뿐이었다. 그런데 드디어 나에게도 로즈메리 외의 다른 친구가 생긴 것이다.

그 향기를 맡고 있으니 산뜻한 기분이 들어 엄마가 집에 있었던 평화로운 시간들이 떠올랐다.

동시에 한동안 얌전했던 구로우타도리 합창단도 또다시 토와의 정원을 찾아와 아름다운 노랫소리를 뽐내게 되었다.

봄이 된 것이다.

토와의 정원의 친구들은 잇따라 피고 지며 마치 계절이라는 이어달리기의 바통을 넘겨주듯 향기의 언어로 나에게 말을 걸어주었다. 나에게는 그것이 가장 큰 위로가 되었다.

나는 기력이 있을 때면 몇 번이고 살창 밖으로 얼굴을 내밀어 그들과 이야기꽃을 피웠다. 수다 떠는 것이 이렇게 즐거운 줄은 몰랐다. 로즈메리와는 어떻게 해도 대화가 되지 않는다. 내가 아무리 말을 걸어도 로즈메리는 결코 나에게 대답을 해주지 않는다.

하지만 토와의 정원의 나무들은 다르다. 나의 물음에 꼬박꼬박 향기의 언어로 대답을 해준다.

그들과의 대화로 내 몸에는 시간의 흐름이 되살아났다.

나는 태어나서 처음으로 계절이 바뀜을 몸소 알았다. 그 전까지는 계절이라는 것을 단편적으로밖에 이해하지 못했다. 나는 항상 망망한 소용돌이 한가운데에 있었고, 그곳에서는 계절 같은 건 보이지 않았다.

향기가 유난히 활기를 띠는 것은 공기가 누그러지는 한봄 무렵으로, 너무나도 많은 나무들이 한꺼번에 말을 걸어오는 까닭에 나는 코가 열 개라도 모자랄 정도가 된다.

토와의 정원의 나무들과 마찬가지로 나에게 용기를 불어넣어 준 존재가 또 하나 있다. 피아노 소리다.

어느 날 오후, 로즈메리와 포개어진 채 소파에 드러누워 하늘 냄새를 맡고 있었더니 산들바람에 실려 오듯 아름다운 음색이 흘러들어 왔다. 곧장 피아노라는 걸 알아차렸다. 그야 피아노는 엄마가 가장 좋아하는 악기였으니까. 비 오는 아침, 구로우타도리 합창단의 모닝콜이 없으면 엄마는 피아노 레코드를 틀어 나에게 아침이 왔음을 알려주었다.

그 후로 나는 토와의 정원의 나무들과 즐겁게 이야기를 나누는 동시에 멀리서 들려오는 피아노 소리를 더듬게 되었다.

잔잔한 선율이 흐르는 때도, 이따금 분명하고 격렬하게 이야기하는 때도 있다. 토와의 정원의 나무들과 피아노와의 만남이 거의 비슷한 무렵이었기에 나에겐 마치 토와의 정원의 나무들이 피아노를 연주하는 것만 같았다. 처음에는 몰랐던 곡도 자꾸 듣다 보니 귀에 익어 친구처럼 친근하게 느껴지는 때마저 있었다.

엄마가 외출하고부터 몇 달 며칠이 흐른 것인지 분명치 않은 가운데, 어느 날 수요일 아빠가 아닌 다른 누군가의 방문이 있었다.

"누구 계신가요?"

그 여성은 집 현관문을 몇 번이고, 몇 번이고 노크하며 큰 소리로 외쳤다.

물론 나는 아무런 대답도 하지 않는다. 그저 그 자리에 얼어붙어 있는 수밖에 없다. 만일 저 사람이 현관문을 부수고 안으로 들어오면 어쩌나 하는 생각이 들자 심장이 갈비뼈 울타리를 뚫고 밖으로 튀어나올 것만 같았다. 공포감에 몸이 떨린다. 나는 마음속으로 간절히 엄마에게 도움을 구한다.

그런데 얼마 지나자 현관 앞에서 사람의 기척이 사라졌다.

나는 그제야 몸을 움직여 살금살금 침대로 돌아가 담요 아래를 파고든다. 그곳에 남아 있을 엄마의 냄새를 찾아낸다.

그런 일이 몇 번인가 있었다.

그럴 때마다 나는 숨을 죽이고 그저 저 사람이 떠나가기를 끈기 있게 기다리고 있었다.

내가 툭하면 같은 꿈을 꾸게 된 건 그 무렵부터인 듯하다.

바로 엄마에게 쫓기는 꿈이다. 그러나 목 아래는 엄마인데, 얼굴은 검게 칠해져 있다. 이리저리 헤매며 도망치는 나를 엄마는 끝없이, 끝없이 쫓아온다. 나는 안간힘을 다해 도망치지만 마지막에는 늘 엄마의 손에 붙잡히고 만다. 그리고 엄마에게 몸을 짓눌린다.

"죄송해요. 용서해줘요! 착한 아이가 될게요."

그렇게 울부짖는 자신의 목소리에 나는 퍼뜩 잠을 깬다. 온몸에서 땀이 나 베개가 흠뻑 젖어 있다.

"엄마."

나는 방금까지 꾸고 있던 꿈의 내용을 부정하고 싶은 마음에 그런 꿈을 꾼 나 자신이 싫어진다. 꿈 때문에 나는 점점 더 엄마가 보고 싶어진다.

엄마는 나를 잊어버리고 만 걸까.

불현듯 그런 의문이 머리에 떠올랐다.

그럴 리가.

그러나 만일 정말로 나를 잊어버린 거라면 이 집에 돌아오지 않는 것도 당연한 일이다. 어느 날 갑자기 나라는 존재가 엄마의 삶에서 싹둑 잘려 나가고 만 것이라면.

마음이 꺾일 것 같을 때마다 나는 기억의 레코드에 바늘을 내려놓았다. 레코드 표면에는 엄마와 함께했던 좋은 추억만이 새겨져 있다.

엄마가 지어준 특별한 드레스를 입고 엄마와 왈츠를 추었던 일. 엄마의 몸에 꼭 붙어서 엄마가 읽어주는 책 속 이야기를 들었던 일. 일요일 아침, 엄마가 팬케이크를 구워준 일. 엄마와 같이 목욕을 하며 엄마가 내 몸 구석구석을 씻겨준 일. 엄마가 열 살 생일날에 새 원피스를 선물해준 일. 그날, 초콜릿 케이크를 구워준 일.

엄마를 만나지 못한 채 계절은 되풀이된다.

나에게 계절의 단락을 알려주는 것은 언제나 겨울이었다.

겨울에는 토와의 정원에서 향기가 나지 않게 되며 모든 나무들이 입을 다문 듯 고요해진다. 겨울은 정적의 계절이다. 구로우타도리 합창단도 공연을 쉬고, 과묵한 시간이 흘러간다.

하지만 그것은 아주 잠깐이었다.

나는 향기의 강약을 아로새기며 계절을 좇았다. 향기가 절정일 때를 지나면 여름이 오고, 토와의 정원에서는 향기가 아닌 매미의 울음소리가 들려오기 시작한다. 그러나 지나치게 더우면 곤충들에게도 영향이 있는 모양인지 아주 잠시 동안은 조용해진다는 것도 알았다.

한바탕 더위가 가시면 또다시 향기가 잠에서 깨어나고, 그때부터는 겨울이 될 때까지 향기의 향연이 이어진다. 그리고 마지막 남은 나무가 향기를 전부 흩뿌리고 나면 또다시 겨울이 찾아온다.

계절의 순환이 나에게 평온을 가져다주었다.

비가 오면 나는 종종 로즈메리의 머리카락을 빗은 뒤 두 갈래로 나눠 땋았다. 예전에 엄마가 나에게 똑같이 해주었던 것을 떠올리면서.

풀었다가 다시 묶고, 풀었다가 다시 묶으며 질릴 만큼 로즈메리의 머리칼을 만진다. 그러나 내 머리카락을 땋아주는 사람은 없다.

엄마가 없어져서 내 머리카락은 제멋대로 자라 있다. 가끔씩 앉을 때 내 머리카락을 엉덩이로 깔고 앉아 아픔을 맛보는 지경에 이르렀다. 머리카락이 뭉텅이로 빠진 적도 있었다. 잘 찾아보면 어딘가에 가위가 있을지도 모른다. 그러나 나는 아직 엄마가 머리카락을 가지런히 잘라주길 기대하고 있다. 엄마를 향한 마음은 점점 더 커져만 간다.

최악일 때는 며칠 잇따라 비가 내린 뒤 날씨가 좋아지는 때로, 그러고 나면 집 여기저기에서 이상한 냄새가 났다. 한동안 내 몸에서도 같은 냄새가 나 구역질이 났지만 이윽고 몸에서 나는 냄새는 사라졌고, 그만큼 집에서 나는 이상한 냄새가 더 욱더 강해졌다. 일시적으로 몸이 몹시 가렵거나, 아프거나, 부어오르기도 했지만 그것들은 시간이 해결해주었다. 항상 대부분의 문제는 얼마간 참고 있다 보면 제풀에 잠잠해졌다.

그보다도 나에게 있어 가장 큰 문제는 한이 없는 굶주림과의 싸움이었다. 수요일 아빠만이 의지할 대상이었지만 조금씩 배달되는 물건의 양이 줄어갔다. 그리고 날씨 좋은 한때를 골라 구로우타도리 합창단의 공연 횟수를 세어보았다가 확실히 다음 배달까지 일주일 이상의 간격이 있다는 사실을 깨달았다. 수요일 아빠는 어느샌가 수요일 아빠가 아니게 되어 있었다.

이제는 기저귀를 넉넉히 가져다주는 일이 드물어 나는 같은 기저귀를 며칠 동안 차고 있어야 한다. 그래도 그런 것쯤은 그나마 낫다. 내가 참기만 하면 되니까. 그보다도 먹을 것이 부족한 쪽이 생사가 걸린 문제였다.

수요일 아빠가 배달을 해주면 나는 배가 고픈 나머지 그것을 곧장 먹어 치우고 만다. 너무 급하게 먹은 탓인지 먹은 걸 토해버리는 경우도 있었다. 그 토한 것에서 다시 먹을 수 있을 만한 고형물만을 골라내 입 안으로 되돌린다.

어찌 됐든 위장을 무언가로 채우고 싶다는 마음 하나였다. 빵이나 주먹밥, 과일이나 과자를 전부 먹어 치우고 나면 나는 봉지에 든 가공식품에도 손을 뻗쳤다. 맛 따위는 어떻든 상관없다. 나에게는 먹을 수 있는지 어떤지만이 최대의 관심사였다.

나는 탐하듯이 눈앞의 음식물을 입에 넣었다. 그저 악착스럽게 먹는 데에만 집중하며 무언가로 입 안을 채우고 있었다.

그런데 마침내 아빠의 배달마저도 완전히 끝이 났다. 엄마에 이어 수요일 아빠 역시도 내 앞에서 모습을 감추고 만 것이다. 그 사실을 깨달은 건 꽤 오랜 시간이 지나서였지만. 그 무렵 이미 나는 배가 고픈 나머지 무언가 먹을 것이 떨어져 있지는 않은지 집 안 곳곳을 더듬곤 했다.

쓰레기 집.

언제부터인지 나와 엄마가 사는 집을 누군가가 그렇게 부르는 소리가 들려오기 시작했다.

처음엔 우리 집 얘기인 줄은 생각도 못 했지만 아마도 그런 것 같다는 걸 차차 깨달았다.

아침이 되면 초등학생 아이들이 등교를 하며 집 앞을 지나치는데, 그중 한 명이 우리 집 앞에서 꼭 "쓰레기 집!" 하고 큰 소리로 외친다. "냄새나니까 빨리 가자" 하고 채근하는 여자 아이의 목소리도 들려온다.

예전에는 집 앞길을 걷는 사람의 목소리 같은 건 들리지 않았다. 그러나 요즘에는 귀가 좋아진 것인지 여러 목소리가 전해져 오게 되었다. 목소리를 들으면 그 사람이 어떤 모습을 한 사람인지도 점차 보이는 듯한 기분이 들기 시작했다.

밤중에 살금살금 우리 집 앞을 찾아와 몰래 쓰레기를 두고 가는 사람도 있었다. 나에게는 보이지 않지만 아마도 현관 앞에는 쓰레기가 산더미처럼 쌓여 있을 것이다. 그 사실이 나에게 안도감을 주는 건 틀림없다. 그렇다, 불안감이 아닌 안도감 말이다.

쓰레기라는 방파제가 나를 지켜주는 듯한 기분이 든 것이다. 그런 상태로는 외부로부터의 방문자를 가로막을 뿐 아니라 엄마나 아빠가 이곳에 오는 것 또한 어렵게 만든다는 사실까지는 생각지 못했다.

버려진 쓰레기 속에는 살아 있는 새끼 고양이도 있었다.

어느 날 밤, 잠을 자려고 소파에 누웠더니 토와의 정원에서 가냘픈 울음소리가 들려왔다. 그 생명체는 냐아, 냐아, 하고 떨리는 듯한 목소리로 울고 있다. 새끼 고양이인 걸까. 정확히 살창 바로 아래 부근에 있는 것 같았다.

그러나 나는 도와줄 방법이 없다. 그래서 머리까지 담요를 뒤집어쓰고 로즈메리의 옆에 누웠다. 그 무렵이 되니 침실에도 역시 물건들이 넘쳐흐르게 되어 나는 다락방 소파 쪽을 메인 침대로 사용하고 있었다.

그러자,

"안 도와줄 거야?"

로즈메리가 물었다.

로즈메리가, 말을 한 것이다. 조개처럼 입을 꾹 다물고 침묵을 지키던 내 친구 로즈메리가 나에게 말을 걸어온 순간이었다. 나는 처음으로 로즈메리의 목소리를 듣고 화들짝 놀랐다.

"지금 너, 나한테 말 걸었어?"

나는 겁을 내면서 주뼛주뼛 로즈메리에게 질문한다. 로즈메리는 지금껏 입을 다물고 있던 게 거짓말인 양 거침없이 말을 하기 시작했다.

"그래, 맞아. 저 애는, 네가 여기 있는 걸 알고 도움을 요청하고 있어. 그런데 너는 그걸 무시할 셈이야? 너 말고는, 저 애를 도와줄 수 있는 사람이 없는데도? 배고픈 기분이 어떤 건지는 너도 잘 알고 있잖아."

살짝 코가 멘 듯한 어른스러운 목소리로 로즈메리는 막힘없이 말을 이었다. 설마 로즈메리가 나에게 말을 걸어주는 날이 올 줄을 나는 요만큼도 기대하지 않았다. 그래서 기쁜 마음을 뛰어넘어 그저 놀랍기만 했다.

"그렇긴 하지."

나는 말했다. 확실히 지금은 나 말고 새끼 고양이를 구해줄 수 있는 사람은 없다.

"알겠어. 데리고 올 테니, 여기서 기다려줘."

나는 로즈메리에게 그렇게 말해두고는, 다락방 계단을 내려와서 장애물을 피해 멀리 돌아가 일 층 부엌문 앞에 선다. 바로 코앞에서 새끼 고양이가 울고 있다는 걸 알았다.

걸쇠를 풀고 문고리에 손을 얹어 왼쪽으로 천천히 돌린다.

지금까지는 그곳에 기다리고 있는 건 상자이거나 기저귀가 꽉꽉 들어찬 비닐봉지였다. 그런데 지금 그곳에 있는 것은 생명체이다. 나는 손바닥의 수색 범위를 넓혀 신중하게 새끼 고양이를 찾기 시작한다. 놀라게 하고 만 것일까. 분명 방금까지 울고 있던 새끼 고양이가 갑자기 조용해졌다.

겁낼 필요 없으니, 이쪽으로 오렴.

마음속으로 넌지시 새끼 고양이에게 말을 건넨다.

나도 같이 네발로 기면서 새끼 고양이를 찾았다. 집 바깥세상에 있으면서도 공포를 느끼지 않았던 건 분명 그곳이 토와의 정원이었기 때문이다. 나무들이 나를 지켜봐 주고 있다는 사실을 깨달았다. 그리고 새끼 고양이가 어디에 있는지를 내 귓가에 속삭여주는 듯했다.

생각했던 것보다도 훨씬 작은 그 생명체를 만졌을 때, 반사적으로 눈물이 흘러내렸다. 귀엽다는 감정이 과일 과즙을 짠 것처럼 꽉 하고 내 가슴에 솟구쳤다. 나는 두 손으로 감싸듯이 새끼 고양이를 안고 집으로 돌아왔다. 배와 왼손 사이로 새끼 고양이의 몸을 받치면서 부엌문을 닫고 걸쇠를 원상태로 돌려놓는다.

아직 조그맣다. 그러나 이렇게 조그마한데도 네 개의 다리가 정확히 달려 있고, 숨을 쉬고 있다. 잘 생각해보니 동물을 만지는 건 난생처음 하는 경험이었다. 그런데도 전혀 무섭지 않은 데다가 나에게는 왜인지 그 온기와 냄새가 반갑게 느껴졌다. 예상했던 것보다 새끼 고양이는 훨씬 더 따듯하고, 생명력으로 가득했다.

다락방에서는 로즈메리가 우리가 오길 기다리고 있었다.

"데리고 왔어."

나는 말했다. 새끼 고양이는 다시 내 손바닥 안에서 씩씩하게 울고 있다.

냐아, 냐아, 하는 소리가 고요한 밤을 헤집듯 우렁차게 메아리쳤다.

"빨리 젖을 줘야 해."

로즈메리가 말한다.

"내가?"

"그래. 이 애는 지금 배가 고프니까."

손바닥을 움직여 옷 안쪽으로 새끼 고양이를 넣는다. 그런 다음 새끼 고양이의 얼굴을 내 가슴께에 가까이 댄다. 새끼 고양이는 냄새를 맡는 것처럼 내 젖꼭지를 찾아내 조그마한 돌기를 건드렸다. 가슬가슬한 작은 혀로 날름날름 핥는 탓에 나는 간지러워서 어쩔 줄을 모른다. 다만 과연 새끼 고양이에게 필요한 성분이 정말로 나오고 있는지 어떤지는 알 수가 없었다.

그날은 그대로 옷 안쪽에 새끼 고양이를 품은 채 잠이 들었다. 새끼 고양이는 이따금 뒤척이면서도 얌전히 그 자리에 머무르며 새근새근 잠을 잤다. 아침에는 새끼 고양이의 울음소리로 잠을 깼다.

젖만으로는 영양이 부족할지도 몰라서 나는 다음 날부터 큰맘 먹고 통조림 뚜껑을 따게 되었다. 이제껏 수요일 아빠가 가져다준 통조림은 뚜껑을 열기가 어려워 대부분 한곳에 모아두기만 했다.

더욱이 통조림은 내가 내용물을 상상하기가 무척 어려운 것이다. 만지기만 해서는 그것이 무슨 통조림인지를 알아맞히기 어려우며, 통조림에 코를 갖다 대고 냄새를 맡아도 대개는 똑같은 깡통 냄새가 날 뿐 내용물 자체의 냄새는 나지 않는다. 그래서 모 아니면 도라는 생각으로 뚜껑을 여는 수밖에 없다.

머뭇머뭇 뚜껑을 들어 올려 안에 손가락을 넣는다. 부드럽고, 마치 엄마의 입술 같은 모양을 하고 있다. 입에 머금으니 달콤한 과즙이 퍼진다. 귤이다. 맨 처음 연 것은 귤 통조림이었다.

새끼 고양이는 냄새를 맡을 뿐 입에 넣지 않는다. 너무 커서 그런가 싶어 귤을 작게 잘라 주어도 역시 먹지 않는다. 하는 수 없이, 라는 건 변명에 지나지 않지만 내가 귤을 먹는다. 통조림 안에 손가락을 넣고 귤을 건져 올려 입 안에 넣는다. 맛있어서 멈출 수가 없다.

귤을 채우고 있던 달콤한 즙이 입 언저리에서 흘러 가슴 쪽으로 떨어져 간다. 물론 국물도 전부 들이켰다. 끈적끈적해진 손가락 끝을 새끼 고양이가 조그마한 혀로 핥고 있다.

그다음 손에 든 통조림은 참치 캔이었다. 캔 뚜껑을 연 순간 향기롭고 진한 냄새에 현기증이 난다. 엄마는 곧잘 이걸 밥에 올려 간장을 뿌려주었다. 갓 지은 밥 냄새와 엄마의 냄새가 떠올라 단번에 가슴이 아파 온다.

참치 캔을 손에 들고 먹기 좋게 모양을 으깨어 새끼 고양이 앞에 내밀자 새끼 고양이는 그것을 한입에 날름 먹어 치웠다.

"맛있어? 맛을 즐기면서 먹으렴."

나는 새끼 고양이에게 그렇게 말하며 안에서 더욱 큰 덩어리를 꺼내 손바닥에 올려놓는다. 새끼 고양이는 곧바로 또 기세 좋게 삼켰다.

새끼 고양이에게 참치 캔을 먹이면서 나도 왼손으로 참치를 집어 올려 입에 넣는다. 조금 전 귤을 먹었을 때만큼의 감동은 없었지만 오랜만에 나는 식사를 하는 즐거움을 떠올렸다. 당연하게도 엄마가 집에서 사라지고 난 뒤로 나는 줄곧 혼자서 먹고 있었다. 그런데 지금 내 곁에는 새끼 고양이가 있다.

참치 캔의 모양과 무게를 기억함으로써 나는 이다음부터 헷갈리지 않고 참치 캔 뚜껑을 딸 수 있게 되었다. 나 역시 배가 고팠던 건 매한가지이지만 참치 캔의 대부분은 새끼 고양이에게 주고 나는 남은 찌꺼기와 국물을 들이켜는 것으로 그럭저럭 굶주림을 견디었다. 매일 참치 캔만 먹는 탓에 새끼 고양이의 몸에서는 늘 참치 캔 냄새가 났다.

새끼 고양이는 나의 하루하루를 극적으로 변화시켰다. 나는 로즈메리와 같이 새끼 고양이의 엄마 아빠가 된 양 새끼 고양이를 길렀다.

하루는 내가 로즈메리에게 질문했다.

"이 애, 무슨 색이야?"

"글쎄."

로즈메리가 생각에 잠긴다.

"잿빛 아닐까?"

엄마가 내 열 살 생일 선물로 준비해주었던 특별한 원피스. 엄마와의 유일한 외출. 그로부터 며칠이 지난 것일까. 나는 스무 살이 된 걸까? 아니면 아직 열한 살도 되지 않은 걸까. 잘 모르겠다. 그런 건 누구도 나에게 알려주지 않는다.

나는 새끼 고양이를 니비라고 부르게 되었다(일본어로 잿빛을 '니비이로'라고 한다—옮긴이). 니비의 모습을 내 눈으로 보고 싶은 충동에 수도 없이 사로잡혔지만 그런 일은 이루어지지 않는다. 그래서 나는 양쪽 손바닥을 니비의 몸에 딱 붙이고 니비의 모습을 상상했다. 울퉁불퉁한 등, 부드러운 겨드랑이 밑, 단단한 꼬리, 풍만한 배, 털의 골격 모든 것을 이 손바닥으로 보았다.

로즈메리와 나 사이에 니비를 두고 셋이서 하늘을 올려다보고 있을 때면 나는 확실히 행복했다. 충족된 기분이었다. 파란 하늘에 흐르고 있을 구름이라는 걸 상상하며 기분 좋은 바람에 휘감겨 있었다. 엄마가 돌아오지 않아도 좋으니 이 시간이 영원히 지속되면 좋겠다는 생각마저 했다.

그런데 어느 날, 니비가 사라졌다. 엄마와 똑같았다.

아무런 예고도, 작별 인사도 없이 돌연 마법처럼 모습을 감추었다. 그리고 두 번 다시 내 곁으로 돌아오지 않았다.

비명이 들려온다.

그만, 그만해. 뜨거워, 뜨거워. 누가 좀 도와줘.

나무들이 비명을 지르고 있다.

간절하게 도움을 구하고 있다.

그러나 나는 움직일 수 없다.

이 집 안에서 밖으로 나가선 안 돼, 라고 엄마가 말했다.

나는 절대로 누군가에게 보여선 안 된다.

집 밖은 위험한 것들로 가득하니 이곳에서 한 발자국도 나가지 않겠다고 엄마와 약속했다.

그래서 나는 등을 구부리고 누구에게도 들키지 않도록 이곳에 가만히 있을 수밖에 없다.

쿵쿵 하고 커다란 소리가 다가온다. 나는 웅크린 채 작아져 간다. 더, 더 작아져서 잠자는 숲속의 공주 약 크기가 된다.

옛날에 엄마가 외출할 때마다 나는 남몰래 꿈꾸곤 했다.

내 몸이 엄마의 브로치만큼 작아지기를. 그러면 나는 엄마의 브로치가 되어 어디든 함께 갈 수 있다. 그게 내 소원이었다.

그러나 내가 엄마와 밖을 나간 건 열 살 생일날 이후로 한 번도 없다.

나는 다락방에 숨어 숨을 죽인 채 좌우간 잠을 자기로 한다. 자고 나서 아침을 맞이하면 혹시라도 엄마가 돌아와 있을

지도 모른다. 그리고 나에게 팬케이크를 구워줄지도 모른다.

눈을 감으니 지금껏 엄마가 읽어주었던 모든 이야기가 떼를 지어 동시에 내 귓가에 함성을 지른다. 나는 저마다의 이야기를 분간하고자 안간힘을 쓰고 귀를 기울였다. 그러는 사이 나는 깊은 잠에 빠져들어 있었다.

보아하니 불은 금세 꺼진 듯하다. 탄내 비슷한 냄새가 나지 않아서 지난밤 있었던 일이 사실이 아니라고 느껴질 정도였다.

그 작은 화재 소동이 일어난 건 나비가 집을 나가고, 계절이 한 번 바뀐 무렵이었을까. 누군가가 우리 집 앞에 쌓인 쓰레기에 불을 붙였다고 한다.

다음 날, 경찰이 쓰레기 산 너머로 부르는 소리가 났다. 물론 나는 몸을 숨긴 채 침묵을 지킨다. 경찰은 곧바로 물러갔다. 고약해서 오래 있을 수 없었던 모양이다. 쓰레기가 나를 지켜주었다.

이윽고 겨울이 찾아왔다.

설레는 마음으로 기다리고 있었으나 그 겨울, 눈은 한 번도 내리지 않았다.

이변을 눈치챈 건, 겨울도 슬슬 저물어가는 무렵이었다.

토와의 정원이 조용한 것이다. 평소에는 과묵한 겨울이 끝나면 토와의 정원의 나무들이 차례차례 말을 걸어오기 시작한다. 그런데 올해는 공기가 분명히 따뜻해지고 나서도 정원 나무들이 굳세게 침묵을 지키고 있다.

왜?

왜 아무 말도 해주지 않는 거야?

작년에는 그렇게나 수다를 떨었으면서.

혹시 그때의 작은 화재로 정원 나무들이 쇠약해지고 만 걸까.

저 멀리 말의 울음소리가 들려 잠에서 깼다.

아니, 말 울음소리처럼 들렸을 뿐 실제로는 다른 소리일 것이다. 이런 곳에 말이 있을 리가 없으니까. 게다가 나는 진짜 말 소리를 들어본 적이 없다.

이제는 오늘이 무슨 요일인지 모르게 되었다. 예전에는 아빠의 방문이 나에게 요일을 알려주었다. 아빠가 오고 난 다음 날은 목요일이고, 그다음 날은 금요일, 아빠의 방문으로부터 나흘째가 일요일, 그리고 사흘이 더 지나면 또다시 아빠가 와준다. 아빠는 내 시계의 정확한 바늘이었다.

요일을 모르게 되니 점점 계절까지 알 수 없게 되었다. 결국 눈뿐만 아니라 코도 제 기능을 못 하게 된 것일까. 하지만 그럴 리는 없다. 왜냐하면 이 집을 떠다니는 불쾌한 냄새는 착실히 내 코에 전해져 오고 있으니까.

냄새를 잃은 건 내가 아닌 토와의 정원의 꽃들이다. 예전엔 그렇게나 수다 떨기를 좋아해 시끄러울 정도였는데, 요즘에는 조금도 향기를 내뿜지 않는다. 마치 내게서 정이 떨어진 것처럼.

토와의 정원의 나무들은 나에게 등을 돌리고 말았다. 무언가 나무들이 싫어할 만한 짓을 하고 만 것일까.

나는 오랜만에 다락방을 나와 아래로 이어지는 계단을 내려간다. 발밑에는 여러 물건들이 떨어져 있어 계단을 헛디디지 않도록 신중히 발을 움직인다.

아래층으로 내려가자 더욱더 악취가 강해진다. 하는 수 없다. 내가 사용한 기저귀도 그대로 여기에 놓여 있으니까.

그나저나 목이 마르다.

물을 생각하면 순식간에 목에 사막이 펼쳐진다. 사막은 곧바로 온몸으로 퍼져 나가, 나 자신이 넓고 넓은 사막의 한 부분이 된다.

나는 사막에 가본 적은 없지만, 물이 없어 당장에라도 말라비틀어질 듯한 상태를 사막이라고 하는 것 같다. 그런 거라면 나는 사막을 똑똑히 알고 있다. 빨리 수도꼭지를 찾아내지 않으면 사막에 삼켜져 버리고 말 것이다.

어쩌면 무언가 찾아낼 수 있지 않을까 싶어 닥치는 대로 수납장 안을 손바닥으로 훑으며 먹을 것을 물색한다.

종이봉투에 아주 조금 남아 있던 밀가루는 이미 먹어버렸다.

엄마가 자주 구워주던 팬케이크는 그렇게나 고소하고 맛있었는데, 밀가루는 조금도 맛있게 느껴지지 않았다. 그래도 먹지 않는 것보다는 나았다.

거슬거슬한 식감의 알갱이는 설탕일까. 손가락 끝을 힘 있게 가져다 대 알갱이를 주워 올린다. 가슴에 기대와 불안을 반반씩 품고 입에 넣어보니 아쉽게도 그것은 아무런 맛이 나지 않는 무언가였다.

다시 다른 수납장 문을 열어 꼼꼼히 수색한다. 뭐라도 좋다. 먹을 수 있는 것이라면 정말로 뭐든지 상관없다. 어둠 속에서 나는 필사적으로 먹을 것을 찾는다.

무언가 바싹 마른 것이 손가락에 닿는다. 뭘까, 하고 양쪽 손바닥으로 전체상을 더듬어본다. 둥근 형태로 묶인 그것은 가운데가 뻥 뚫려 있다.

코를 가까이 대고 냄새를 맡은 순간 알아차렸다. 어느 날, 엄마는 한껏 상기돼 있었다. 그리고 밤중에 토와의 정원에서 나에게 화관을 만들어주었다.

그러나 지금 나에게 필요한 것은 건조된 화관이 아닌 물과 먹을 것이다.

나는 추억을 묻어버리듯 그 화관을 어딘가 먼 곳으로 내동댕이쳤다. 그리고 또다시 물색한다.

이번에는 손가락 끝에 길고 가느다란 끈의 윤곽이 만져졌다. 잡아당기니 손가락 사이를 술술 빠져나간다.

"토와, 생일 축하해!"

귓가에 엄마의 목소리가 울렸다.

"열어봐."

엄마가 말한다.

나는 천천히 리본을 푼다. 무척 좋아했던 노란색 리본. 그러나 지금은 노란색 따위를 좋아할 수가 없다. 노란색은 너무도 눈이 부시다. 안에 들어 있던 건 원피스였다.

엄마가 내 곁으로 다가와 머리카락을 어루만져준다.

불현듯 이 리본을 목에 감고 천장에 매달리면 어떻게 될까, 하고 상상했다. 세상에는 자신의 의지로 목숨을 끊는 방법이 있다는 걸 가르쳐준 것도 책 속 이야기다.

그러나 나는 그럴 수 없었다. 첫째로 목을 매기에 이 리본은 너무나도 못 미덥다. 이 리본은 지금 내 삶에 그 어떤 도움도 되어주지 않는다.

배가 고파 그 자리에 쓰러져버린다. 더 이상 움직일 수 없다. 슬프지만 여기는 쓰레기 집인 것이다. 나 자신도 그 쓰레기의 한 부분인 것이다. 그렇게 생각하니 산 채로 몸 끄트머리부터 부패해가는 듯한 느낌이었다. 부패 범위를 조금씩 넓혀가다 어느샌가 내 전부를 뒤덮어버린다. 그럼에도 나는 엄마에게 버려졌다는 사실을 인정하고 싶지 않았다. 나는 아직 엄마가 돌아올 것이라 믿고 있었다. 왜냐하면 나의 엄마니까. 나와 엄마는 '영원한 사랑'으로 맺어져 있으니까.

의식이 몽롱하다. 배가 고파서, 배가 너무 고파서 몸이 폭발해버릴 것 같다. 하지만 엄마를 만나기 전까지는 죽을 수 없다. 죽고 싶지 않다. 그것만은 내 마음속에 뚜렷하다.

그래서 나는 몸을 일으켜 또다시 물과 먹을 것을 물색한다. 어떻게든 살아남기 위해서.

주의를 돌리기 위해 나는 언젠가 엄마가 읽어준 이야기를 이번엔 내 마음의 소리로 스스로에게 들려준다. 나와 이야기는 함께 싸우는 전우인 것이다. 이야기가 나를 위로하고 기운을 북돋아준다.

네발로 기어서 다른 곳으로 가 쓰레기봉투와 쓰레기봉투 사이에 몸을 밀어 넣고 먹을 것을 찾는다. 뭐든 좋다. 정말로, 먹을 수 있는 것이라면 뭐든 좋다. 그러니 부탁이에요. 저에게 먹을 것과 마실 것을 베풀어주세요. 나는 신에게 기도했다. 이제는 신에게 기도하는 수밖에 없었다.

햇볕 속에서 눈을 감으니 차츰 몸이 무거워졌다.

꽤 오래도록 잠을 자지 않았다. 자려고 하면 배고픔과 목마름만이 뇌리를 스쳤고, 점점 더 눈이 말똥말똥해지는 탓에 잠이 오지 않았다.

그래도 해님의 온기를 느끼다 보면 그 온기는 이윽고 자장가가 되어 나를 치유했다.

자장가를 들으며 나는 편안한 잠에 빠진다. 먼 곳에서 피아노 소리가 들려온다.

배가 고프다.

배가 고프다.

배가 고프다.

배가 고프다.

배가 고프다.

나는 바닥을 손바닥으로 훑으며 먹을 것을 찾는다. 벌써 며칠이나 아무것도 먹질 못했다. 물은 비가 와준 덕분에 겨우 마실 수 있었지만.

수요일 아빠는 어떻게 된 걸까. 일주일에 한 번 우리 집으로 먹을 것과 생활에 필요한 물건을 가져다주기로 되어 있었는데.

나는 바닥을 기어 다니며 먹을 것을 찾는다. 이제 한계에 다다랐다.

온 바닥에 흩어진 비닐봉지와 빈 깡통, 사용한 화장지 등을 밀어 헤치며 나는 먹을 것을 수색한다. 페트병을 발견하면 무언가 남아 있지 않은지 꼭 입에 대어 확인했다.

그러던 중 왼손 손가락 끝에 작고 동그란 덩어리가 만져졌다. 폭신폭신까지는 아니더라도 아주 살짝 탄력감이 있다.

젤리인가? 아니면 사탕일지도 모른다. 껌일 수도 있다.

나는 그 덩어리를 슬쩍 들어 올려 코끝에 가져다 댄다. 어렴풋하게 귤 비슷한 향이 난다.

역시 먹을 것임이 틀림없다. 드디어 찾아냈다. 드디어, 드디어 나는 먹을 것을 발견한 것이다!

엉겨 붙은 먼지를 떼고서 그것을 입에 넣었다.

그런데 아무리 기다려도 덩어리의 모습은 조금도 달라지지 않는다. 젤리처럼 말랑해지지도 않고, 사탕처럼 안에서 달콤한 무언가가 녹아 나오지도 않고, 껌처럼 자유자재로 형태를 바꾸지도 않는다. 덩어리는 내가 혀로 아무리 굴려보아도 가타부타 말이 없이 잠잠하다.

그럼에도 나는 느긋하게 기다렸다. 엄마를 기다리듯이. 기다리는 일에는 익숙하다. 엄마도 이 덩어리도 언젠가 내 기대에 보답해줄 테니까.

어쩌면 이것은 씹어야만 하는 음식일지도 모른다는 생각이 든 건 입속이 침으로 흥건해진 뒤였다.

나는 그 덩어리를 입 안쪽으로 밀어 넣고 어금니에 끼웠다. 그러고는 씹기 시작했다. 이 이상 잘게 쪼개지지 않을 정도로 정신없이 씹어 으깬 뒤 목 깊숙이 흘려 넣었다.

오늘 아침도 구로우타도리 합창단의 멤버가 찾아와 아름다운 노랫소리를 들려준다.

이불 속에서 그들의 노래를 들으니 참으로 흡족한 기분이 든다.

마침내 겨울이 끝난 것이리라. 구로우타도리 합창단이 목청껏 봄을 알리고 있다.

주의 깊게 귀 기울여 듣다 보면 구로우타도리의 노랫소리도 매일 똑같지 않다는 걸 알게 된다. 활짝 갠 하늘을 올려다보며 인생을 찬미하듯 온몸으로 노래하는 날도 있고, 어딘지 모르게 그저 습관처럼 소리를 낼 뿐인 때도 있다.

개중에는 주목을 받고 싶은 모양인지, 어떻게든 독창을 해야만 직성이 풀리는 구로우타도리도 있다. 그럴 때면 그 밖의 많은 구로우타도리가 의리로서 지키고자 하는 조화가 깨지며, 합창단의 노래에 초조한 기색이 번져 온다.

소리에도 색이 있다는 걸 깨달은 후로 나는 꿈속에서만이 아니라 깨어 있을 때도 색을 느낄 수 있게 되었다. 그래서 나의 세상은 남들이 상상하는 것보다도 훨씬 더 컬러풀하고 시끌벅적하다. 내 세상은 결코 어둠이 아니다.

오늘 아침도 역시 구로우타도리 합창단의 멤버가 찾아와 노랫소리를 뽐낸다. 그들의 노래를 듣고 있으면 내 시야에는 한순간에 아름다운 풍경이 펼쳐지고, 내게는 눈이 부실 정도로 밝은 빛에 둘러싸인다.

하지만 구로우타도리들은 바쁘기 때문에 결코 한곳에 오래 머무르지 않는다. 토와의 정원에 왔는가 하면 곧바로 다른 정원으로 날아가 버린다. 분명 구로우타도리는 새벽과 함께 이동하며 지구를 빙글빙글 돌고 있을 것이다.

그야 엄마가 가르쳐주었기 때문이다. 지구는 둥근 모양을 하고 있어, 라고.

나는 점차 언제가 낮이고 언제가 밤인지 알 수 없게 되었다. 지금이 봄인지 가을인지도 잘 모른다.

봄이 되고, 여름이 오고, 가을에서 겨울로 계절이 오간다. 그것이 벌써 몇 차례 되풀이된 걸까. 나는 지금 어느 계절에서 있는 걸까. 집 안 어디에 있는 걸까.

모르겠다, 모르겠다.

왜 엄마가 나를 두고 가버린 걸까.

내가 뭘 잘못한 걸까.

모르겠다.

만일 과거로 돌아갈 수 있다면 나는 열 살 생일날로 돌아가고 싶다.

그리고 그날 하루를 이 집에서 엄마와 단둘이 보내고 싶다.

갑자기 쾅 하고 바닥이 아래로 꺼지는 듯한 감각에 나는 퍼뜩 의식을 되찾았다. 무언가가 멀리서 다가온다. 처음에는 눈치채지 못했다. 그러나 바닥에 귀를 바짝 대보니, 다다다다다다다, 라고도, 가가가가가가가, 라고도 들리는 낮은 소리가 난다. 바로 코앞에서 누군가가 격하게 제자리걸음을 하는 듯한, 소리라기보다는 진동이다.

그리고 이번에는 지면이 기우뚱 흔들렸다.

기우뚱, 흔들, 기우뚱, 흔들.

집 전체를 흔드는 듯 바닥이 흔들린다.

수납장에서 무언가가 낙하한다. 쨍그랑, 철퍼덕. 다채로운 소리가 난다.

나는 바닥 위에 웅크리고 두 손으로 머리를 꽉 누른다.

엄마, 엄마, 어딨어?

바닥은 아직 흔들리고 있다. 집 전체가 비명을 지르듯 끼익 끼익 하고 삐걱거리는 소리가 난다.

이대로 집이 무너져 내릴지도 모른다. 흔들림은 점점 더 격해졌고, 수납장에서 물건들이 떨어질 뿐 아니라 이번에는 수납장 자체가 꽈당 하고 쓰러졌다.

마치 대지가, 지구 그 자체의 속이 팔팔 끓어오르는 듯하다. 자기 내면에 감추었던 분노를 주체하지 못해 길길이 날뛰려 하고 있다. 영원처럼 느껴지는 기나긴 흔들림은 대체 얼마나 이어졌을까.

나는 그러는 동안 계속 등을 구부린 채 버티고 있었다. 알이 되어, 두 손 두 발로 내 몸을 감싸 안는다. 무서워서 심장이 비명을 지른다.

실제 흔들림은 이제 진정되었는지 몰라도 몸 안쪽을 파고든 진동이 여전히 몸을 흔들고 있다. 그런 탓에 속이 울렁거렸다. 내장이 가늘게 떨리는 듯해 토할 것 같은 기분이 든다. 피부 안쪽을 헤매는 진동을 입으로 뱉어내 버리고 싶다.

그러나 현실적으로는 그럴 수가 없어서 나는 비슬거리며 몸을 일으킨 뒤, 다락방 계단을 올라가 로즈메리를 찾는다. 그때 또다시 지면이 흔들렸다. 삐거덕, 삐거덕. 집이 아프다고 호소하는 듯한 기분 나쁜 소리가 난다.

비슬거리면서 겨우 로즈메리를 찾아내 그 몸 위에 내 몸을 포갠다. 두 몸을 꼭 맞댄 채 손발을 휘감고 있으면 조금은 이 공포를 견딜 수 있을지도 모른다. 어느새 로즈메리와의 관계에 신뢰가 싹터 우리는 절친한 친구가 되어 있었다.

"괜찮아, 걱정할 거 없어."

자기 자신을 위로하려는 것인지, 로즈메리를 안심시키려는 것인지 나조차도 알 수 없다. 그러나 나와 로즈메리는 운명을 함께하는 사이였다.

그날은 온종일 작은 흔들림이 계속됐다. 살창을 열고 심호흡을 되풀이한다. 공기는 썰렁하다. 하지만 조금 전처럼 가시에 찔리는 듯한 서늘함은 아니다.

여전히 토와의 정원의 나무들은 입을 다물고 있다. 아무리 귀를 기울여도 피아노의 음색은 들려오지 않는다.

한순간에 모든 소리들이 사라졌다. 소리도 없고 냄새도 없으면 나는 마치 눈이 먼 것 같은 기분이 든다. 원래도 앞이 보이지 않기에 이제 와 그런 말을 해도 비웃음을 살 테지만, 이제껏 마음의 눈으로는 볼 수 있었던 풍경이 남김없이 암막에 가려진 것이다.

나는 태어나 처음으로 끝이 보이지 않는 어둠 속에 내던져진 기분이었다. 이번에야말로 외톨이가 되었다는 사실을 절실히 깨달았다.

그러나 동네가 정적에 휩싸인 건 찰나의 순간이었다. 이후 조금씩 사이렌 소리가 들려오기 시작한다. 공기의 질이 지금까지와는 전혀 딴판이다. 그 사실은 똑똑히 알 수 있었다.

흔들림의 여파인지 내 위장은 배고픔이라는 단어를 까맣게 잊어버린 듯하다. 단순히 그것만은 좋았다. 창문을 열어둔 채로 하룻밤을 지새운다.

아침이 와도 구로우타도리는 노래하지 않는다.

다음 날 아침이 와도, 다음다음 날 아침이 와도 역시나 구로우타도리 합창단은 노래하지 않았다. 그래서 나에게 아침은 찾아오지 않는다. 지면이 크게 흔들린 뒤로부터 줄곧 밤이 이어지고 있다. 깊고 깊은, 끝이 없는 밤이.

앞으로 어떻게 살아가면 좋을까. 구로우타도리는 노래를 관두었고, 토와의 정원의 친구들도 완전히 입을 다물고 말았다. 게다가 엄마는 두 번 다시 이곳으로 돌아오지 않을 것이다.

그 흔들림이 나에게 그 사실을 가르쳐주었다. 결정적인 사실이 내 앞에 고개를 들이밀었다.

그야 만약 나와 엄마가 아직 '영원한 사랑'으로 맺어져 있다면 반드시 이곳으로 돌아올 테니까. 무슨 일이 있어도 내가 있는 곳으로 달려와 나를 끌어안아 줄 테니까.

하지만 엄마는 오지 않았다.

그래서 나는 엄마와 이별하기로 했다.

엄마를, 잊는다.

엄마 같은 건 처음부터 없던 셈 친다.

엄마가 나를 잊은 것처럼 나도 엄마를 잊는 것이다. 그러면 나와 엄마는 비긴 것이 된다.

물론 그렇게 간단히 엄마를 잊을 수 있을 리가 없다. 그도 그럴 것이 엄마는 이미 내 마음속에 살고 있다. 내장처럼 내 몸의 일부가 되어 있다.

그래도, 그럼에도 나는 엄마를 잊어야만 한다. 내 마음속에서 엄마를 쫓아내야만 한다.

그것이 내가 지금 할 수 있는 유일한 일이자 살아가기 위한 방법이었다.

나는 '엄마'를 봉인했다.

정적에 휩싸인 동네에서 맨 처음 들려온 건 피아노의 음색이었다.

얼마간 들려오지 않았던 피아노 소리가 또다시 들려오기 시작했다.

나는 로즈메리와 나란히 소파에 엎드려 살창 너머로 들려오는 어렴풋한 피아노 음색에 귀를 기울인다. 그러고 있으면 마치 언젠가 책에서 만난 그 소년처럼 피아노 앞에 앉아 건반에 손가락을 올려놓고 있는 듯한 기분이 든다.

피아노는 저 멀리 쫓아 보낸 엄마의 기억을 손쉽게 내 곁으로 데리고 왔다. 나는 그럴 때마다 '엄마'를 채운 유리병을 손에 쥐고 살창 밖 먼 하늘로 온 힘을 다해 내던진다. 그런데도 '엄마'는 몇 번이고, 몇 번이고 내 곁으로 되돌아왔다. 하지만 나는 포기하지 않았다. 엄마를 잊기로 마음먹었으니까. 엄마도 나를 잊기로 마음먹었을 때 틀림없이 괴로웠을 테니까.

나는 이제 배고픔을 느끼지 않는다.

내 배 속을 텅 비웠던 건 엄마였는지도 모른다.

아니, 나는 먹을 것을 원했던 게 아니라 엄마의 애정이 고팠던 것일지도 모른다.

엄마에 대한 마음을 끊어내 버리면 허기와도 작별할 수 있다는 사실은 알지 못했다. 그 사실을 더 빨리 알았더라면 내 손톱이나 머리카락까지 탐하고 싶어지는, 정체를 알 수 없는 굶주림에 허덕이지 않아도 되었을 것이다. 물론 이제 와 생각해봐야 소용없는 일이지만.

그 날 눈을 뜬 순간, 공기가 사뿐히 가벼워진 것을 느꼈다. 그 이후로 내 살창은 줄곧 열려 있다. 막 일어난 참이라 처음에는 잘 알아차리지 못했다. 하지만 어제와는 확연히 다른 일이 벌어지고 있었다.

구로우타도리 합창단이, 토와의 정원으로 돌아온 것이다.

처음엔 고작 한 마리뿐이었다. 그러다 두 마리, 세 마리 늘어나더니 멋진 화음을 이루기 시작한다.

구로우타도리들 역시 나와 마찬가지로 무서웠던 것이다. 그 흔들림에 겁을 먹어 잠시 동안 목소리를 내지 못하고 있었다. 그러나 이제 괜찮다고, 구로우타도리들이 나에게 알려준다.

새로운 아침의 도래를, 아름다운 목소리로 선언한다.

괜찮아.

그러니 이쪽으로 오렴.

함께 노래 부르자.

구로우타도리가 나에게 말을 건넨다.

나는 줄곧 소중히 간직해온 빗으로 내 머리카락을 빗는다. 머리카락은 무릎 뒤까지 자라 있다. 자신이 어떤 모습을 하고 있는지 나는 도무지 짐작할 수가 없다.

내 머리카락을 빗은 뒤 마찬가지로 로즈메리의 머리카락에도 빗을 가져다 댄다. 찰랑찰랑한 로즈메리의 머리카락은 만지기만 해도 마음이 진정된다. 내 머리카락은 어느샌가 자라 있는데, 로즈메리의 머리 길이는 내내 변함이 없다.

여느 때처럼 머리칼을 좌우로 반씩 나누어 각각 세 가닥으로 땋는다.

나는 일어서서 살창으로 팔을 뻗는다. 공기와 악수를 나눈 다음 로즈메리를 껴안는다.

평화로울 때도, 숨이 막힐 때도 로즈메리는 내 곁에 있어주었다. 나의 첫 입맞춤 상대는 로즈메리였고, 새끼 고양이 니비도 함께 길렀다.

나는 고마운 마음을 담아 로즈메리의 부드러운 몸을 가슴에 힘껏 끌어안았다. 그리고 그녀의 볼에 작별의 입맞춤을 한다.

다락방에서 가파른 계단을 내려가, 이 층 침실 앞을 지나쳐 일 층으로.

그랬다. 내게는 신발이 없었다. 지금껏 한 번도 신발을 신고 걸어본 적이 없다. 그래서 나는 맨발로 부엌문 앞에 선다. 걸쇠를 풀고 문고리를 천천히 왼쪽으로 돌려 문을 연다.

괜찮아. 분명 앞으로도 괜찮을 거야.

나는 쓰레기 요새를 밀어 헤치며, 토와의 정원을 가로질러 밖으로 나간다.

한 걸음.

두 걸음.

세 걸음.

네 걸음.

지면 위를 걷는 것은 처음이다. 발바닥이 간지러워서 좀처럼 균형을 잡지 못하고 넘어질 뻔한다. 그래도 이럭저럭 균형을 유지하며 거듭 발을 앞으로 내딛는다. 금세 발바닥이 차가워진다.

신의 손에 이끌려 가는 듯한 기분이었다. 분명히 신이 내 손을 잡고 있다.

다섯 걸음.

여섯 걸음.

일곱 걸음.

여덟 걸음.

내 두 발로, 천천히 앞을 향해 걸어간다.

정신을 차리고 보니 나는 어느덧 창문 너머 저편에 서 있었다.

나의 새로운 삶은, 이 순간 이미 시작되고 있었다.

바닥에 넘어져 움직이지 못하고 있던 나를 도와준 건 근처에 사는 사십 대 여성이었다고 한다.

"괜찮아요?"

그렇게 묻는 부드러운 목소리는 왠지 모르게 기억이 나지만 그 후의 기억은 가물가물하다.

나 자신도 몰랐던 사실인데, 내 발바닥에는 아치가 없었다. 집 밖으로 거의 한 발자국도 나가지 않는 삶을 살아왔기에 운동 부족으로 발바닥 근육이 발달하지 않은 것이다. 따라서 집 안에서는 그럭저럭 걸을 수 있었으나 집 밖을 오랜 시간 걷기에는 역부족이었다. 더욱이 내게는 발에 잘 맞는 신발도 없었다. 그것이 내 현실이었다.

그때의 나는 낡아빠진 옷에, 이미 사용한 기저귀를 몇 겹이나 차고 있었다. 몸에 걸치고 있던 건 그것뿐이다. 머리카락이며 손톱이며 제멋대로 자라 있었다. 하지만 당시의 나에게는 그것밖에 선택지가 없었고, 그것이 얼마만큼 상식을 벗어난 일인지를 알 수 없었다. 애당초 내 삶에는 나와 엄마와 수요일 아빠밖에 없었다.

그 여성은 즉시 구급차를 불러주었다. 명백히 이질적인 존재인 나에게 말을 걸어주는 일에는 얼마나 큰 용기가 필요했을까.

그때 나는 극심한 영양실조 상태에 빠져 있었다. 내 위에 남아 있던 건 아주 약간의 지우개 조각으로, 아마도 내가 젤리나 사탕으로 착각해 입에 넣었던 것이리라. 오래전 엄마가 공부에 쓸 필기도구로 사 왔던 향기 나는 지우개일지도 모른다.

얼마 동안 그곳에 있었는지는 확실치 않지만 긴급 조치로 나는 우선 병원에 입원했다. 그리고 어느 정도 몸이 회복되고 나서 아동 보호 시설에 맡겨졌다.

처음에 나는 무슨 질문을 들어도 입을 열지 않았다고 한다. 그때의 기억은 전부 안개에 가리어져 있다.

"이름은?"

"몇 살?"

"엄마는?"

나는 그런 질문에 전혀 반응하지 않았다. 당시 나는 초등학교 고학년 정도의 나이로 보였다고 한다. 몸무게도 키도 일반적인 성인 여성보다는 훨씬 가볍고 작았기에 당연하다면 당연한 일이었다.

어떤 질문에도 대답을 안 해서 나는 귀도 들리지 않는다는 의심을 받았다고 한다. 그러나 먹을 것에만은 재빨리 반응했다.

음식 냄새는 금방 알아차렸다. 그리고 나오는 족족 모조리 먹어 치웠다. 나는 흡사 굶주린 야생 동물 그 자체였다.

자라난 손톱도 좀처럼 자르지 못하게 했다고 한다. 일단 엄마가 아닌 많은 이들의 존재가 당혹스러웠고, 지금껏 들어본 적 없는 목소리와의 조우로 나는 늘 패닉에 빠지기 직전이었다. 아동 보호 시설에서는 되도록 조용한 방을 배정받았었다고 하는데, 그럼에도 나는 차원이 다른 세계에 돌연 처넣어진 기분이라 한순간도 안심할 수 없었다.

나는 방 한쪽 구석에 몸을 기대고 온종일 손톱을 물어뜯으며 그저 멍하니 앉아 있었다고 한다. 할 수 있는 일이 그것밖에 없었을 것이다. 집과는 확연히 다른 냄새에 둘러싸여 있다는 사실도 마치 다른 별로 이끌려 온 듯 항상 긴장을 풀지 못하게 했다.

"손톱을 잘라도 될까?"

그 말에 내가 순순히 양손을 내민 것은 이곳에 맡겨지고부터 한 달 가까이나 지났을 무렵이었다. 그런데 나는 손톱을 자르는 동안 엄마를 떠올리고 말았다. 엄마 생각이 나자 손톱을 자르면 또다시 외톨이가 되리란 생각이 세차게 감정을 어지럽혔다. 그때의 일은 어렴풋하긴 하나 여전히 기억하고 있다.

내가 감정을 흩뜨릴 때마다 여자 한 명이 나를 힘껏 껴안고 그저 아무 말 없이 등을 쓰다듬어주었다. 그녀는 내 곁을 한시도 떠나지 않으며 밤에 잠이 들 때마저도 옆 이불에서 잠을 잤다. 그런 나날의 반복이었다. 나는 조금씩 그 사람에게만은 마음을 주었다.

손톱 다음으로 내가 놓아준 것은 머리카락이었다.

어깨뼈가 반쯤 가려질 정도까지 가지런히 자른 머리카락을 그 사람은 매일 아침 빗으로 빗겨주었다. 다만 엄마가 아닌 누군가에게 머리칼을 만지게 하는 일은 공포 이외의 아무것도 아니었다. 그래서 나는 매번 돌처럼 굳어진 몸으로 그 시간을 참고 견디었다.

어느 날 아침, 그녀는 내 머리카락을 좌우로 갈라 각각 세 가닥으로 땋아주었다. 그리고 땋은 머리 끝에 리본을 달아주었다.

"완성."

그 말을 듣고 손으로 머리카락을 만져본 기억이 난다. 세 가닥으로 땋았다는 걸 알아차린 순간 엉겁결에 미소가 가득 흘렀다.

"이름이 뭐야?"

그 질문에 나도 모르게 대답을 하고 있었다.

"토와. 영원이라는 뜻."

두둥실 하고 뒤에서 산들바람이 등을 떠밀어준 것 같았다. 나는 시설에 맡겨지고 처음으로 스스로 목소리를 냈다. 내가 듣는 내 목소리가 신선했다.

"토와라고 하는구나."

그녀는 천천히 입 안의 무언가를 곱씹듯 말했다.

"나는, 미스즈. 사이좋게 지내자."

그 순간부터 그녀를 스즈라고 부르게 되었다.

스즈와 함께라면 목욕도 할 수 있었다. 하지만 나는 엄마가 항상 구석구석까지 씻겨주었던 탓에 스스로 내 몸을 씻는 법을 몰랐다. 스즈는 스펀지에 비누를 묻혀 몸을 씻는 방법이며 샴푸의 양, 머리를 감는 요령이며 주의할 점 등을 세세하게 가르쳐주었다. 그리고 여자에게는 무척이나 소중한 곳이 있으며 그곳은 특히 더 청결히 해야 한다는 것도 숨김없이 가르쳐주었다.

내가 서둘러 극복해야만 하는 과제가 있었다. 바로 기저귀를 떼는 일이었다. 언제부턴가 기저귀가 당연해지고 만 탓에 내 의지로 화장실에 가는 것을 잊어버리곤 했다. 발견되었을 당시의 나는 기저귀를 몇 겹이나 차고 있었다고 한다. 그 탓에 성기 주변에 염증이 생겼고, 항상 가렵고 또 가려워서 어쩔 줄을 몰랐다. 어쩌면 그로 인한 냄새도 틀림없이 막심했을 것이다.

화장실에서 볼일을 보고도 나는 그 뒤처리 방법을 잘 모르고 있었다. 처음엔 화장지를 사용하는 것조차 잊어버리고 속옷을 더럽혀서 주위 사람들을 곤란하게 했다. 하지만 어디를 어떻게 닦으면 되는지도 스즈가 가르쳐주었다. 스즈가 나의 생활 선생님이었다.

차츰 내 몸에서는 지금까지와는 다른 냄새가 나기 시작했다. 샴푸나 비누 냄새 말이다. 그럼으로써 나는 말 그대로 다시 태어난 기분이었다. 탈피를 하고 본래의 껍질을 벗어던지는 매미처럼, 나 역시 과거의 자신으로부터 탈피하고자 발버둥을 치고 있었다.

기저귀를 떼는 것과 동시에 내가 해야만 하는 일이 한 가지 더 있었다. 이 치료를 받는 것이다. 내 입 안은 심각한 상태였다. 한시라도 빨리 치료를 해야 하는 상황이었지만, 나 스스로 치과에 갈 수 있는 단계에까지는 이르지 못했었다.

여태껏 지내던 공간에서 밖으로 나간다는 행위는 언제고 나를 공포에 빠뜨린다. 평소보다도 많은 약을 먹고, 나는 그 날을 맞이했다. 여전히 내 발바닥에는 아치가 없었기에 휠체어를 타고 이동했다.

앞이 보이지 않는 나를 염려해 동행해준 직원이 계속해서 상황을 설명해주었다.

"지금, 시설 복도를 걷고 있어요."

"자, 밖으로 나왔어요."

"이제부터 차에 탈 거예요."

"자, 치과 앞에 도착했어요."

"지금, 치과 접수대예요."

"곧 있으면 치료를 시작할 거예요."

직원의 목소리를 나는 듣는 족족 곧바로 스즈의 목소리로 바꾸었다. 내가 그랬다기보다는 저절로 스즈의 목소리로 들려왔다. 그렇게 해서 어떻게든 나 자신을 진정시키려던 것인지도 모른다.

휠체어에서 진찰대로 이동하자 지금껏 맡아본 적 없는 미지의 냄새가 여기저기에서 덤벼든다. 나는 무서워서 입을 잘

벌릴 수가 없다. 내 딴에는 크게 벌리고 있는 것 같은데, 어쩐지 반도 벌어져 있지 않은 모양이었다.

선생님은 남자였다. 상냥하게 말을 걸어주고는 있지만 기구를 다루는 손에는 일말의 망설임도 느껴지지 않는다.

나의 몸은 공포감을 느낀 나머지 콘크리트처럼 굳었고 꼭 쥔 손바닥이 가늘게 떨리고 있다. 오줌도 싸고 말았다. 오늘은 외출을 하는 특별한 날이라는 이유로 기저귀를 차고 오길 잘했다.

"괜찮아, 토와. 금방 끝나니까."

굳어진 채 풀리지 않았던 내 주먹을 바로 옆에 서 있던 직원이 부드럽게 감싸준다. 덕분에 그럭저럭 견딜 수 있었다. 실은 아까의 날카롭고도 이질적인 냄새와 귀에 익지 않은 소리의 이중 공격으로 정신이 나가버릴 것만 같았다. 어쩌면 나는 도중부터 반쯤 의식을 잃고 있었는지도 모른다.

"토와, 오늘은 이걸로 끝이야."

그 말을 들었을 때 나는 순간 내가 어디에 있는지조차 알 수 없었다. 입 안에서 쓴 것 같으면서도 매운 듯한 기묘한 맛이 난다. 입을 헹구라곤 하나 입술이 잘 다물어지지 않아서 물을 에이프런에 흘리고 만다.

"마취가 풀릴 때까지는 입이 좀 이상할 텐데, 금방 원래대로 돌아올 거야."

그러는 선생님의 말을 건성으로 듣고 있었다.

휠체어에 앉아 다시 차를 타고 시설로 돌아간다. 오줌을 싼 기저귀가 기분 나빠 나는 서둘러 갈아 차고 싶었다.

처음에 나는 나이가 불분명했으므로 몸의 크기로 판단해 아동 보호 시설에 맡겨졌다. 당사자인 나는 꿈에도 몰랐지만, 나는 한때 화제의 인물로 세간의 주목을 받고 있었다.

시설에서 우연히 듣게 된 텔레비전이 내 이야기를 전하고 있었던 것이다. 물론 처음에는 내 이야기인 줄 알아차리지 못했지만, 듣던 중에 어쩌면 이건 내 이야기일 수도 있겠다는 짐작이 갔다.

나는 엄마가 남몰래 낳은 아이였다고 한다. 그리고 출생신고가 되지 않은 채로 나는 자라났다. 사회와의 접점은 일절 없이, 나는 세상으로부터 말살되고 뭐고 간에 애초부터 존재조차 하지 않는 투명인간이었다.

전부 내 이야기일 테지만, 나는 아무리 해도 생판 모르는 딴 사람의 인생을 듣는 듯한 기분이었다.

언론에 보도된 것을 알고 엄마는 스스로 경찰에 출두했다고 한다. 그리고 이렇게 진술했다.

"원래는, 낳고 나면 곧바로 없던 일로 하려고 했었습니다. 그런데 아이가 너무나도 예뻐 차일피일 미루는 사이에 정이 붙어버렸고, 역시 혼자서 키워보자는 쪽으로 마음이 바뀌었습니다."

엄마는 나를 낳기 전에도 두 생명을 품고 있었다. 그리고 그 갓난아이 두 명의 숨을 제 손으로 끊었다고 한다. 엄마가 체포된 건 나에 대한 학대 용의가 아닌 그 남자아이들에 대한 유기 용의에 의한 것이었다.

엄마의 진술대로 시체는 집 지하실에서 발견되었다고 한다. 비닐봉지에 밀폐된 채 옷상자에 들어 있던 둘의 시체는 부패가 진행돼 백골화되어 있었다. 둘 다 남자아이로, 다시 말해 나에게는 두 명의 오빠가 있었다는 것이다.

그러고 보면, 몇 번인가 엄마에게 이런 말을 들은 적이 있었다.

"엄마는 있지, 예쁜 딸을 둔 엄마가 되고 싶었어."

나는 그 말을 아무렇지 않게 듣고 있었다. 그러나 거기에는 참으로 깊은 의미가 숨어 있던 것이다. 만일 내가 남자아이로 태어났다면 두 오빠와 같은 운명의 길을 걸었을지도 모른다.

그러나 다행인지 불행인지 나는 여자아이였다. 이름이 붙여진 건 내가 처음이었고, 그 전에 태어난 두 남자아이에게는 이름조차 붙여지지 못했다.

다만 세상을 가장 떠들썩하게 한 것은 엄마의 다음과 같은 진술이었다.

"제가, 딸의 눈을 멀게 했습니다."

그리고 그 이유 역시 세상을 더욱 경악하게 만들었다.

"딸에게, 제 얼굴을 보이고 싶지 않았기 때문입니다."

이토록 극악무도한 범행이 있을 수 있냐며 세상 사람들은 분개했다. 나는 상식 밖의 냉혹한 엄마 밑에서 자란, 몹시 가엾은 눈먼 소녀가 되었다. 흡사 잔혹하기 그지없는 현대판 그림 동화라며 요란하게 떠들어댔다.

엄마의 진술을 믿는다면 나는 날 때부터 앞이 보이지 않았던 게 아니라 삶 도중까지는 앞을 볼 수 있었다는 것이 된다. 나에게 그 기억은 없지만, 어쩌면 그랬을지도 모른다. 엄마가 내 눈에 넣었다는 것은 약품과 알코올 등이었다.

엄마의 증언에 의해 내 나이가 대략 추정되었다. 다만 엄마는 나를 그 전의 두 남자아이와 마찬가지로 집 화장실에서 낳았기 때문에 엄마가 아이를 배고 출산을 했다는 사실을 이야기할 수 있는 건 엄마 본인뿐이었다.

이리하여 태어나고 이십몇 년 뒤에야 내 생일이 결정되었고, 내 호적이 생겼다.

생일과 관련해서는 내가 열 살 생일날의 일을 기억하고 있던 것도 커다란 증거가 되었다. 결정적인 것은 그날 나와 엄마를 사진에 담은 사진관 아저씨였다. 아저씨가 우리를 기억하고 있었던 데다가 사진관에 정확한 날짜가 남아 있었다. 아저씨가 그날 왔던 손님의 자세한 내용을 노트에 정확히 정리해두었기 때문이다.

그리고 그날로부터 거슬러 올라가 딱 십 년 전이 되는 날이 내가 태어난 날로 등록되었다.

그렇게 계산하면 보호 시설에 맡겨졌을 때 나는 스물다섯 살이었다. 이미 전혀 어린애가 아니었다. 언론은 그 사실을, 사반세기 동안 자택에 감금되어 있었다, 라며 거친 말투로 보도했다. 열한 살 생일은커녕 스무 살 생일마저 진작에 지나 있었던 것이다.

헤아려보면 그 사반세기 중 오분의 일 정도를 나는 그 집에서 홀로 지냈다는 것이 된다. 그러나 엄마가 집을 나간 게 언제인지 기억이 희미하기에 그 숫자 역시 그다지 확실치 않다. 그 사이에 내가 유일하게 사회와 접점을 가졌던 건 지진이었다. 그 흔들림을 떠올리기만 해도 나는 내장이 기우뚱기우뚱 흔들리는 듯한 느낌이 들면서 아직까지도 속이 울렁거린다.

'토와코(十和子)'라는 내 이름을 지어준 건 보호 시설이 있는 동네의 시장님이었다. 토와의 한자를 바꾸는 데 있어 나에게도 의견을 물어 왔다. 이는 무척 이례적인 일이었다고 한다. 보통은 아기일 때 유기를 당해 보호되기 때문이다. 아직 젖먹이인 아기에게 의견을 물을 수는 없는 노릇이다.

엄마가 나에게 붙여준 '토와'를 이어 쓰도록 해준 건 나에 대한 사려 깊은 배려였다고 생각한다. 더욱이 나는 스스로를 '토와'라 여기고 있으며, 느닷없이 다른 이름을 갖게 된다면 적응할 수 있을지 어떨지 자신이 없다. 하지만 그러면서도 나는 과거의 자신과 이별하고 새로운 인생을 걸어갈 필요가 있었다.

'토와코'라는 이름에 대해 스즈는 자못 들뜬 목소리로 가르쳐주었다.

"아주 예쁜 이름이야. 토와한테 딱이지. 토(十)는 많다는 의미고〔일본어 '십(十)'에는 수효가 많다는 뜻이 있다—옮긴이〕, 와(和)는 조화랑 평화에 들어 있는 글자잖아. 그리고 요즘엔 코(子)가 붙은 이름의 여자애가 줄고 있다고 하니까, 오히려 신선한 느낌이야."

"여기에 그 글자를 써봐."

나는 내 왼쪽 손바닥 노트를 펼쳐 내민다. 스즈는 나 역시도 그 움직임을 알 수 있도록 천천히 선을 자아낸다. '와'는 살짝 복잡했지만, '토'와 '코'는 금방이라도 외울 수 있을 것 같았다.

"응, 좋은 이름이야."

스즈는 납득하듯이 말했다.

그날부터 나는 '다나카 토와코'로서 인생의 첫발을 내딛기 시작했다.

일본인의 성 중 높은 비율을 차지하는 사토며 스즈키, 다카하시, 와타나베, 이토 등의 후보 가운데, 직선으로만 되어 있는 '다나카(田中)'라는 성이 뽑힌 것이다. 어쩌면 시각장애인인 나라도 쉽게 쓸 수 있도록 획수가 적은 글자를 골라준 것일지도 모른다. 본적지는 내가 처음 맡겨진 아동 보호 시설이 되었다. 호적은 내 이름뿐이며, 부모란은 공란이다. 엄마는 나에게 가한 행위로 인해 친모로서의 친권을 박탈당했다. 엄마 자신도 내 친부가 누구인지를 특정할 수 없다고 한다.

일련의 사건들을 알게 된 수요일 아빠에게서, 어느 날 내 앞으로 편지가 도착했다. 그 편지엔 수요일 아빠가 엄마의 아빠, 다시 말해 내 외할아버지의 절친한 친구였다는 내용 등이 적혀 있었다. 데릴사위로 외할머니 집에 들어간 외할아버지는 처음부터 외할머니와는 뜻이 맞지 않았고, 부부라고는 하나 그저 형식적인 관계였다고 한다. 유일하게 외할아버지를 위로

한 건 딸인 엄마의 존재로, 외할아버지는 엄마를 맹목적으로 사랑했다.

문학청년으로, 때때로 동인지에 단편 소설이며 시를 발표했던 외할아버지는 엄마에게 책을 자주 읽어주었다고 한다. 엄마가 나에게 읽어주었던 「샘」이라는 시도 원래는 외할아버지가 엄마에게 선물한 것이었다. 그러나 병치레가 잦았던 외할아버지는 어느 날 이 세상을 떠나고 만다.

절친한 친구 수요일 아빠에게 남겨진 유서에는 딸을 부탁한다고 쓰여 있었다. 외할아버지의 보험금 수령인이었던 수요일 아빠는 그 돈으로 우리가 필요로 하는 생필품을 구입하고 매주 수요일에 가져다주었던 것이다. 엄마가 나에게 읽어주었던 책도 수요일 아빠가 외할아버지의 장서 중에서 골라다 준 것이 대부분이었다고 한다. 어쩌면 외할아버지도 역시 똑같은 책을 엄마에게 읽어주었을지도 모른다.

수요일 아빠의 편지로 알게 된 사실이 한 가지 더 있다.

엄마는 얼굴 한 부분에 커다란 반점이 있다는 것이다. 태어날 때부터 있던 것으로, 엄마는 그로 인해 생모에게 학대를 받곤 했다. 안 예쁘다, 창피하다, 보기 흉하다. 그런 말들이 매일같이 쏟아졌다고 한다.

원래 엄마가 태어난 집은 동네에서도 이름이 난 부잣집이었다. 그러나 엄마의 엄마, 즉 내 외할머니에 해당하는 사람은 어느 날 막 스무 살이 된 엄마에게 저축통장을 건네고는 흡사 도둑고양이를 내쫓듯 집에서 쫓아냈다. 나와 엄마가 살고 있던 그 집은 외할머니가 소유하고 있던 부동산 중 하나였다고 한다. 그럼에도 나와 엄마가 살아가기 위한 생활비가 충분했다고는 할 수 없다. 그래서 엄마는 자신의 몸을 팖으로써 수입을 얻고 있었던 것이다. '일'이라고 내가 천진난만하게 부르던 것은 그런 일이었다. 나 혼자서만 아무것도 모른 채 팬케이크를 먹고 있었다.

실제 나이가 판명된 이상 나는 아동 보호 시설을 나가야만 했다. 그렇지만 시설에 맡겨지고 일 년이 될 동안 계속 거처를 마련해준 건 주위의 따스한 배려였음이 틀림없다.

시설에 있는 동안 나는 매일 빼놓지 않고 하루 두 번 발바닥 근육을 단련하는 운동을 해야 했다. 말 그대로 물리적인 의미로서, 내 두 발을 사용해 걷기 위해서는 발바닥에 아치를 만들어낼 필요가 있었다. 그것이 내가 자립하는 데 빼놓을 수 없는 일이었다.

나 같은 발바닥을 지닌 사람을 평발이라고 부른다는 것도 처음 알았다. 처음 알게 된 말을 일일이 얘기하기 시작하면 끝이 없긴 하지만, 평발이라는 단어는 나에게 있어 중요했다. 나는 빨리 평발을 벗어나야 했다.

이 치료를 마친 건 시설에 맡겨지고 일 년도 더 지난 뒤였다. 매번 기분 나쁜 소리가 나는 기계로 이를 깎아내거나 쓴 약을 가득 삼키는 등 고행의 연속이었지만, 나중에는 기저귀를 차지 않고도 치료에 임할 수 있게 되었고 그 사실이 나에게 자존감을 가져다주었다.

스즈의 손을 빌리지 않고도 혼자서 목욕을 하고 머리를 감을 수 있게 되었고, 화장실에서도 화장지를 거뜬히 사용할 수 있게 되었다. 식사 후에는 이도 꼭 닦았다.

그럼에도 식사에 대한 이상한 행동은 좀처럼 제어할 수가 없었다. 아무리 많은 양을 먹어도 만족할 줄을 모르고, 더욱 더 먹을 것을 원하며 훔쳐 먹기까지 한다. 심지어 주어진 음식은 잘 씹지도 않고 눈 깜짝할 새에 먹어 치우고 만다.

큰 소리가 나면 패닉에 빠져 먹을 것이 아닌 연필 같은 것도 오독오독 갉아 입에 넣어버린다. 연필이 먹을 것이 아닌 필기도구라는 사실을 떠올린 건 아동 보호 시설에 맡겨지고 꽤 오랜 시간이 흐른 뒤이다. 지금 생각해보면 나는 곧잘 연필을 갉아 먹으며 굶주림을 견디곤 했었다.

큰 소리나 익숙지 않은 소리에 적응하는 훈련도 필요했다.

우선은 그러한 소리가 녹음된 시디를 방에 틀어놓고 몸이 소리에 서서히 친숙해지도록 훈련했다.

어떤 훈련도 그것 자체는 나에게 결코 편안한 것이 아니었다. 하지만 엄격한 훈련 뒤에는 한가득 보상이 기다리고 있었다. 나는 그 보상에 대한 욕구 때문에 싫은 소리를 듣거나 하는 일도 참아냈다.

최고의 보상은 누가 뭐래도 책이다. 나는 또다시 이야기와 만날 수 있었던 것이다. 그 사실은 나를 펄쩍 뛰어오르게 할 만큼 기쁨을 주었다. 마치 그리운 소꿉친구와 길가에서 우연히 재회해, 서로의 몸을 가슴에 세게 부둥켜안는 듯한 기분이었다. 나는 당초 이야기는 엄마의 입속에서만 나오는 것이라고 믿고 있었다.

처음 얼마 동안은 스즈나 다른 자원봉사자가 나에게 책을 읽어주었다. 그러나 내가 책 읽기를 매우 좋아한다는 걸 안 뒤로는 녹음 도서를 이용해 혼자서도 독서를 할 수 있도록 환경을 조성해주었다. 다만 시설에 있는 녹음 도서는 수가 한정되어 있었기에 나는 모든 책을 금세 다 읽고 말았다. 더욱이 그 책들은 전부 아동용이어서 나에게는 다소 시시한 내용이었다.

아주 살짝 하늘 쪽을 향한 나선을 그리며, 조금씩이기는 하나 내 삶은 마땅히 그래야 할 모습으로 나날이 탈바꿈했다.

하지만 그러는 동안에도 나를 끊임없이 괴롭히는 것이 있었다. 바로 악취다.

냄새 나, 지독해, 고약한 냄새가 나. 그렇게 오밤중에 큰 소리로 소란을 피워 주위 사람들을 애먹인 것도 한두 번이 아니다. 표면적으로는 비누나 샴푸 등의 좋은 냄새가 나게 되었으나 근본적으로는 도저히 그 냄새가 떠나가질 않는 것이다. 그리고 나는 나 자신이 그 악취의 근원이라는 착각을 하고 만다.

"괜찮아. 토와는 냄새 하나도 안 나. 좋은 냄새가 나."

스즈가 몇 번이고 그렇게 말해주어도 나는 내 몸에서 악취가 나는 것 같아 어쩔 줄을 모른다. 차라리 나 자신을 내 손으로 없애버리고 싶다는 격한 충동에 휩쓸리고 만다.

마음을 가라앉히는 약을 먹으면 그 냄새도 멀어져 갔지만 악취의 환영이 내게서 완전히 떠나가기까지는 시간이 걸렸다. 악취에 내몰릴 때마다 나는 스스로가 쓰레기 집 출신이라는 사실을 떠올리며 정체를 알 수 없는 크나큰 분노와 한없는 슬픔에 부대꼈다.

언론 보도가 수그러들고 내가 세상에 완전히 잊힐 무렵, 나는 그룹 홈이라 불리는 시설로 옮겨 갔다. 그곳은 나와 마찬가지로 어려움을 겪고 있는 어른들이 공동생활을 하는 집이었다.

그 무렵까지 나는 그럭저럭 내 발로 서서 걸을 수 있게 되었다. 물론 시설 안과 같이 내가 잘 알고 있는 장소에 한해서였지만. 악취를 느끼지 않게 된 건 새로운 홈으로 옮겨 가고 얼마간 시간이 지난 뒤였다.

그룹 홈으로 온 나를 기다리고 있던 건 '자립'이라는 보이지 않는 협박이었다. 나는 이렇게 된 이상 하루라도 빨리 자립하지 않으면 안 될 것 같았다. 여태껏 지내던 아동 보호 시설과 환경이 크게 달라진 탓에 나는 또 한 번 일상의 세계를 새로이 만들어나가야 했다.

좌우간 나에게는 전례가 없었다. 사반세기 동안 남몰래 지내며, 집 밖을 나간 적이 거의 없는 것이다. 더욱이 그 인물은 앞이 보이지 않는 시각장애인이다. 그런 일은 지금껏 일어난 적이 없다 보니 새로운 곳에 갈 때마다 주위 사람들은 허둥거린다. 내 의무 교육을 어떻게 할지도 커다란 과제 중 하나였다.

최종적으로 나는 가장 가까운 특별 지원 학교에 다니며 그곳에서 초등학교 육 년 동안 배우는 내용을 특별히 일 년에 걸쳐 배우기로 결정이 났다. 그래서 나는 일주일에 몇 번 주로 아동들 수업이 끝나는 방과 후, 보조원의 도움을 받아 학교에 다니게 되었다. 역까지 걸어가 전철을 타는 걸 생각하면 제법 긴 여정이었으나, 학교에 다닌다는 것 자체는 기쁜 행위였다.

그곳에서 나는 점자라는 존재를 처음 알았다. 그때까지 내가 알던 글자는 엄마가 내 손바닥 노트에 손가락으로 써주었던 것뿐으로, 나는 얼마 안 되는 글자를 주워들은 것에 지나지 않았다. 그러나 책 속 이야기 덕에 단어만은 잘 알고 있었다. 게다가 엄마도 처음에는 교육에 열성적이었으므로 나에게 다양한 단어나 표현을 가르쳐주곤 했었다.

점자는 세로로 세 개, 가로로 두 개 늘어놓은 총 여섯 개의 점을 정해진 방식에 따라 조합해 손가락 끝에 만져지는 요철에서 한 음씩 글자를 읽어나가는 것이다. 이를테면 아(ア)라는 글자는 여섯 개의 점 중 왼쪽 위의 점 하나만이 튀어나와 있다. 이(イ)는 왼쪽 위의 점 두 개가 튀어나와 있다. 숫자나 알파벳, 그 밖에도 가기구게고(ガギグゲゴ) 등의 탁음이나 슈(シュ), 자(チャ) 등의 특수한 음도 저마다 점자의 조합을 지니고 있다. 그에 따라 그곳에 어떤 음이 나열돼 있는지를 손가락 끝으로 읽어나가는 것이다. 살짝 악보를 닮은 것도 같다.

'안녕하세요' '잘 먹겠습니다' '고마워요' '안녕히 계세요'

어느 정도 익숙해지고 또 찬찬히 시간을 들이면 그곳에 어떤 단어가 숨어 있는지를 알 수 있었다. 점자 읽기는 마치 암호 해독이나 보물찾기 같은 것이었다. 그러나 내가 할 수 있게 된 건 딱 그 정도까지이고, 점자만으로 책 한 권을 통째로 읽는 일은 정신이 아득해지는 여정이었다.

시각장애인이라면 점자를 당연히 읽을 수 있다고 생각하기 쉽지만 실제로 점자를 읽을 수 있는 건 시각장애인의 십분의 일 정도라고 한다. 특히 살아가는 도중에 시각장애인이 된 경우 점자를 습득하는 데의 진입 장벽이 높다.

점자와 함께 내가 완벽히 익혀야 하는 또 한 가지는, 시각장애인용 흰지팡이를 사용해 걷는 일이다. 이는 점자 이상으로 나에게 난관이었다.

이제 겨우 내 발로 걸을 수 있게 되었는데 내 오른손에는 흰지팡이가 쥐어졌고, 그것을 좌우로 움직이며 걸으라고 한다. 더욱이 나는 신발을 신는 것에 익숙지 않아 신발을 신고 있으면 그만 정신을 빼앗기고 만다. 오른발을 앞으로 내밀 때는 왼쪽으로 흰지팡이를 흔들어 그곳에 어떤 물체가 없는지를 확인하고, 그다음 왼발을 앞으로 내밀 때는 오른쪽으로 흰지팡이를 가지고 가 어떤 물체가 없는지를 확인한다. 머리로는 알아도, 그것을 몸과 연결해 무의식중에 손발을 같이 움직이기란 어려웠다.

자랑은 아니지만 나는 운동이라는 걸 해본 적이 없는 것이다. 내 신체에는 운동신경이라는 게 거의 없다고 해도 과언이 아니다. 그래서 흰지팡이와는 오랜 시간이 지나도 친밀한 관계를 맺지 못했다.

점자나 흰지팡이 사용법과 같은 시각장애인만의 교육 외에도 국어며 산수, 이과 등 기본적인 내용을 배우는 수업도 있었다. 그러나 교실에는 언제나 나와 선생님밖에 없다. 장소는 분명 학교이긴 했지만 학교라고는 부를 수 없는 곳이었다.

일 년 뒤 내게는 졸업장이 수여되었고 일단 초등학교는 졸업한 게 되었다. 하지만 그것이 형식뿐이며 덧없는 일이라는 사실은 나 자신이 제일 잘 알고 있다.

학교 수업도 없어지고 나와 관계된 사람들이 조금씩 줄어가자 나는 그룹 홈 방에서 혼자 지내는 시간이 길어졌다. 물론 원한다면 필요한 지원을 받을 수 있었으며 아무런 대가 없이 선의로 여러 일을 도와주는 사람들도 많았다.

그렇지만 나는 고독했다. 압도적인 고독에 사방팔방으로 휩싸여 있었다.

일상은 잠잠하며, 이제 더 이상 배고픔으로 미쳐버릴 것 같은 일은 없다. 쓰레기 속에서 먹을 것을 찾거나 연필이며 지우개를 입에 넣으며 굶주림을 견딜 필요도 없다. 몸을 부드럽게 감싸주는 이부자리도 있다. 방에는 전자레인지도 있으니 손쉽게 따뜻한 요리를 먹을 수도 있다. 시디플레이어로 언제든 원하는 때에 음악을 틀 수도 있다. 더운 날엔 에어컨을 사용할 수 있고, 부담 없이 샤워를 할 수도 있다.

모든 것이 충족되어 있다. 모두가 저마다의 다정함을 그러모아 나에게 되도록 좋은 환경을 마련해주었다. 그건 잘 아는 사실이다. 하지만 나는 이따금 말로 표현할 수 없는 불안감에 사로잡히는 때가 있었다.

나 홀로 새하얀 네모 상자 속에 틀어박혀, 그곳에서 나가고자 발버둥 치지도 않고 오도카니 흰 천장을 바라보고 있는 듯한 기분이 드는 것이다.

외출을 하는 건 병원에 갈 때 정도였다. 나는 여전히 정신을 안정시키는 약을 먹지 않으면 일상적인 생활이 어렵다. 특히 수면제는 없어서는 안 되는 존재로, 수면제가 없으면 잠을 이루지 못한다. 빛이 없는 나로서는 아무리 눈을 감아도 감기 전과 구별이 되지 않아 스스로를 잠으로 인도하는 게 여간 어려운 일이 아니다. 걱정거리로 머릿속이 가득해지면 나는 잠을 한숨도 자지 못한다.

먹을 음식을 스스로 고를 수 있게 되자 나는 어린 시절 집에서 먹던 것과 비슷한 식품을 또다시 먹게 되었다. 결국 내

식생활은 한쪽으로 치우쳐버리고 만 것이다.

기쁜 소식은 내 실명의 원인이 판명되었다는 사실이다. 작은 몸으로 태어난 까닭에 발생한 미숙아 망막병증에 의한 것으로, 엄마가 내 눈에 무언갈 넣었던 일과는 직접적인 인과 관계가 없다고 판단되었다. 물론 만약 곧바로 치료했다면 빛을 완전히 잃고 마는 사태는 피할 수 있었을지도 모른다. 그런 의미에서는 엄마에게도 간접적인 책임은 있을 것이다. 그렇지만 미숙아로 태어났음에도 금세 생명을 다하는 일 없이 계속 살아갈 수 있었던 건 스스로의 생명력 때문이었다.

나는 아직 스스로도 엄마에 대해 어떻게 생각하는지를 헤아리지 못하겠다. 내 볼에 차가운 손바닥을 대었던 것도 엄마라면, 나에게 이야기라는 여행의 묘미를 맛보게 해준 것도 엄마였다.

엄마를 만나고 싶냐는 질문에도 금방은 대답이 나오지 않는다. 좋아하는지 싫어하는지, 원망하는지 사랑하는지, 엄마를 둘러싼 물음에는 어느 것 하나 명확하게 대답할 수 없다. 그렇게 단순한 이야기가 아니다.

하지만 나는 실명의 원인이 미숙아 망막병증에 있다는 걸 알았을 때 분명 기쁜 마음이 들었다. 마음이 놓였다. 그러길 바라고 있었다. 그리고 그 사실을 빨리 엄마에게 알려주었으면 했다.

엄마가 자기 손으로 내 눈을 멀게 한 것이 아니라는 사실과 내가 엄마의 손에 의해 눈이 먼 게 아니라는 사실은 나에게도, 그리고 어쩌면 엄마에게도 틀림없이 구원일 것이다.

집을 나오고 이 년 동안은 하루가 멀다 하고 무언가와 맞닥뜨리고, 받아들이는 나날을 보내고 있었다. 마치 전혀 손쓸 수 없는 탁류에 삼켜진 듯, 좌우간 나는 오늘이라는 날을 살아가기에 급급했다. 과거를 되돌아볼 여유도 거의 없었다.

그러다 삼 년째에 자립 지원 홈으로 옮겨 오면서 내 시간이 생겼고, 뻥 뚫린 공백에 내 몸을 내팽개칠 수 있게 되었다. 분명 나는 이 시기에 지친 몸과 마음을 쉬이고 있었을 것이다.

아무 일도 하지 않고 지내는 것이 내 삶에는 필요했는지도 모른다.

일련의 담백한 일상은 한 통의 전화로 마침표를 찍게 된다.

전화 목소리의 주인은 안내견 센터의 남성이었다. 나에게 적합해 보이는 안내견 후보를 찾았다며 연락을 해준 것이다. 그러고 보니 나는 몇 달 전 안내견 신청을 해놓았었다.

용기를 내어 흰지팡이를 들고 외출을 시도했지만, 도중에 차와 맞닿고는 무서워서 한 발자국도 떼지 못했던 적이 있다.

그런 일이 여러 번 거듭되는 사이 나는 외출을 극도로 꺼리게 되었다. 그런 나를 보다 못한 어느 지원자가 안내견과 함께해 보면 어떻겠냐고 제안해 온 것이다.

안내견은커녕 개라는 존재조차 잘 모르면서 흰지팡이보단 편리할 것이라는 단순한 이유로 나는 신청서에 사인했다. 결코 보행 친구가 되지 못한 흰지팡이는, 접힌 채로 방 옷장에 들어가 있다.

안내견을 계기로, 한자리에 머물러 있던 내 삶이 다시 조금씩 흘러가기 시작했다.

왜냐하면 나는 내 의지로 그 집에 돌아가기로 마음먹었기 때문이다. 이대로 안내견과 함께 홈에서 지낼 수도 있었지만 나는 꽤 오래전부터 그 집으로 돌아가길 바라고 있었다.

"시체가 발견됐는데도?"

또렷하게 혐오감과 놀라움을 표하는 관계자도 있었지만, 나는 그 집이 그리워지고 있었다. 그 집의 쓰레기는 모두 철거되었다고 하니 이제 그곳은 쓰레기 집이라 불리지 않는다. 게다가 나는 토와의 정원이 어떻게 되어 있을지 걱정인 것이다. 구로우타도리 합창단의 멤버들과도 재회하고 싶었다.

가장 큰 문제는 새롭게 호적이 등록되어 법률상 엄마와는 연이 끊긴 내가 그 집을 물려받을 수 있는가였다. 그러나 유능한 변호사가 그 문제 역시 이럭저럭 잘 처리해주었다.

이사는 내 친구 중 몇 명이 도와주었는데, 개중에는 예전에 나와 이불을 나란히 깔고 잤던 스즈의 남편도 있었다. 스즈는 지금 배 속에 아기가 있다. 그래서 스즈 본인은 무슨 일이 있어도 도와주러 오고 싶어 한 모양이지만, 남편이 잘 설득하여 대신 도와주러 온 것이다. 스즈에게서 부부 사이의 이야기를 수없이 들었던 터라 나 역시 남편과의 만남을 기대했었다.

자립 지원 홈에서 이사하는 내 짐 자체는 별것 없었으나, 나와 개가 생활하기 편하도록 집 안을 새롭게 정비할 필요가 있어 개수 공사가 진행되었다. 공사가 가능했던 건 공공 지원 덕분이었다.

물론 집에는 전기도 수도도 들어와 있었고, 가스였던 부엌은 새롭게 인덕션으로 교체되었다. 욕실에 놓여 있던 가재도구며 쓰레기봉투도 철거돼 있었다. 가구도 꼭 필요한 것만 남게 되었고, 벽 곳곳에는 손잡이가 부착되어 전보다도 훨씬 생활이 편리해졌다. 지하실은 봉쇄되었고, 내가 곧잘 로즈메리와 하늘을 올려다보던 다락방도 기본적으로는 쓰지 않는 것을 전제로 집 안이 개장되었다. 나는 그곳에 아직 로즈메리가 있는지 어떤지 모르겠다.

적응하려면 시간이 걸릴 듯하지만, 나로서는 지금껏 있었던 아동 보호 시설이나 자립 지원 홈보다 훨씬 더 편안한 공간이 되었다.

그날 저녁, 도와주러 온 모두를 배웅하고 나서 나는 토와의 정원으로 직행했다. 점자 자원봉사자에게, 정원 나무들의 이름을 점자 라벨로 만들어 저마다의 나무에 붙여주도록 부탁했었다. 실은 그 사실이 무엇보다도 기뻤지만, 낮에는 사람이 많았기에 나무들과 차분히 재회하는 일은 뒤로 밀려나 있었다.

'목련' '치자나무' '태산목' '여름밀감' '금목서' '금은화' '서향'

그래, 서향. 언젠가 엄마에게 서향이 어떤 꽃이냐고 물은 적이 있었지. 그때 엄마는, 잊어버렸어, 하고 제대로 대답해주지 않았지만. 나는 이제야 서향을 마주하고 그 잎사귀며 가지를 만져볼 수 있었다.

서향에 살며시 얼굴을 대고 인사한다.

"보고 싶었어."

나는 마음을 담아 정원 나무들에게 전했다.

"고마워. 그때 내 곁에 있어줘서 정말, 정말 고마워."

키가 큰 나무뿐만 아니라 발치에도 역시 많은 식물이 자라나 있었다. 그들의 이름도 알 수 있도록 자원봉사자는 그 식물이 자라난 근처에 돌을 놓아 점자 라벨을 붙여주었다.

나는 땅바닥에 무릎을 꿇고, 보물을 찾듯 양손을 더듬어 이름을 찾는다.

'쑥' '삼백초' '계요등'

'은방울꽃'도 찾았다. 조그마한 꽃에 코끝을 가져다 대자 산뜻한 향기가 나를 감싼다. 아름다운 은방울꽃 같은 사람이 되라는 소망을 담아 스즈의 부모님은 스즈의 이름을 지었다고 하는데(일본어로 은방울꽃을 '스즈란'이라고 한다—옮긴이), 이렇게 가련한 향기의 꽃인 줄은 몰랐다.

"스즈."

그렇게 소리 내어 말하자 단숨에 스즈의 다정함이 되살아났다. 그리고 확실히 스즈와 은방울꽃은 어딘가 닮아 있는 듯했다.

물론 개중에는 쇠약해진 식물도 있었다. 하지만 걱정했던 것보다는 토와의 정원의 식물들이 건강해 보여서 마음이 놓였다. 이제 내일부터는 언제든 만날 수 있다.

그렇게 생각하니 왠지 모르게 이루 말할 수 없는 희망 같은 것이 마음속에서 솟아난다. 작디작은 거품과 같은 빛이 춤추듯 반짝이며 나를 뒤덮는다.

이곳에서 많은 일이 있었다. 이 집에는 행복하고 즐거운 추억도, 그렇지 않은 추억도 전부 있지만, 내가 돌아갈 곳은 역시 이곳뿐인 것이다. 그 사실을 실감했다.

하루의 끝을 느끼며 집으로 돌아오니 테이블에는 이사 축하 선물이 놓여 있었다. 아까운 마음에 리본은 아직 풀지 못한다. 그럼에도 궁금하니까 상자에 딸린 카드만은 열어보기로 한다.

봉투에 손을 뻗어 살짝 스티커를 벗기고, 빳빳한 질감의 카드를 꺼낸다. 둘로 접힌 카드를 펼치자 평면이었던 종이에서 입체적인 무언가가 튀어나왔다.

종이 표면에 수많은 칼집이 새겨져 있어 카드를 펼치면 어떤 모양이 튀어나오는 것이다. 섬세한 모양을 망가뜨리지 않도록 두 손으로 신중하게 만져가며 뇌리에 입체를 그려낸다.

보아하니 안에 든 건 술병과 와인 잔인 모양이다.

'토와코 씨 인생의 새 출발을 위하여, 건배!'

점사로 그런 메시지가 씩혀 있다. 나는 술을 마시지는 못하지만 받은 카드를 읽고 마치 술을 마신 듯 얼근히 취한 기분이 되었다.

살며시 다가가 카드의 냄새를 맡아본다. 거기엔 친근하고 다정한 친구들의 냄새가 웅크려 있었다.

다음 날 아침, 구로우타도리 합창단의 성대한 노래로 새로운 아침을 맞이했다. 내가 이 집에 돌아온 걸 축복하는 듯 구로우타도리들은 명랑하게 노래를 이어갔다. 꼭, 잘 다녀왔어! 하고 말해주는 기분이었다.

그로부터 몇 달 후, 안내견과의 동거 훈련이 시작되었다. 동거 훈련은 훈련 센터에서 숙박하며 진행되기 때문에 나는 사수 동안 집을 비워야 한다.

그 전에 한 번 당일로 보행 체험을 한 적이 있다. 그래서 안내견과 걷는 게 어떤 건지는 얼추 이해하고 있다. 개를 돌보는 데 필요한 설명도 대강은 들었다. 그러나 실제로 파트너 개와 함께하는 생활은 아직 잘 상상이 되지 않는다. 다음에 내가 이 집으로 돌아올 때는 내 옆에 개가 있는 것이다.

나와 파트너가 된 개의 이름은 조이였다. 암컷 골든 레트리버로, 색은 노란색이라고 한다.

처음 조이와 대면했을 때를 나는 평생 잊지 못할 것이다. 내가 악수하듯 손을 내밀자 조이는 서늘하고 축축한 코끝으로 콕 하고 흡사 도장을 찍듯이 내 손등을 밀어댔다. 그런 다음 내 몸에서 나는 냄새를 머뭇머뭇하며 여러 번 들이마셨다.

나 역시 그 자리에 쭈그리고 앉아 똑같이 조이의 냄새를 맡는다. 서로 상대의 냄새를 맡았다. 그러고 나서 조이는 내 어깨에 턱을 올려놓더니 내 귓불을 혀로 날름 핥았다. 그것이 조이만의 인사였다.

"조이는, 제법 낯을 가리는 스타일이에요. 그런데 토와코 씨한테는 마음을 연 모양이네요."

우리의 모습을 보고 있던 트레이너가 들뜬 목소리로 알려주었다.

인사가 끝나고 나는 본격적으로 조이의 몸에 손바닥을 댔다. 몸은 따끈하며 몸털 아래로 이어지는 근육이 늠름하게 붙어 있다. 머리는 딱딱하고, 조심스럽게 만져보니 미묘한 굴곡이 있다는 걸 알 수 있었다. 귀는 부드러웠고, 내가 그대로 턱 밑을 만지자 후우, 하고 긴 한숨을 내쉬며 고개를 젖혔다. 몸 전체에서 홍차 같은 냄새가 난다.

제대로 동물을 만지는 건 인생에서 이번이 두 번째라는 사실을 깨달았다. 첫 번째는 갓 태어난 새끼 고양이 니비. 니비의 몸은 전부 다 조그마해서 두 손으로 꼬옥 움켜쥐면 뼈가 으스러질 것만 같았다.

하지만 조이는 그렇지 않다. 조이가 스스럼없이 몸을 맡겨오자 나는 균형을 잃고 기우뚱 쓰러질 뻔했다. 조이의 꼬리는 니비의 꼬리와는 견줄 수 없을 만큼 억세었고, 그 꼬리로 내 허벅지나 팔을 퍽퍽 때렸다.

그날부터 나와 조이는 항시 행동을 같이하며 트레이너에게 지도를 받게 되었다. 안전하게 걷기 위한 기본적인 방법을 배우면서 나와 조이는 서로에 대한 유대를 다져간다.

조이를 알면 알수록 우리는 서로 닮은 점이 많다는 걸 깨달았다. 냄새를 맡아서 세상을 파악한다는 점은 물론이거니와 약간 겁이 많은 성격과 먹을 것에 대한 집착심, 낯을 가린다는 점이 나와 겹친다.

게다가 조이는 결코 우등생이 아니었다.

공동 훈련으로 넘어가는 건 안내견 후보 열 마리 중 서너 마리 정도로, 합격하지 못한 개는 진로를 변경하고 일반 가정에 거두어져 반려동물로서의 삶을 살아가게 된다.

조이는 안내견으로서 그다음 훈련을 받을지, 진로를 바꿔 평범한 반려동물로 살지 운명의 갈림길에서 가까스로 안내견의 길을 걷게 된 개였다. 그런데 나 역시 특별 지원 학교밖에 나오지 못했고 그마저도 형식뿐이며, 같은 세대라면 당연히 익히고 있는 지식을 전혀 모른다고 해도 무방하다. 그러니 거꾸로 어마어마하게 우수한 엘리트 개와 파트너가 되었다면 나는 주눅이 들었을지도 모른다. 그런 면에서도 조이는 내 베스트 파트너였다고 확신한다. 나와 조이는 으레 만날 운명이었기에 만난 것이다.

안내견과의 보행은 사용자인 나와 안내견인 조이의 공동 작업이다. 책임은 오십 퍼센트씩 있다.

나는 당초 목줄만 쥐면, 안내견이 앞장서서 나를 목적지까지 택시처럼 데리고 가줄 것이라 착각하고 있었다. 하지만 어디까지나 내가 지시를 내려야 하며 내 지시가 틀리면 조이 역시 틀린 행동을 하고 만다. 주도권을 쥐고 있는 건 나였다. 사용자의 생명을 지키는 건 안내견의 막중한 의무이지만 그 의무를 다하려면 사용자 역시 안내견과 협력해야만 한다.

앉아, 엎드려, 기다려, 일어서, 가.

적절한 타이밍에 조이에게 지시를 내리고 그것을 잘 해냈을 때는 '잘했어'라고 칭찬해준다. 사용자에게 받는 칭찬이 안내견에게는 무엇보다 좋은 보상인 것이다.

"어떻게 하면 기분 좋게 조이를 일하게 할 수 있을지 궁리하는 게 토와코 씨의 역할이에요. 그러니 잘했을 때는 언제나 듬뿍 칭찬해주세요. 그러면 조이는, 토와코 씨에게 더 많이 칭찬받고 싶어서 일을 잘하게 될 거예요."

트레이너는 훈련 때마다 그렇게 말했다. 그저 명령에 따르라고만 하면 개는 달가워하지 않는다. 그러므로 개가 즐겁게 일할 수 있도록 사용자가 환경을 조성해주는 것이다.

조이와의 신뢰 관계는 날로 깊어졌다. 조이는 좋게 말하면 시원스러운 성격, 조금 나쁘게 말하면 자기 고집이 있는 성격이라 본인의 의사가 분명한 까닭에, 제 의사로 무언갈 할 때는 적극적이지만 자기 마음에 들지 않는 일에 관해서는 보고도 못 본 체하거나 농땡이 피우는 버릇이 있었다. 이 점이 안내견이 되기엔 부적합하다고 판단될 뻔한 가장 큰 이유였다.

하지만 나는 그런 조이를 미워할 수 없다. 미워하기는커녕 날이 갈수록 사랑스러운 마음이 피어오른다. 특히 하루 동안의 훈련을 마치고 하네스를 풀면 조이는 제 세상인 양 내게로 달려들고는, 놀자, 놀자, 하며 꼬드기기 시작한다. 제일 좋아하는 장난감 공을 던져주면 정신없이 쫓아가 내 손에 되돌려놓으려 한다. 그 놀이를 끝없이 되풀이하다 자기가 싫증이 나면 딱 그만두고, 내가 공을 아무리 던진다 한들 더는 거들떠보지도 않는다. 안내견으로 일할 때가 아니면 조이는 철저하게 자기가 좋아하는 일만 한다.

조이와는 잠잘 때도 함께였다.

밤이 되면 조이는 내 침대 바로 옆 케이지에서 잠을 자는데, 곁에 살아 있는 생명체가 있다는 안심감 때문인지 나는 깊이 잠들 수 있게 되었다. 잠자는 조이의 숨소리가 들려오면, 조이의 꼬리를 붙들고 파도가 없는 잔잔한 바다를 떠다니는 기분이 들면서 자연스러운 흐름으로 잠에 빠졌다. 그 효과는 이미 첫째 날 밤부터 나타났는데, 곤히 자고 있던 내가 조이의 따듯한 혀에 잠을 깼을 정도다.

교차로를 건너는 법과 전철 승강장을 걸을 때 주의할 점, 버스나 전철, 식당에서의 매너와 더불어 조이의 건강을 유지하기 위한 빗질 방법과 건강 체크, 볼일 보게 하는 법과 밥 주는 법. 내가 익혀야 하는 일은 산더미처럼 많았다.

그래도 솔직히 특별 지원 학교에서 한 공부보다는 훨씬 재미있었다. 그도 그럴 것이 내 곁에는 늘 조이가 있었고, 조이의 얼굴에는 대개 미소가 번져 있었으니까.

조이라는 이름은 강아지일 때 조이를 돌보았던 퍼피워커가 지었다고 한다. 안내견 후보가 된 개들은 생후 두 달 만에 어미 개와 떨어져 한 살이 될 때까지 퍼피워커 가족들과 지낸다. 그렇게 사람으로부터 많은 사랑을 받으면서 사람을 대하는 방식이나 기본적인 생활 수칙을 배운다.

조이는 기쁨이라는 뜻이다. 이보다 더 조이에게 잘 어울리는 이름은 생각할 수 없다. 조이는 언제나 웃고 있다. 나는 조이의 웃는 얼굴을 실제로 보지는 못하지만 조이가 웃고 있다는 건 낌새로 알 수 있다. 힛, 힛, 힛, 힛, 하는 짧은 호흡 소리가 나고, 그럴 땐 조이의 꼬리가 힘차게 흔들리며 바람을 일으킨다. 조이가 웃으면 그곳 전체가 환하고 맑은 공기에 휩싸이는 것이 느껴진다. 조이는, 기뻐하며 살아가고 있다.

그런 조이가 곁에 있어 내 삶 역시 밝은 쪽으로 이끌린 것이리라. 나는 조이와 걷고 있으면 터무니없이 눈부신 빛을 느끼게 되었다. 마치 빛으로 된 터널 속을 걷고 있는 듯한 기분이 드는 것이다. 그럴 때면 조이는 꼭 미소를 짓고 있다. 마치 조이도 나와 마찬가지로 빛의 터널을 걷고 있다고 느끼는 것처럼.

훈련 센터에서 지낸 사 주간은 눈 깜짝할 새였다.

마지막으로 나와 조이는 이럭저럭 힘을 합쳐 트레이너 없이 단독으로 보행하는 시험에 합격하고, 조이는 떳떳이 정식 안내견으로 인정받았다. 그리고 나에겐 안내견 사용자증이 발행되었다. 다시 말해 조이가 열 살 생일을 맞이해 안내견을 은퇴하는 날까지 나와 조이는 함께 인생을 걸어가리란 사실이 증명된 것이다.

훈련 센터에서 진행된 기념식이 끝나고, 나와 조이는 보행 지도사가 지켜보는 가운데 집으로 돌아갔다. 그리고 이삼일에 걸쳐 이번에는 집 근처에서 보행 지도를 받으며 조이와 일상생활을 해나가는 데 필요한 구체적인 주의 사항 등을 깨쳤다.

"처음부터 완벽할 필요는 없어요. 아무리 능숙한 안내견 사용자라도, 새로운 파트너와 호흡이 맞을 때까지는 어느 정도 시간이 걸려요. 그러니 조급해하지 않아도 괜찮아요. 여하튼 토와코 씨가 마음 놓고 밖을 걸어 다닐 수 있게 되는 것. 그걸 조이가 기쁜 마음으로 도와줄 수 있게 되는 것. 중요한 건, 그게 전부예요. 그러니 실패를 두려워 말고, 조이와의 산책이나 생활을 즐기는 일부터 시작해보세요."

짐을 꾸린 보행지도사가 마지막에 현관 앞에서 그런 말을 해주었다. 그 말은 농밀한 시간을 함께했던 사람이 하는 작별의 말처럼 쓸쓸한 울림도 느껴졌지만, 앞으로 삶을 공유할 나와 조이에게 건네는 따뜻한 응원의 말이었다.

이 말에 나와 조이는 얼마나 큰 용기를 얻었는지 모른다. 이리하여 마침내, 조이와의 생활이 정말로 시작된 것이다.

다른 누군가와 밀접하게 생활을 함께하는 건 엄마와 지내던 어린 시절 이후로 처음이었다. 조이와 살면서, 내가 줄곧 바라왔던 무언가의 정체를 알아냈다. 나는 누군가의 온기를 바라고 있었던 것이다. 그리고 조이는 내가 갈망하던 그것을 하루하루 아낌없이 베풀어주었다.

그렇다고는 하나 혼자 살기 시작한 데다가 조이도 들이게 되면서 할 일은 극적으로 늘어났다. 때문에 하루 동안의 시간의 흐름 역시 급변했다.

그럼에도 구로우타도리 합창단이 나에게 아침을 알려주는 건 달라지지 않는다. 게다가 조이까지 합세해 내 알람 시계는 두 개로 늘어났다. 가끔 내가 계속 자고 있으면 조이는 살짝 거친 방식을 써서 나를 깨우려 한다.

함께 지내면서 알게 된 사실인데, 조이는 무언갈 요구할 때 재채기를 한다. 의도적으로 하는 재채기가 조이의 주특기 중 하나였다. 그리고 조이는 내가 일어났으면 싶을 때 내 귀 언저리에서 가차 없이 재채기를 하는 재주를 선보인다.

"자, 일어나세요. 새로운 하루가 시작됐어요. 아침 먹을 시간이에요!"

눈을 뜨면 조이가 바싹 얼굴을 들이밀고 있어, 내게는 마치 반짝반짝 빛나는 조이의 두 눈동자가 보이는 것만 같다.

"좋은 아침, 조이. 오늘 하루도 즐겁게 보내보자."

나는 조이의 머리를 쓰다듬으며 조이에게 아침 인사를 한다. 이렇게 우리의 하루가 시작된다.

아침에 제일 먼저 하는 일은 조이에게 볼일을 보게 하는 것이다. 조이를 정원에 풀어두고 거기에서 볼일을 보도록 한다.

"하나, 둘, 하나, 둘."

'하나'는 소변, '둘'은 대변을 뜻하는 지시어다. 나는 조이의 낌새에 귀를 기울이며 배설이 끝나기를 참을성 있게 기다린다. 조이가 볼일을 보는 리듬을 파악해 적절한 타이밍에 볼일을 보게 하는 것이 지금의 과제다.

볼일을 다 보고 나면 드디어 아침 식사를 한다. 조이가 기다리고 기다리던 시간이다.

조이는 식욕이 왕성하다. 체중은 일반적인 골든 레트리버보다 덜 나가지만, 마른 대식가인 건지 좌우간 많이 먹는다. 시판되는 사료만으로는 변비에 걸릴 수 있어 사료 위에 부드럽게 찐 야채나 신선한 과일을 곁들인다.

나도 조이에게 아침밥을 주는 타이밍에 과일 등을 먹는데 조이와의 빨리 먹기 대결에서는 항상 지고 만다. 조이는 황급히 먹는 탓인지 항상 먹는 도중에 엄청난 트림을 한다.

아침 식사 후엔 각자 잠시 자유 시간을 갖는다. 조이는 밥 먹은 다음 늘어져 자길 좋아해 걸핏하면 툇마루에 풀썩 엎드리고는 햇볕을 쬐며 겉잠에 든다.

내가 또다시 이 집에 살게 되었을 때 정원 한 모퉁이에 널빤지를 걸쳐놓은 나무 바닥이 만들어져 있었다. 나는 그곳을 내 멋대로 툇마루라 부르고 있다. 툇마루는 나와 조이가 뒹굴뒹굴하기 딱 좋은 크기라 나도 조이도 날씨가 좋으면 곧잘 그곳에서 일광욕을 한다.

아침 식사에 쓴 그릇을 설거지하고 나면 집 안 전체를 정리하며 청소를 한다. 화장실과 욕실도 깨끗이 치운다. 만약 나 혼자 생활했다면 이곳까지 꼼꼼하게 청소하지는 않았을지도 모른다. 그러나 이제는 이 집에 조이가 있다. 조이가 실수로 위험한 물건을 먹지 않도록 하기 위해서라도 바닥에는 물건을 두지 않고 무심코 떨어뜨린 물건은 그때그때 주워서 정리한다. 그것이 스스로 정한 규칙이었다.

집 안을 깨끗하게 해놓는 건 나 자신을 위한 일이기도 하다. 조이가 집에 온 지 얼마 안 되었을 무렵, 조이가 갖고 놀고 그대로 놔둔 소리 나는 장난감을 밟고 하마터면 넘어질 뻔했다. 무심결에 조이의 장난감 인형을 밟고 조이를 밟았다고 착각해 식은땀을 흘린 적도 있다.

그러나 모든 물건을 제 위치에 정확히 되돌려놓으면 이러한 해프닝에 조바심 낼 일도 없거니와 필요한 물건들을 곧바로 찾아낼 수도 있다. 게다가 나는 두 번 다시 이 집을 예전처럼 쓰레기 집으로 만들고 싶지 않다. 그건 사명감이라기보다 공포감에 가까운 감정이었다.

한차례 집안일을 끝마치고도 시간이 남으면 나는 정원으로 나가 정원 일을 한다. 그럴 때 나는 반드시 맨발로 나간다. 맨발일 때는 발바닥의 감각이 눈을 뜨므로 세상의 모습을 더욱 뚜렷하게 파악할 수 있다.

이따금 미처 줍지 못한 조이의 물건을 밟고 깜짝 놀랄 때도 있지만, 그렇다고 해서 신발을 신고 정원에 들어가고 싶은 마음은 들지 않는다. 나에게 있어 토와의 정원은 누군가의 소중한 피부와 같았다. 소중한 사람의 살갗 위를, 신발을 신고 걸어 다니지는 않을 터다.

게다가 맨발로 정원에 발을 디디면 식물들의 목소리를 더욱 잘 들을 수 있는 것이다. 발바닥에도 얼굴과 마찬가지로 눈, 코, 입, 귀가 있어서 발바닥이 직접 지구와 대화를 나누는 듯한 기분이 든다.

사랑스러운 식물들의 가지며 잎사귀에 살포시 손바닥을 대어 말로 표현되지 않는 그들의 소리를 포착한다. 그 식물이 괜찮은 상태인지 아니면 어딘가 상태가 좋지 않은지 가만히 귀 기울이고 있으면, 이윽고 그것이 또렷하게 들려온다. 나는 나 자신이 안테나가 된 기분으로 식물이 보내는 메시지를 포착한다. 그런 다음 손바닥으로 흙을 만지며 식물들과의 대화를 즐긴다.

토와의 정원 한 모퉁이에는 오빠들의 무덤도 만들었다. 실제 유골을 묻지는 못했지만 돌로 울타리를 쳐 조이도 들어갈 수 없도록 고안했다. 항상 이런저런 꽃이 피어나도록 씨앗을 뿌리거나 알뿌리를 심고 있다.

나는 이따금 그곳으로 가 오빠들에게 말을 건다. 어쩌면 내가 지금껏 살아남을 수 있었던 건 오빠들이 나를 지켜주었기 때문일지도 모른다. 그들의 짧은 목숨이 나에게 생명력을 주고 있던 걸지도 모른다. 그에 감사하며 오빠들 몫까지 살아갈 것을 약속한다.

내가 정원 일을 하고 있으면 아침의 선잠에서 깬 조이가 내 곁으로 타박타박 걸어와, 슬슬 산책하러 가지 않을래요? 하고 청한다.

"좋아, 산책하러 가자!"

내 말에 조이는 돌연 활기차게 꼬리를 흔들어 내 허벅지를 마구 때리면서, 빨리, 빨리, 하고 재촉한다.

"조이, 하나 하자. 하나, 하나."

나는 조이에게 또 한 번 볼일을 보게 한다. 조이가 정원 한쪽 구석에서 볼일을 보는 동안 나는 손을 씻고 발을 닦고 양말을 신으며 외출할 준비를 한다.

볼일을 다 본 조이는 의기양양하게 내 옆으로 와 자기 몸에 하네스가 채워지기를 기다린다. 하네스는 조이에게 유니폼과 같은 것이라 하네스를 몸에 걸치자마자 조이는 일 모드로 바뀐다. 그 스위치는 참으로 굉장해서, 그 전까지 장난치거나 어리광부리는 등 제멋대로이던 조이가 믿음직스러운 안내견으로 변신한다.

"조이, 가자."

우리는 나란히 집을 나선다.

조이를 만나기 전까지는 혼자서 외출해야만 할 때 흰지팡이를 사용했었다. 늘 사방을 신경 쓰고, 흰지팡이 끝으로 더듬고 더듬으며 앞으로 나아가곤 했다. 뒤에서 맹렬한 속도로 다가온 자전거 탄 사람에게, 위험해! 하고 고함을 듣기도 했고, 흰지팡이를 움직이며 천천히 횡단보도를 건너다 유모차를 끄는 여성에게 작은 목소리로, 걸리적거리게, 라는 말을 듣기도 했다. 혀를 차는 사람들도 매일같이 마주치면서 나는 점점 밖을 나가지 못하게 되었다.

자전거나 자동차도 물론 무서웠지만 나는 그보다도 사람이 무서웠다. 내 과거를 아는 아동 보호 시설의 직원과 자원봉사자는 모두 나에게 친절했지만, 내가 그저 일개 시각장애인으로서 세상에 내팽개쳐지자 사람들은 결코 상냥하지 않았다. 상냥한 건 고사하고 몹시 차가운 대우를 받는 경우가 많았다.

그러나 나와 함께 걷는 상대가 흰지팡이에서 조이로 바뀌자마자 그러한 분위기는 크게 달라졌다. 많은 사람들이 나에게, 아니, 조이에게 말을 걸어주기 시작한 것이다.

흰지팡이를 쓸 때 보행은 어디까지나 이동 수단에 지나지 않았다. 그래서 그 시간과 거리가 짧으면 짧을수록 나는 안심이 되었다. 하지만 지금의 나는 걷는 것 그 자체를 즐길 수 있게 되었다. 산책하는 것 자체가 나와 조이의 목적이 되면서, 나와 조이의 산책 시간은 언제나 기쁨으로 넘쳐흐르고 있다.

"잘했어! 가자. 잘했어! 가자."

조이는 목걸이에 달린 방울을 잘랑이며 한껏 자랑스러운 발걸음으로 활보한다. 안내견은 좀처럼 짖는 일이 없다. 그래서 안내견이 어디에 있는지 위치를 파악하기 위해 대부분 목걸이에 방울을 단다. 일할 때 차는 하네스와는 달리 목걸이는 목욕할 때 빼고는 항상 차고 있어서 집 안에서도 조이가 움직일 때마다 방울이 잘랑거리고, 조이가 자다가 몸을 뒤척이기만 해도 방울 소리가 울린다.

그 방울 소리가 산책할 때는 특히 더 크게 울린다. 내 착각일 수도 있지만 집 안에서는 무심코 놓치곤 하는 조이의 방울 소리가 산책할 때는 내 귀에 또렷이 들려온다. 조이의 하네스에서도 그때그때 조이의 상태가 전해져 오긴 하지만, 나는 방울 소리가 울리는 정도로 조이가 긴장하고 있는지 아니면 편안하게 걷고 있는지를 판단하는 경우가 많다.

내가 장애물에 부딪히지 않도록 보행 루트를 잘 짜고, 단차나 모퉁이가 있을 때는 그 존재를 나에게 알려준다. 그러나 개는 신호등 색을 구별할 수가 없어서 횡단보도를 건널지 말지는 내가 주위의 소리에 귀를 기울여 최종적인 판단을 내린다.

내 머릿속에는 이 일대의 냄새며 소리, 길 표면의 감촉 등으로 깃발을 꽂은 나만의 지도가 있어, 나는 늘 우리가 그 머릿속 지도 중 어딜 걷고 있는지를 파악하며 목적지로 향한다. 특히 도움이 되는 건 라면집이나 돈가스집이었다. 양과자점이나 파친코 가게도 믿을 만하다.

그렇지만 짝이 된 지 얼마 안 된 우리는 가끔 길을 잘못 꺾고 만다. 그럴 땐 집 근처일지라도 갑자기 다른 차원에 발을 디딘 듯한 기분이 들면서 한순간에 식은땀이 난다.

하지만 곁에 조이가 있기에 나는 지나가는 누군가에게 길을 물을 수 있게 되었다. 흰지팡이를 쓸 때는 내가 먼저 말을 걸어 길을 묻는 일 따위 두려워서 절대로 하지 못했다. 누군가가 말을 걸며 도움의 손길을 뻗쳐줄 때까지 나는 그저 친절한 사람이 나타나기를 하염없이 기다릴 뿐이었다.

그러나 지금은 설령 미로에 발을 들여놓더라도 누군가에게 도움을 요청하면 어떻게든 되리라는 안심감이 든다. 무슨 문제라도 생기면 어쩌지, 하고 늘 두려움에 떨던 흰지팡이 때와는 하늘과 땅 차이인 것이다.

산책의 거리도 목적지도 그날그날 다르다. 슈퍼마켓에서 장을 볼 때도 있고 두부 가게에 들러 두부와 콩비지 도넛을 살 때도 있다.

나는 세상에 두부라는 음식이 있다는 걸 시설에 맡겨지고 처음 알았다. 그런 음식은 두부 말고도 많았는데, 그중에서도 두부는 나에게 놀라움을 준 음식 중 하나였다. 나는 두부의 맛은 물론이거니와 그 냄새를 참 좋아한다. 두부 냄새를 맡고 있으면 마음이 진정되는 것이다. 그래서 산책 루트에 두부 가게가 있을 때에는, 조이가 궁금한 냄새에 이끌려 저도 모르게 훌쩍 길을 벗어나고 마는 것처럼 나 역시 무의식중에 두부 가게로 들어가 버린다. 그러고는 내 몫의 두부 한 모와 조이의 간식용 콩비지 도넛을 산다. 조이는 늘 두부 가게 근처만 가면 발걸음이 조금 빨라진다.

가장 긴 산책은 내가 도서관에 가는 때다. 대략 이 주에 한 번 정도 도서관을 간다. 가장 가까운 도서관까지는 꽤나 복잡한 길을 가야 한다. 버스로 세 정거장 거리를 앞이 보이지 않는 내가 길을 더듬으며 걸어가려면 제법 오랜 시간이 걸린다.

일기 예보로 비가 오지 않는 날을 고르고, 너무 더운 날은 조이도 나도 도중에 기진맥진하므로 기온 역시 공들여 체크해 도서관 가는 날을 정한다. 그리고 그날은 정원 일을 쉬거나 간단하게 끝마친 뒤 주먹밥을 만들어 도시락을 들고서, 물론 조이를 위한 보상 간식도 잔뜩 들고서 도서관으로 향한다.

"오늘은 소풍을 갈 거야!"

이렇게 말하면 조이는 그 목적지가 도서관이라는 걸 알아차린다.

녹음 도서라는 존재가 나에게 살아갈 희망을 가져다주었다. 나는 오래도록 엄마가 책을 읽어주지 않으면 이야기 속 세계와 마주할 수 없는 환경에 있었다. 그러나 내가 모르고 있었을 뿐 세상에는 음성으로 된 책이랄까, 시디가 존재했다.

애당초 내가 안내견 사용자가 된 계기도 녹음 도서였다. 좌우간 나는 책을 읽고 싶었다. 요청하면 자원봉사로 도서관에 함께 가줄 사람을 찾을 수 있었을 터다. 그러나 나는 도서관에 감도는 공기라 할지, 책 냄새 그 자체를 좋아한다. 그러므로 자원봉사자가 항시 옆에서 대기하고 있는 상황보다는 남 신경 쓰는 일 없이 원하는 만큼 도서관 안에 몸을 두고 싶었다. 비록 나는 점자로 된 책이 아니면 읽을 수 없지만, 책 가까이에 몸을 기대고 있는 것만으로도 안심이 됐다.

나는 책이라는 형태 그 자체를 좋아해서 녹음 도서를 빌리더라도 되도록이면 종이책 역시 같이 빌리곤 한다. 그리고 녹음 도서를 들을 때는 종이책도 함께 앞쪽에 놔둔다. 표지를 손으로 따라가면서, 아마도 이 부분이려나, 하고 상상하며 책장을 넘기고 종이 냄새를 맡는다. 그렇게 하면 이야기가 내 안쪽까지 바짝 다가와 이야기 속 세계를 깊이 만끽하는 듯한 느낌이 든다.

녹음 도서로 독서를 즐기면서 차츰 알게 되었다. 말에도 신기루나 오라 같은 것이 있어 단순히 소리로서 흘려듣지 않고 손바닥으로 감싸듯 가만히 품고 있다 보면, 말 안쪽에 숨어 있던 진액이 증기처럼 서서히 말 외막에 배어 나온다는 사실을.

나는 그렇게 말이 내 체온과 동화되어 미열을 띨 때까지 잠자코 기다린다. 처음에는 이야기를 빨리 듣는 데에만 얽매여 있었다. 그러나 독서가 빠른지 더딘지는 상관없다. 그보다도 말 저편에 펼쳐지는 이야기 속 세계와 얼마만큼 친밀하게 교감하는지가 독서의 묘미인 것이다.

나는 한 발 나아갈 때마다 멈춰 서서, 하늘을 올려다보거나 바람을 느끼며 말의 한숨을 실감했다. 그 한숨을 살며시 내 몸으로 들이마셔 이야기를 낱낱이 만끽한다. 나에게 독서란 먹는 일과도 닮은, 이야기에 깃든 생명 그 자체를 내게로 거두어들이는 행위였다.

나는 혼자서 도서관에 가고 싶다는 마음 하나로, 발에 안

익은 운동화도 길들이려 애썼고 긴 거리를 걸을 수 있도록 체력을 다지는 노력도 했다. 어느덧 내 발바닥에는 연필이 거뜬히 통과할 정도의 어엿한 아치가 생겨나 내 몸을 단단히 지탱해주고 있다.

도서관에서 책과 녹음 도서를 빌려 집으로 돌아갈 때는 매번 가슴이 두근두근했다. 돌아가는 길 공원 벤치에서 주먹밥을 양 볼 가득 집어넣고 있으면, 빨리 책을 읽고 싶어 몸이 근질근질했다. 그럴 때 나는, 내가 지금 살아 있다는 것이 진심으로 행복했다.

음성 독서를 처음 시작한 무렵에는 안 그러고 싶어도 이야기를 읽는 목소리에서 엄마 목소리를 찾곤 했었는데, 그 감각도 조금씩 엷어지며 나는 이야기 자체에 몰두할 수 있게 되었다.

이야기에 귀 기울이면서 나는 내 과거를 잊을 수 있었고 내가 모르는 새로운 세상을 깨칠 수 있었다. 더 읽고 싶다, 더 듣고 싶다, 얼른 뒷이야기를 알고 싶다는 욕망이 내 삶의 의욕을 북돋아주었다.

내가 소파에서 독서를 즐기는 동안 조이는 늘 내 허벅지에 턱을 괴고는, 마치 자신도 이야기에 귀를 기울이고 있는 양 행동한다. 조이도 조이 나름의 방식으로 독서 시간을 즐기고 있는 것이다.

앞이 보이지 않는 나에게 힘을 주는 건 녹음 도서 말고도 더 있다. 데이지 도서가 그중 하나인데, 이는 소리로만 되어 있는 영화다. 영화 음성에 각각의 장면이나 상황을 설명한 음성이 더해져 있어 시각장애인인 나도 영상을 마음속에 그리며 영화를 즐길 수 있다.

그리고 화면 낭독기가 있으면 우편물도 편지도 읽을 수 있고, 시간은 조금 걸리지만 묵자(墨字)로 쓰인 책도 읽을 수 있다. 통장이나 영수증의 숫자도 알려준다. 또 스마트폰으로 사물의 사진을 찍기만 하면 사진을 해석해 그것이 무엇인지를 곧바로 알려주는 앱도 있다.

나는 이제 통조림의 내용물을 알 수 없어 쩔쩔맬 필요가 없게 되었다. 사진만 찍으면 그 내용물이 복숭아인지 귤인지 미트 소스인지를 순식간에 그리고 정확하게 알려준다. 슈퍼마켓에 장을 보러 가서 소금과 후추, 샴푸와 린스를 혼동해 잘못 구입할 걱정도 없다. 색깔도 알려주기 때문에 나는 쇼핑 역시 즐길 수 있다.

하루는 퍼뜩 좋은 생각이 떠올라 조이의 사진을 해석해보았더니 "빨간 목걸이를 한 크림색 개입니다"라는 결과가 나왔다. 나는 줄곧 조이를 노란색 개라고 생각했었다. 그야 조이는 골든 레트리버이고 색은 노란색이라고 배웠으니까. 그런데 어쩐지 내가 잘못 알고 있었나 보다. 그래서 나는 조이의 몸 색깔을 크림색으로 수정했다.

노란 새는 있는데 노란 개는 없다는 게 조금은 이해하기 힘들지만, 그것이 세상의 상식이라면 더는 할 말이 없다. 그럼에도 조이의 모습을 상상할 때 나는 버릇 때문인지 자꾸만 눈이 부신 기분이 든다.

저녁이 되면 나는 라디오를 들으며 저녁 식사를 준비한다. 딱히 이렇다 할 손이 많이 가는 음식을 만드는 건 아니다. 밥은 전기밥솥에 넣어 스위치를 누르면 알아서 지어주고, 육수가루를 쓰면 된장국도 손쉽게 끓일 수 있다. 야채는 잘라서 그대로 먹거나 굽든지 하고, 고기나 생선도 기본적으로는 조미료를 쳐서 데우기만 한다. 그럼에도 식탁을 차리고 있으면 살아 있다는 실감이 난다. 오늘 하루도 조이와 무사히 보냈음에 감사하고픈 기분이 든다.

계절은 서서히 겨울이 되어가고 있었다.

나에게 겨울이 찾아왔음을 알려주는 건 은행나무다. 은행냄새가 완전히 모습을 감추면 이제 그곳에는 어엿한 동장군이 우뚝 서서 기다리고 있다.

그 날은 슈퍼마켓에서 장을 보고 돌아가는 길이었다. 짐이 많아지게 되면서 나는 요즘 산 물건들을 집까지 배달해주는 서비스를 이용하고 있다. 빈손으로 돌아갈 수 있게 된 나는 슈퍼마켓을 나오면 조금 멀리 돌아가 상점가에 있는 양과자점에 들러 케이크를 사 가기 시작했다. 케이크는 기울어지지 않도록 배낭 제일 아래쪽에 넣어둔다.

조이와 나란히 걷고 있는데, 저기, 하고 한 여성이 조심스러운 목소리로 말을 걸었다. 나이는 육십 대 초반에, 마른 몸이다. 키는 나보다 약간 더 크다. 나는 점점 상대에 대한 정보를 목소리만으로 판단할 수 있게 되어가는 중이다.

"안녕하세요."

상대방의 목소리가 나는 쪽으로 몸을 돌려 내가 말했다. 그 집 앞을 지나면 항상 나도 모르게 심호흡을 하고 싶어지는 포근한 향기가 난다.

"미안해요, 갑자기 말을 걸어서."

그녀는 미안한 듯이 말했다. 그러고는 그 자리에 쭈그리고 앉더니,

"항상 말도 잘 듣고, 참 기특한걸."

하고 이번에는 조이를 향해 친근하게 말을 걸었다. '항상'이라 함은 나와 조이를 본 게 오늘이 처음이 아니라는 말이다.

"혹시 괜찮다면, 차라도 한잔하지 않을래요?"

느닷없이 그 사람은 말했다. 나는 깜짝 놀라 아무 말도 할 수 없었다. 걷다 보면 조이에게 말을 걸어주는 경우는 있었어도 나에게 차 한잔하겠냐는 권유를 해 온 건 처음이다.

내 안에 인 당혹감을 알아차린 것인지, 그녀가 말했다.

"당신에게 꼭 전하고 싶은 말이 있었어요. 그런데 좀처럼 용기가 안 나서……. 그래서 늘 당신과 강아지가 지나가는 걸 지켜보고 있었죠. 멋대로 훔쳐본 것 같아 미안하네요."

그 사람은 긴장감이 도는 목소리로 말했다. 이런 전개가 되리라고는 예상조차 하지 못했다. 그러나 나 역시 전부터 이 집 냄새가 신경 쓰이곤 했었다. 모처럼 말을 걸어주었으니 집에 들어가 차를 마시기로 한다. 상대방의 목소리며 말투로 판단하건대 무언가 사건에 휘말릴 법한 분위기는 아니다.

"감사합니다. 그럼 염치 불고하고 조금만."

내가 그렇게 대답하자 여성이 안심하고 표정을 바꾸는 것이 아주 잠깐 눈에 보인 듯했다.

집 안으로 들어가자 희한한 냄새는 더욱더 강해진다.

"이거, 무슨 냄새예요? 늘 집 앞을 지날 때마다 이 냄새가 나길래, 기분 좋은 냄새네, 싶었거든요."

현관 앞에서 조이의 하네스를 벗기며 나는 그녀에게 물었다. 허락만 한다면 더욱 실컷, 조이처럼 온몸으로 킁킁 냄새를 맡고 싶은 기분이었다.

"뜸쑥 말인가요?"

"뜸쑥?"

뜸쑥이라는 울림의 말은 지금껏 읽은 이야기 속에 한 번도 등장한 적이 없다.

"그래요. 방금 엄마께 뜸을 떠주었는데, 그 냄새가 아직 남아 있나 보네요."

"뜸쑥은, 식물이에요?"

"맞아요. 젊은 사람은 뜸쑥을 모르겠구나, 참. 쑥은 들어본 적 있으려나요?"

"아, 쑥은 알아요."

토와의 정원에도 자라 있다.

"그 쑥 잎 뒤에 자라 있는 하얀 솜털을 모아 건조시킨 게 뜸쑥이랍니다. 뜸쑥에 불을 붙여서 치료를 하는 게 뜸이고요."

그녀는 말했다. 설명만으로는 아직 완벽히 이해되지 않지만, 뜸쑥이 쑥의 솜털이라는 것은 알겠다.

우리 집이 아니므로 조이를 현관 앞에서 기다리도록 했더니 강아지도 함께 들어오라고 말해주었다. 그래서 늘 가지고 다니는 물수건으로 조이의 다리를 닦은 다음 그녀의 안내를 받아 방 쪽으로 발을 들였다. 방 안에 많은 물건이 놓여 있다는 건 소리의 메아리로 짐작이 간다. 발치에는 단팥빵 표면처럼 탄력 있고 푹신푹신한 카펫이 깔려 있다.

"자, 이쪽으로 앉아요."

나는 그녀가 안내해주는 의자에 앉는다. 조이는 내 발등을 베개 삼고 금세 편안한 태세를 취한다.

"홍차랑 커피, 중국차 그리고 허브티도 있는데, 어떤 게 좋은가요? 좋아하는 걸 말해봐요."

그녀는 냉장고를 여닫으며 말했다.

"그럼, 홍차로 부탁드려요."

나는 말했다.

커피는 살면서 아직 몇 번밖에 마신 적이 없다. 그렇게 몇 번밖에 안 되는 때에도 나는 솔직히 맛있다는 느낌을 받지 못했다. 다만 커피 향 자체는 싫지 않다.

"일단은 자기소개부터 할까요? 갑자기 말을 걸어 놀랐을 것 같아서요."

차를 준비하면서 그녀가 말한다.

"저는, 시미즈 마리예요. 마는 마녀 할 때 마(魔), 리는 마을 리(里)를 써요."

그런 설명을 들어도 나는 한자의 윤곽을 상상할 수가 없다. 그래서 나는 마음속으로 그녀를 마녀 마리 씨라고 부르기로 했다. 나도 자기소개를 한다.

"숫자 십에 평화 할 때 화, 아들 자를 써서 토와코예요."

마녀 마리 씨가 나를 지그시 바라보는 것이 느껴졌다.

얼마 지나자 내 앞에 그윽한 향기의 홍차가 놓였다. 옆에는 구운 과자도 있는 듯하다. 마리 씨가, 들어요, 하고 권한다. 여태껏 마셔본 어느 홍차보다도 맛있는 홍차였다.

"뭐부터 이야기하면 좋으려나?"

긴 침묵이 이어진 끝에 마녀 마리 씨는 불쑥 말했다. 그러고는 결심이 선 듯 말을 꺼냈다.

"저는 말이죠, 이 집에서 태어나고 자랐어요. 여기는 부모님 집인 동시에 저의 집이기도 하고, 지금은 병으로 누워 계시는 엄마와 둘이서 살고 있죠."

마리 씨는 피아니스트였다. 젊은 시절에는 유럽에서 유학을 했고, 현지에서 만난, 마리 씨 말로는 금발의 미소년과 결혼했다고 한다.

결혼 생활은 평온했다. 두 아이도 태어나고, 마리 씨 자신도 프로 피아니스트로서 작게나마 음악 활동을 시작할 수 있게 되었다.

아버지가 치매라는 사실을 알게 된 건 그 무렵이었다. 어머니 혼자서는 아버지를 돌보기가 벅찬 탓에 마리 씨는 빈번히

유럽과 일본을 오가게 되었다. 그럼에도 처음에는 남편의 도움을 받기도 하며 그럭저럭 잘해나갈 수 있었다고 한다. 하지만 그러는 사이 부부 관계가 삐걱거리기 시작했고 결국 둘째 아들이 초등학생이 될 때를 기다리다 이혼을 했다. 둘째 아들을 데리고 본격적으로 일본으로 돌아오고부터는 이곳에서 피아노 교실을 열어 생계를 꾸리는 동시에 아버지의 간호를 겸하려 했다고 한다.

"우리 집 제일 안쪽에 피아노를 둔 방음실이 있는데요, 거기서 있죠, 토와코 씨 집 일부가 보인답니다."

이 집으로 돌아온 경위를 얼추 이야기한 후 마리 씨는 차분히 말을 이었다. 피아노라는 단어에 내 마음 어딘가가 씰룩 반응하는 것이 느껴졌다.

"제가 듣던 그 소리, 맞나요?"

나는 멍하니 당시를 떠올리며 말했다. 말하면서, 그 무렵 창을 열면 들려오던 피아노 선율이 귓속에서 사뿐사뿐 뛰어오른다.

"아마도 그럴 거예요."

마리 씨는 신중하게, 그리고 천천히 대답했다.

"다락방 창문을 열면 피아노 소리가 흘러들어 왔어요. 피아노는, 엄마가 레코드로 자주 들려줘서 알고 있었죠."

나는 마치 지금 그때의 나로 돌아가 그 창가에서 피아노 소리를 듣고 있는 듯한 기분이 든다. 그러고 있었더니 눈물이 스윽 뺨을 타고 흘러내렸다. 피아노의 음색에 위로를 받았던 기억이 불현듯 되살아난 것이다.

마녀 마리 씨는 말했다.

"그러니까, 저는 훨씬 전부터 알고 있었던 거예요. 저기에 여자아이가 있다는 걸. 그걸 당신에게 꼭 사과하고 싶었답니다. 정말 미안해요. 그때, 당신이 괴로워하고 있다는 걸 알면서도 아무것도 하지 못했어요. 그 사건에 대해 듣고는 곧바로 그 집 여자아이라는 걸 깨달았죠."

마리 씨 역시 울고 있는 것 같다.

"무슨요, 마리 씨 탓이 아니니 마음에 두지 마세요. 게다가 저는 그때의 피아노 소리에 힘을 얻곤 했는걸요."

나는 말했다. 나는 마리 씨에게 감사의 마음을 전하고 싶었다.

"피아노 소리가 들려오면, 어딘지 모르게 마음이 놓였어요. 더욱이 무척 멋진 소리였고요."

"이웃에 폐를 끼치지 않으려고, 보통은 피아노 방 창문을 닫고 연주했었어요. 그런데 가끔 병간호에 지치거나 답답한 마음이 들 때면, 바깥바람을 느끼면서 피아노 건반을 힘껏 두드리고 싶어지는 때가 있었죠. 저는 삶에 절망하며 연주하고 있던 거예요."

마녀 마리 씨는 조금 평정을 되찾은 목소리로 말했다.

"하지만 제게는, 그런 소리로는 들리지 않았어요."

나는 말했다.

"우리, 훨씬 오래전부터 이미 아는 사이였네요."

내가 그렇게 말한 바로 그때, 방 안에서 새가 지저귀었다.

뻐꾹, 뻐꾹, 뻐꾹, 뻐꾹, 소박한 소리가 규칙적으로 열두 번 울리고, 그 소리와 함께 높은 종소리도 울린다. 아무래도 궁금한 모양인지 잠들어 있던 조이가 슬며시 고개를 들었다.

"아아, 벌써 점심이네."

마녀 마리 씨가 의자에서 일어났다.

"방금 그 소리는 시계인가요?"

나는 흥미진진하게 묻는다.

"뻐꾸기시계랍니다. 뻐꾸기가 창문으로 얼굴을 내밀어 시간을 알려주는 거죠. 그에 맞춰 여자애가 종을 울려요. 열두 시에는 열두 번.

엄마 아빠가 저희 가족을 보러 유럽까지 왔을 때, 아빠 마음에 들어 남독일에서 산 시계죠. 밤중에도 울리다 보니 시끄러워서 떼버릴까도 싶었는데, 왜인지 아빠의 유품 같다는 생각이 들어서요.

물건에 집착하지 않는 아빠가 뭔갈 갖고 싶어 하는 건 굉장히 드문 일이었거든요. 게다가 이 풀무식 소리가 살짝 엇박이라 그런지 미워할 수 없더라고요."

마녀 마리 씨는 말했다.

마리 씨는 작은 여자아이가 깡충깡충 뛰어다니는 듯한 말투로 이야기한다. 그래서 마리 씨의 목소리를 듣고 있으면 책가방을 메고 앞을 걸어가는 활발한 여자아이의 뒷모습이 보이는 것만 같다.

나로선 뻐꾸기시계가 대체 어떤 형태인지, 어떤 구조로 소리가 나는 것인지 짐작이 가지 않지만, 어딘지 모르게 그것은 몹시 따뜻한 존재로 느껴졌다. 그러고 나서 마리 씨는 가볍게 종종걸음을 걷듯 평온한 목소리로 이렇게 덧붙였다.

"저기, 저는 엄마 식사 준비를 해야 해서 잠깐 실례할게요. 혹시 토와코 씨, 시간 괜찮으면 집에서 같이 점심 먹지 않을래요? 뭘 좀 배달시킬까 하는데."

슈퍼마켓에서 산 짐이 도착하기까지는 아직 시간이 충분하다. 그러나 나는 이처럼 함께 밥을 먹자고 권유받는 것도 처음이다. 그래서 어떻게 대답해야 좋을지 몰랐다. 하지만 나 역시 마녀 마리 씨와 이야기를 더 나누고 싶다. 본능적으로 마리 씨가 좋아지고 있었다.

"괜찮나요?"

내가 주저주저하며 묻자,

"물론이죠!"

마리 씨가 곧장 대답한다.

마리 씨가 솜씨 좋게 어머니의 식사를 준비하는 동안 나는 그 무렵을 떠올리며 홀로 생각에 잠겨 있었다. 분명 내 삶이 맞는데도 마치 다른 사람의 삶처럼 느껴지는 것이 신기했다.

마리 씨가 점심으로 튀김 덮밥을 시켜주었다. 내가 지갑에서 내 몫의 음식값을 내려고 하자, 이건 내 마음이에요, 하고 마리 씨는 절대로 돈을 받지 않는다. 결국 나는 마리 씨에게 점심으로 튀김 덮밥을 얻어먹게 되었다.

뚜껑을 여니 후욱 하고 매콤달콤한 소스와 고소한 참기름 냄새가 퍼진다.

튀김은 수요일 아빠가 가져다주는 음식 가운데 종종 들어 있었다. 그래서 무슨 맛인지는 알고 있을 터였다. 하지만 마리 씨가 시켜준 튀김 덮밥의 튀김은 내가 알고 있는 튀김과는 전혀 다른 것이었다. 튀김옷에는 아직 바삭한 부분이 남아 있었고 최고로 좋은 참기름 냄새가 났다. 튀김 위에 뿌려진 소스 역시 너무 달지도, 너무 맵지도 않고 밥알에 촉촉이 스며들어 있다.

"맛있어요. 튀김이 이렇게 맛있는 거였군요."

나는 말했다. 과장도, 입에 발린 말도 아니다. 내가 지금껏 살면서 먹어본 튀김들과는 비교도 안 될 만큼 맛있다.

"아아, 잘됐다. 왠지 오늘은 아침부터 튀김 덮밥이 먹고 싶었어요. 나는 있죠, 엄마 병간호를 하다 마음이 우울해지면, 이렇게 조금 호화로운 음식을 주문해서 기분 전환을 한답니다. 근데 튀김 덮밥은 일 인분은 배달을 안 해줘서, 오늘 토와코 씨랑 같이 먹게 되어 참 다행이지 뭐예요."

"요즘, 피아노는 안 치시나요?"

나는 물었다. 분명 마리 씨는 아까 병간호로 마음이 답답해지면 바깥바람을 느끼며 피아노를 치는 것으로 기분을 달랜다고 했었다.

"아주 가끔요. 근데 지금은 엄마를 돌보느라 시간이 그렇게 많지 않은 데다가, 심한 건초염이 생겨서 피아노를 잘 치지 못하게 돼버렸어요. 그래서 지금은 교실도 쉬고 있죠."

"죄송해요."

나는 마리 씨에게 사과했다. 본인은 아무렇지 않게 털어놓았으나 내가 경솔한 질문을 하는 바람에 무척 가슴 아픈 사실을 이야기하게 만들고 말았다.

"아니에요, 신경 쓰지 말아요. 피아노는 언젠가 취미로 칠 생각이니까요. 지금은 잠깐 거리를 두고 있을 뿐이죠. 언젠가 꼭 다시 사이좋게 지낼 날이 올 거예요."

그렇게 말하면서 마리 씨가 내 찻종에 차를 더 부어준다. 튀김 덮밥을 먹으면서부터 차는 홍차가 아닌 녹차로 바뀌었다.

두툼한 오징어도, 오동통한 새우도, 아삭아삭한 연근도, 향긋한 우엉도 전부 다 맛있다. 나는 정신없이 먹다가 문득 신경이 쓰여 마리 씨가 먹는 속도를 가늠해본다.

마리 씨는 느릿느릿 맛을 즐기면서 먹고 있었다. 그래서 나도 후반에는 마리 씨를 따라 쌀 한 톨 한 톨과 인사를 나누듯 느릿느릿 먹었다.

뻐꾸기시계가 한가로운 목소리로 한 시를 알렸다. 이 집에는 봄볕과 닮은 기분 좋은 시간이 흐르고 있다.

마리 씨가 텅 빈 두 그릇을 치우는 타이밍에 나는 말했다.

"괜찮으시다면, 제가 케이크를 두 개 샀는데 식후 디저트로 하나씩 먹을까요?"

아까부터 계속 머릿속으로 생각하던 것이었다. 튀김 덮밥 값을 마리 씨는 한사코 거절했다. 그래서 튀김 덮밥을 얻어먹은 감사의 뜻으로 나도 무언가 답례를 하고 싶다.

"그래도 돼요?"

마리 씨가 밝은 목소리로 물어 온다. 나는 분명 마리 씨가 사양하며 거절하리라 생각했다. 그런데 마리 씨에게서는 예상을 뒤엎는 대답이 돌아와 기쁜 마음이 들었다. 과연 마녀 마리 씨답다. 마리 씨는 말을 이었다.

“그거, 역 앞에 새로 생긴 케이크 가게죠? 전부터 맛있다는 소문은 들었어요. 근데 오전 중에 사러 가지 않으면 없다 그러길래, 낮에는 좀처럼 집 밖을 나갈 수 없어 포기하고 있었죠.”

“그러셨군요. 그럼, 마침 잘됐네요. 항상 저는 이왕 가는 김에 다른 종류로 두 가지를 골라 사 오거든요. 현관에 놔두었으니, 마리 씨가 좋아하는 걸로 고르세요.”

나는 말했다. 오늘도 푸딩과 슈크림을 사 온 참이다. 그 가게에서 케이크를 사는 일이 나에게는 유일한 사치라 할 수 있는 일이었다. 상자는 조금 전 엎어지지 않도록 배낭에서 꺼내 놓았다.

“그럼, 염치없지만.”

마리 씨는 그렇게 말하더니 총총총총 가벼운 발걸음으로 현관으로 가 양과자점 상자를 손에 들고 돌아왔다. 곧바로 상자 뚜껑을 연 마리 씨가 환호성을 지른다. 나는 마치 그 케이크를 내가 만들기라도 한 양 자랑스러운 기분이 들었다. 마리 씨와는 친구가 될 수 있을 것 같다.

케이크를 앞에 두고 우리는 또 한 번 이야기꽃을 피웠다. 그리고 문득 대화가 끊긴 타이밍에 마리 씨가 느닷없이 말했다.

"실은요, 엄마가 어린 토와코 씨랑 어머니를 몇 번인가 본 적이 있다고 해요. 이 얘기, 해도 될지 모르겠네."

마리 씨가 나를 지그시 바라보고 있는 것이 똑똑히 느껴졌다.

내 과거에 무슨 일이 있었는지를 아는 사람들 중에는 구태여 그 일을 꺼내지 않으려는 사람이 있다. 그 또한 나에 대한 배려로 받아들이고 있다. 그런데 마녀 마리 씨는 그런 유의 사람이 아니었다.

"물론이죠. 말씀해주세요."

나는 말했다. 내 앞에서 마리 씨가 숨을 죽인다. 그러더니 단숨에 이야기를 시작했다.

"엄마는 좀 특이 체질이라 할지, 젊을 적부터 잠을 그다지 오래 못 자는 사람이에요. 그래서 잠이 안 오면 곧잘 야밤중에 이 주변을 산책하곤 했답니다.

그런 엄마가, 어느 날 전화로 제게 말했어요. 제가 유학 중이던 때였죠. 어제도 밤중에 공원을 지나가는데, 여자아이랑 엄마가 놀이터에서 놀고 있었다고요. 그리고 그 엄마는 항상 머리부터 스카프를 푹 뒤집어쓰고 있다고요.

엄마로선 그게 이상하다고 생각돼서 전화로 이야길 한 것 같아요. 근데 저는 전화 요금이 아깝기도 했고, 머리부터 스카프를 뒤집어쓴 것도 이슬람교도 여성이라면 딱히 이상할 일도 아니기에 신경 쓰지 않았었죠."

보도에 의하면 엄마는 본인의 얼굴을 남에게 보이고 싶지 않다는 이유로 외출을 거의 하지 않았었다고 한다. 하는 수 없이 외출해야 할 때는 얼굴 전체를 푹 덮듯이 스카프를 뒤집어썼다고 한다.

그러나 내게는 한 가지 의아한 점이 있었다.

"여자아이랑 엄마가, 공원에서 놀고 있었다는 말씀이시죠? 그렇다면 그건……."

내가 아니다. 그야 내가 밖을 나갔던 건 스물다섯 살 인생에서 딱 한 번밖에 없기 때문이다. 열 살 생일날에 엄마와 같이 사진관에 갔던 일. 그것이 유일한 외출임이 틀림없다.

"여자아이는 무척 즐거운 듯이 야밤중에 미끄럼틀을 타거나, 그네를 타거나, 모래밭에서 모래놀이를 하고 있었대요. 그래서 엄마도, 이런 시간에 어쩐 일이지? 싶으면서도 말을 건 적은 없었다고 해요. 평범한 모녀처럼 보였다고 하더군요."

나는 회오리바람에 휩싸이는 듯한 기분으로 마리 씨의 말을 듣고 있었다. 하지만 역시 잘 이해되지 않는다. 나는 그 상황에서 입을 다물고 있을 수밖에 없었다.

"미안하네요, 이상한 얘길 꺼내서. 신경 쓰지 말아요. 엄마의 기억이 잘못된 걸 수도 있고요."

마리 씨는 말했다.

"그건 그렇고, 이 케이크, 진짜 맛있네요."

마리 씨가 대화 주제를 다른 방향으로 돌린다.

결국 나는 오후 두 시가 넘도록 마리 씨 집에 있으면서 녹차에 이어 중국차까지 얻어 마셨다.

"즐거웠어요."

현관 앞에서 조이에게 하네스를 씌우며 내가 말하자,

"나도 즐거웠어요!"

마리 씨는 진심을 다해 유쾌한 목소리로 말했다.

"친구로서, 괜찮으면 다음에 또 차나 점심 같이 할래요?"

"물론, 기꺼이요."

나는 대답했다.

"튀김 덮밥, 잘 먹었습니다. 정말로 맛있었어요."

"나야말로 맛있는 슈크림 고마웠어요. 또 보자."

마녀 마리 씨가 조이에게도 인사를 해준다. 그런 다음 나는 조이와 나란히 걷기 시작했다.

눈꺼풀 뒤편에 떠오르는 건, 한밤중에 공원에서 어린 딸과 함께 노는 어머니의 윤곽이었다. 설마 그럴 리가. 나는 그 생각을 자꾸만 부정한다. 나와 엄마일 리가 없다. 애당초 나에겐 밖을 걸어 다니기 위한 신발조차 없었다. 그럼에도 만약, 혹시라도 그것이 정말로 나와 엄마라면.

내게도 일찍이 엄마와 공원에서 평범한 모녀처럼 함께 놀던 시간이 있었다는 뜻이다. 미끄럼틀을 타거나, 그네를 타거나, 모래밭에서 노는 건 모두 꿈속에서만이라고 생각했었다. 그런데 내게도 그런 시절이 있었다고?

믿기 어렵지만 만약 그게 정말이라면 더할 나위 없이 행복할 것 같다는 생각이 들었다. 적어도 세상 사람들이 말하는 비정상적인 모녀 관계가 아닌 극히 예사로운 애정이 엄마에게도 있었다는 뜻이니까. 그 애정이 아주 잠깐이라도, 아주 조금이라도 있었다면 나는 남들이 생각하는 것만큼 불행하지는 않다. 그에 대한 확실한 증명이 되어주는 듯했다.

이윽고 토와의 정원에는 산다화가 피었고, 나와 조이는 처음으로 함께 겨울을 지냈다. 조이는 개인 주제에 고타쓰(나무 탁자에 이불이나 담요를 덮은 난방 기구—옮긴이)를 좋아해 내가 고타쓰에 들어가 책을 읽고 있으면 자기도 따라서 엉덩이와 꼬리를 밀어 넣는다. 하지만 조금 지나면 몸이 뜨거운지 헐레벌떡 고타쓰를 뛰쳐나가 하아, 하아, 하며 바닥에 엎드린 채 몸을 식힌다. 그러고는 다시 또 고타쓰로 들어와 몸을 녹인다.

하네스를 벗고 집에 있을 때의 조이는 설마 현역 안내견이라고는 생각하기 어려울 만큼 꺼벙한 탓에, 아무것도 모른 채 처음 집에 오는 사람은 조이를 평범한 반려동물로 착각하곤 한다. 조이가 안내견이라는 사실을 털어놓으면 사람들은 대부분 대놓고 경악을 한다.

조이는 그런 상대방의 반응을 보고 즐거워하는 것 같기도 하다. 하네스를 차고 일을 하는 조이는 그 어떤 안내견에도 뒤지지 않을 정도로 멋지게 임무를 수행한다.

새해가 되자, 공기 중에 뒤섞인 향기 캡슐이 조금씩 늘어나기 시작한다. 나는 조이와 나란히 걸으며 그 캡슐을 찾아내고는, 내 숨으로 후욱 끌어당겨 향기를 몸에 거두어들인다. 그러면서 내 세상이 한층 더 풍부해지고 있음을 실감한다.

그 날은, 오 년 만에 대설이 내렸다. 바깥세상에 눈이 쌓였다는 건 눈의 냄새로 대번 알 수 있다. 오 년 전에 내렸다는 눈은, 내가 다락방에서 손을 내밀어 손바닥으로 만져보던 그 눈일까.

"눈이 내렸대."

나는 토와의 정원에도 쌓여 있을 눈을 바라보며 조이에게 말을 걸었다. 그러자 조이가 끼이이이잉, 하고 어리광 부리는 소리를 낸다.

"조이, 밖에 나가고 싶어?"

그랬더니 또 한 번 똑같이 콧소리를 낸다.

"그치만 눈이 쌓여 있는걸. 잘 걸을 수 있겠어?"

내가 조이에게 묻자 조이는 흥분한 듯 꼬리를 세차게 좌우로 움직인다.

"조이, 그렇게 꼬리를 흔들면 춥잖아. 감기 걸리겠어."

내가 웃으며 말해도 조이는 꼬리를 계속해서 흔든다. 조이의 꼬리가 선풍기처럼 바람을 모아 내 몸에 차가운 바람을 보내온다.

"좋아, 그럼, 산책하러 가볼까. 눈길을 걷는 거야."

내 말에 조이가 기쁜 나머지 점프를 했다. 조이에게 정원에서 볼일을 보게 한 뒤 우리는 집을 나섰다.

밖은 지나치게 조용하다 싶으리만치 조용했다. 흡사 이 동네에는 나와 조이 말고 아무도 살고 있지 않은 듯 완벽한 정적에 휩싸여 있다. 눈 자체는 더 이상 내리고 있지 않았다.

조이가 눈을 밟을 때마다 사박, 사박, 하는 소리가 났다. 그 소리가 어쩐지 사과를 베어 무는 소리로 들려온다. 조이는 사과를 무척 좋아해, 내가 부엌에 서서 사과 껍질을 깎기 시작하면 집 어딘가에서부터 달려와 얼른 달라고 조른다.

밟혀서 꾹 다져진 눈의 감촉이 장화 밑창으로 전해져 왔다. 항상 걸어 다니는 산책길인데도 발바닥에 전해져 오는 감촉이 달라 마치 모르는 동네를 여행하는 듯한 신기한 기분이 든다. 눈이 새로운 세상을 만들어내는 것이다.

다만 원래는 안내견이 사용자에게 알려줘야 하는 단차의 존재 역시 눈 때문에 알아차리기가 어렵다. 그래서 이번 산책은 나에게도 조이에게도 눈길을 걸어보는 좋은 훈련이 된다.

"잘했어, 조이, 잘했어!"

조이가 모퉁이의 존재를 정확히 알려줄 때마다 나는 조이를 칭찬한다.

조이와 걸어 다니는 사이, 나 역시도 어디 어디에 모퉁이가 있는지를 점차 알 수 있게 되었다. 옆에 건물이나 벽이 있을 때는 답답하게 막힌 느낌이 드는데, 그것이 사라지고 길이 트이는 순간 확 하고 해방된 느낌을 받는다. 이런 건 흰지팡이를 사용하며 걸을 때는 전혀 느낄 수 없었다. 아무래도 나는 조이와 걸으면서 여유가 생겼고, 시각 이외의 감각으로 얻은 정보를 통해 세상을 재구축하는 능력이 발달하는 중인지도 모른다.

마녀 마리 씨의 집에서는 역시나 뜸쑥 냄새가 났다. 뜸쑥과 눈의 냄새가 서로 뒤엉켜 낯선 나라의 냄새가 풍겨 온다.

그로부터 몇 번인가 마리 씨와 함께 차를 마셨다. 마리 씨의 집에는 늘 수많은 찻잎이 갖추어져 있었고, 게다가 티백을 사용하는 일 없이 매번 제대로 된 방식으로 달여준다. 마리 씨는 쉬이 집 밖을 나갈 수가 없다. 그래서 항상 나와 조이가 초대를 받는다.

마리 씨의 집에서 차를 마시게 되고부터, 똑같은 컵일지라도 그냥 물을 붓는 것과 백탕을 붓는 것과 열탕을 붓는 것끼리는 미묘하게 소리가 다르다는 사실을 깨달았다. 나는 물가에서 나는 소리를 좋아해 마리 씨가 주전자에 물을 붓거나 찻주전자에 뜨거운 물을 붓는 소리를 듣는 것만으로도 흡족한 기분이 든다.

한 번, 마리 씨가 내게도 뜸을 떠준 적이 있었다. 어깨가 뻐근하다는 이야길 했더니 마리 씨가 그런 데엔 뜸이 좋다며 그 자리에서 뜸을 떠준 것이다. 그때 일을 떠올리면 나는 황홀감에 빠지고 만다. 숲의 장로인 정령이 연기로 마법을 거는 듯한 기분이 들면서 마치 꿈속에 있는 것만 같았다. 끝나고 나니 어깨 주변이 훨씬 가벼워져서 놀라웠다.

그래서인지 마녀 마리 씨의 집에는 뜸쑥이라는 각인이 뚜렷하게 찍혀 있다. 나는 이 향기를 마주할 때마다 마음이 놓이며, 어깨의 힘이 사르륵 빠지는 듯한 느낌을 받는다.

마녀 마리 씨를 만나 친구가 된 일은 내 삶에 커다란 의미를 가져다주었다. 조이며, 스즈며, 마리 씨며, 나는 참으로 인복이 많은 사람이다.

눈길을 걸으며, 나는 진심으로 그런 생각을 하고 있었다.

아직 바람이 서늘한 가운데, 이제 곧 봄이 올 거예요, 하고 몰래 귀띔해주는 건 고개를 떨구듯 노란 꽃을 피우는 납매다. 꿀을 묽게 탄 듯한 그윽한 향기가 겨울의 끝을 알린다.

그리고, 서향.

서향은 밤이 되면 한층 더 존재감을 드러내며 새콤달콤하고 발랄한 향기를 흩뿌려 봄이 왔음을 부인할 수 없게 한다. 이윽고 목련과의 향기 공연(共演)이 시작된다.

목련이 한순간에 꽃잎을 떨어뜨리면 바나나를 닮은 산뜻하고도 달콤한 향기가 흘러온다. 함소화의 등장이다. 함소화에서 태산목으로 바통을 넘겨받으면 계절은 여름을 향해 단숨에 속도를 낸다.

나는 공기 중에 나릿나릿 떠도는 부드러운 날개옷을 낚아채듯이 어느 향기 하나를 겨냥해 숨을 들이마신다. 공기 중에는 언제나 수많은 향기가 한들한들 춤추는 듯 뒤엉켜 있다.

만약 이딘가의 정원에서 꽃향기가 풍겨 오면 나는 그 향기의 출처까지 다가가고, 운 좋게 그곳에 누군가가 있다면 그 사람에게 꽃의 이름을 묻곤 한다. 조이와 여러 번 산책을 하는 사이 그 기술을 자연스럽게 터득했다. 그렇게 나는 꽃의 이름을 향기로 기억한다.

정말로 운이 좋으면 그 정원의 주인이 꽃가지를 꺾어줄 때도 있다. 그럴 땐 소중하게 집으로 가지고 가 우선은 작은 화분에 꺾꽂이를 하고, 순탄히 뿌리를 내리면 토와의 정원에 옮겨 심는다. 그럼으로써 토와의 정원에 다시 또 새로운 친구가 늘어난다.

꽃뿐만 아니라 모든 사물에도, 그리고 모든 사람에게도 냄새가 있다. 손가락으로 만진 모든 사물에 지문이 남듯이 냄새 역시도 그 장소에 사람이나 사물의 흔적을 남긴다.

처음 맡는 냄새는 왼쪽보다도 오른쪽 콧구멍으로 들이마시는 편이 더욱 뚜렷한 윤곽을 드러낸다는 사실도 알게 되었다. 같은 냄새일지라도 오른쪽으로 맡는지, 왼쪽으로 맡는지에 따라 미묘한 차이가 있는데 내 경우는 오른쪽으로 들이마신 쪽이 더 좋게 느껴지는 때가 많다.

그래서 나는 우선 오른쪽으로 냄새를 맡는다. 내 취향의 냄새를 만나면 그 자리에 드러누운 채 손발을 파닥거리며 정신을 놓아버리고 싶은 기분이 든다.

언제부터인가 내게 사람의 존재란 꽃다발과 비슷한 것이 되었다. 사람에게는 저마다의 냄새가 있지만 모두 다르다. 그것은 여러 꽃들이 모여 하나로 꾸려진 꽃다발 같은 것으로, 강렬하고 화려한 향기를 풍기는 사람도 있고 살짝 시든 듯하지만 불쾌하지는 않은 복잡한 냄새를 뿜는 사람도 있다. 한 사람의 냄새일지라도 그곳엔 수많은 냄새가 뒤섞여 있어, 그 냄새들이 한데 어우러지며 오직 그 사람만의 꽃다발이 된다.

하짓날이었다.

나는 조이와 전철을 갈아타고 약속 장소인 동물원 앞 역 개찰구 근처에서 그 사람이 오기를 기다리고 있었다. 얼마 전 나는 동물에 관한 흥미로운 책을 만났고, 그 책을 다 읽어갈 무렵에는 동물원에 가고 싶다는 마음을 도저히 억누를 수 없게 되었다. 그래서 함께 동물원에 가줄 동행 자원봉사자를 요청했고, 그 사람과 내 일정이 맞는 가장 빠른 날이 때마침 하짓날이었다.

"기다리시게 해서 죄송합니다."

저쪽에서 예쁜 향기의 꽃다발이 다가온다는 생각에 가슴을 부풀리며 기다리고 있었더니 운이 좋게도 그 사람이었다. 같은 시각장애인 중에는 첫인상을 목소리로 파악하는 사람도 있지만, 내 경우는 냄새로 그 사람의 첫인상을 결정짓는 일이

압도적으로 많다.

그 사람은, 무척 건강한 냄새를 풍기고 있었다. 건강하다는 건 불쾌감이 없는, 아침 햇볕에 가까우리만치 맑고 투명한 향기다.

"오늘, 일부러 시간 내주셔서 감사합니다."

내가 오른손을 내밀자 그 사람도 오른손을 내밀어 악수를 나눈다. 이것은 내 나름대로 고안해낸 상대방을 알기 위한 수단으로, 악수한 손을 자연스레 내 코끝으로 가져와 냄새를 맡음으로써 상대방의 냄새를 더욱 가까이 느낄 수 있는 것이다.

그러면 명함을 받지 않아도 후각이라는 기억의 습곡에 그 사람의 존재를 새겨둘 수 있다. 냄새는, 그 사람의 신분증과 같은 역할을 한다.

"다나카 리히토입니다. 잘 부탁드립니다."

눈앞에 서 있는 그 사람은 다소 긴장한 듯한 목소리로 말했다. 나이는 대략 이십 대 중반이려나. 마른 체형에, 가볍게 미소를 지으며 말하고 있는 듯한 명랑한 목소리가 인상적이었다. 리히토라니, 꼭 외국 소설에 등장하는 이름 같다. 아마도 이성(理性) 할 때 리(일본어로 이성을 '리세이'라고 한다—옮긴이)에 사람 인(人)을 써서 리히토(한자 '人'을 일본어로 훈독한 발음은 '히토'—옮긴이)라 읽을 것이다.

"저는 토와코고, 이 애는 조이라고 해요."

발치에 가만히 엎드려 있던 조이의 머리를 쓰다듬으며 조이도 함께 소개한다.

우연히도 우리는 성이 같았다. 둘이 똑같이 다나카 씨라고 부르는 것도 이상하기에 처음부터 서로를 성이 아닌 이름으로 부르게 되었다.

"그럼, 가볼까요?"

리히토 군은 말했다. 나는 조이를 일으켜 세우고 리히토 군의 어깨에 오른손을 얹는다. 키는 그다지 크지 않다.

리히토 군은 나와 조이가 걷는 속도에 맞춰 한 걸음 앞서서 천천히 걸어주었다. 이렇게 나는 태어나 처음으로 동물원에 발을 들여놓았다.

리히토 군에게 부탁하고 싶었던 건 동물들의 모습을 내게 말로 전달해주는 일이다. 실제로 눈앞에 있는 동물들이 어떻게 움직이고 어떤 몸짓으로 먹이를 먹는지 실황 중계를 해주길 바란 것이다. 동물들이 내뿜는 소리나 냄새를 느끼며, 리히토 군의 말로써 동물들의 이미지를 입체적으로 그려나갈 수만 있다면 얼마나 즐거울까 싶었다.

리히토 군도, 그리고 조이도 나를 재촉하지 않았다. 평소 자원봉사자에게 동행을 부탁할 때는 그 사람을 기다리게 하는 일에 아무래도 죄책감을 느끼곤 했는데, 리히토 군에게는 그런 미안한 마음이 애초부터 들지 않는다. 내가 생각해도 신기한 반응이었다.

어쩌면 리히토 군 자신이 동물을 보는 걸 즐기고 있었기 때문일지도 모른다. 지금까지 나를 돌봐주었던 자원봉사자와는 확연히 다른 타입이다. 그래서 나 역시도 리히토 군을 스스러워하는 일 없이 마음 내키는 대로 동물들과의 대면을 만끽할 수 있었다.

"지금, 조그만 원숭이가 토와코 씨한테 손 키스를 날렸어요."

"코끼리가 열심히 코로 모래를 퍼 올려서 자기 몸에 끼얹고 있어요."

"지금 막 사자가 일어서서 기지개를 켰어요."

"기린 두 마리가 다리를 접고 나란히 앉아서 명상을 하는 중이에요."

명상이 무얼 말하는지 알아차리기까지는 다소 시간이 걸렸지만 리히토 군의 설명 비슷한 혼잣말은 독특한 구석이 있어 재미있었다.

도중에 한 번 조이에게 볼일을 보며 휴식을 취하게 하고, 나와 리히토 군도 각각 소프트아이스크림과 콜라로 영양을 보충한다. 날이 더워 부지런히 수분을 보충하지 않으면 사람도 개도 버틸 수가 없다.

나무 그늘 아래 벤치에 앉아 휴식을 취했다.

등이며 이마에 땀이 흐른다. 평소에는 결코 만날 수 없는 다양한 동물들이 바로 가까이에 있다고 생각하니 그 사실만으로도 가슴이 뛰었다. 동물원에서 먹는 소프트아이스크림은 전에 없이 농후한 맛이 난다.

바람이 불 때마다 동물들의 냄새가 마치 공물을 바치듯 공손히 옮겨져 왔다. 많은 사람들은 앞이 보이지 않으면 불편하다고 생각할지 모른다. 그러나 내게는 이것이 당연한 일이다. 확실히 앞이 보였다면 궂은일이나 무서운 일과 조우할 확률은 줄어들었을 터다. 하지만 앞이 보인다고 해서 꼭 궂은일이나 무서운 일을 겪지 않으리라고는 장담할 수 없다. 아니, 앞이 보이기에 궂은일이나 무서운 일이 늘어나는 경우도 있을 수 있는 것이다.

게다가 나는 앞이 보이지 않기에 더 자유롭게, 제한 없이 상상하는 일이 허락된다. 코끼리도 기린도 사자도, 나는 진짜 모습을 본 적은 없다. 그들의 이미지는 모두 내 안의 상상 속에서 비롯된 동물이다.

그렇지만 나는 청각이나 후각, 촉각 등 다른 감각을 구사하여 부족한 시각 정보를 보완할 수 있다. 점토로 어떠한 입체를 만들어내듯이 투명한 손으로 나만의 코끼리나 기린이나 사자의 형태를 만들어도 괜찮은 것이다. 언젠가 기술이 발달해 머릿속 이미지를 그 모습 그대로 나타낼 수 있게 된다면, 그리고 그것을 진짜 코끼리나 기린이나 사자에게 보여준다면 너무도 다른 모습에 놀라 배를 잡고 자지러지게 웃을지도 모르지만 말이다.

"인정하기 싫어서 그런 걸까?"

내가 지금 막 머릿속으로 한 생각이 리히토 군에게 전해질 리가 없는데도 왜인지 나는 소리 내어 말하고 싶어졌다.

"인정하기, 싫어서요?"

"나 스스로가, 앞을 못 본다는 걸 그다지 불행한 일로 느끼지 않는 거요. 물론 여러모로 불편한 점은 있지만."

순간, 리히토 군과 오늘 처음 만났다는 사실을 잊어버릴 뻔했다. 어딘지 모르게 다락방에서 로즈메리와 이야기를 하고 있는 듯한 기분이 들었다. 그러나 리히토 군과는 불과 몇 시간 전에 처음 만났고, 심지어 그는 시각장애인인 나를 도와주러 온 학생 자원봉사자다.

"그건, 토와코 씨 스스로가 빛에 보호받고 있다고 해야 할지, 빛 그 자체여서 그런 게 아닐까요?"

"빛에 보호받고 있다고요? 제가요? 전 빛을 보지 못하는데

도요?"

나는 리히토 군이 하고자 하는 말을 잘 이해할 수 없다.

"아까, 약속 장소에서 만났잖아요? 그때, 뭐랄까, 토와코 씨가 빛 그 자체로 보였달까요. 솔직히 말하면, 엄청 눈부셨거든요."

나 역시 몇 시간 전 처음 만났을 때 느낀 리히토 군의 첫인상을 떠올렸다.

아름답고 건강한, 누구나 좋아할 만한 꽃다발 같은 사람. 그러나 그때의 느낌을 말로 잘 설명할 수가 없다. 말로 잘 표현하지 못하는 대신 나는 손에 남아 있던 소프트아이스크림 콘을 와작와작 입에 넣고 씹는다.

나로서는 앞이 보이지 않는 것보다도 굶주림에 고통받는 쪽이 훨씬 더 괴로웠다. 콘만 베어 먹고 있다 보니 불현듯 그 사실이 떠올랐다. 정말이지 그러한 공복감은 두 번 다시 경험하고 싶지 않다. 그것만은 분명하다.

"가볼까요?"

리히토 군의 목소리에 나보다도 먼저 조이가 반응하며 일어섰다.

언젠가 아프리카에 가서 동물원에서 사육되고 있지 않은, 자유로이 대지를 이동하는 코끼리나 기린이나 사자를 가까이에서 느껴보고 싶다.

내 두 발로 일어선 순간 느닷없이 그런 생각을 했다. 거창하고 분에 넘치는 꿈이라는 걸 알면서도 굳세게 염원하는 내가 있었다. 결코 불가능한 일이 아니라고 격려하는 또 한 명의 내가 서 있었다.

한차례 동물들을 다 보았을 무렵에는 이미 약속한 시간보다 몇 시간이 지나 있었다. 모든 동물 앞에 멈춰 섰고, 때로는 동물들이 낮잠에서 깨어날 때까지 벤치에 앉아 기다리기도 했으므로 무척 오랜 시간이 걸렸다. 조이 역시 지친 모양인지 다리가 무거워진 상태다.

출구를 향해 걸으며 리히토 군은 사과했다.

"죄송했습니다."

"네?"

나는 리히토 군이 사과하는 까닭을 모르겠다. 왜일까? 하고 생각하고 있었더니,

"제가 설명이 너무 서툰 바람에, 아무런 도움이 못 된 것 같아서요."

리히토 군은 소곤소곤하는 어조로 말했다.

"그럴 리가 있나요. 저는 오늘 동물원에 올 수 있어서 무척 즐거웠는걸요."

손바닥에는 조금 전 어린이 동물원에서 만진 동물들의 감촉과 냄새가 여전히 짙게 남아 있다. 실은 조랑말을 타고 동물원 안을 산책하는 투어에 참가하고 싶었지만 그럴 수 있는 건 초등학생 이하의 어린이뿐이었다.

하지만 그 대신 토끼나 기니피그, 염소나 당나귀는 직접 손으로 만져볼 수 있었다. 역시 실제 내 손으로 만져보고 형태를 느끼거나 냄새를 맡으면 그곳에 동물이 있다는 사실이 쿵 하고 머리 위에 떨어진다. 동물들의 털은 저마다 감촉이 다르며 설령 같은 종류의 동물일지라도 심장이 뛰는 속도며 숨결, 입에서 풍겨 오는 냄새, 몸 전체의 온기나 습기도 한 마리마다 결코 똑같지 않았다.

"고마웠어요."

동물들을 만지던 때의 감동을 떠올리며 나는 또 한 번 리히토 군에게 감사 인사를 한다. 그러자 리히토 군은 갑자기 멈춰 섰다.

"저기."

리히토 군이 다급한 목소리를 낸다. 나 역시 멈춰 서자,

"괘, 괜찮으시다면, 다음엔 이렇게 말고, 한 번 더 만나주실래요?"

리히토 군은 살짝 더듬거리며 말했다. 이렇게 말고, 라는 말

은 다시 말해 자원봉사로 만나는 것 말고, 라는 의미인 걸까. 어수선한 와중에 나는 오른손을 슬쩍 내민다. 머릿속 생각보다 먼저 손이 멋대로 뻗어 나갔다.

리히토 군의 두 손이 내 오른손을 튤립 꽃잎처럼 사뿐히 감싼다. 리히토 군과 또 만나고 싶다, 만났으면 좋겠다. 나 역시 동물원을 걸으면서 그렇게 바라고 있었다.

동물원을 나와 우리는 역까지 이어지는 아주 짧은 길을 함께 걸었다.

"두 손에 꽃이 있네요."

나는 말했다. 농담처럼 한 말이었는데 리히토 군은 아무 대답도 하지 않았다.

리히토 군과는 역에서 헤어졌다. 헤어진 뒤 전철 안에서 몇 번이고, 몇 번이고 오른쪽 손바닥 냄새를 맡는다. 오늘의 빛과 바람과 동물들과 그리고 리히토 군의 냄새가 켜켜이 포개져 나에게는 순간 무지개, 그것도 두 겹으로 걸린 쌍무지개 같은 환영이 보일 듯한다.

오랜 시간 밖에 있었던 탓에 조이는 지쳤을 것이다. 내 운동화를 베개 삼아 숨소리를 내며 자고 있다. 그 모습을 코앞에서 보고 있는 듯한 여고생들이 킥킥 웃는다. 중학생인지 고등학생인지는 판단하기 어렵지만 곰곰이 냄새를 분석하면 대강은 짐작할 수 있게 되었다. 조이는 어디에 있든 그 자리의 분위기를 밝게, 즐겁게 만드는 재능이 있다.

내가 아닌, 조이야말로 빛인 것이다. 나는 태양처럼 제힘으로 빛을 내지는 못한다. 내가 매일 웃으며 지낼 수 있게 된 건 조이가 오고부터니까.

나 또한 이따금 꾸벅꾸벅 졸기 시작했다. 하지만 갈아타는 역을 놓치지 않도록 열차 내 안내 방송에 의식을 집중한다.

눈을 감으니 다락방 창으로 하늘을 올려다보는 어린 시절의 내 옆얼굴이 보였다. 머리칼을 바람에 나부끼며 그 아이는 오로지 파란 하늘을 올려다보고 있다. 너에게도 이처럼 행복한 날이 찾아올 거라 이야기해주면, 그 아이는 과연 내 말을 믿으려나.

그날부터 시작된 한 여름을 나는 거의 매일같이 리히토를 만나며 보냈다. 대학원생인 데다가 졸업하면 집 여관을 이어받기로 한 리히토에게는 시간이 있었다.

리히토는 나를 미술관으로 데려가 앞이 보이지 않는 나를 위해 이럭저럭 말을 구사해가며 눈앞의 그림과 조각에 대한 설명을 꾀했다. 그림과 조각 등의 작품은 동물처럼 움직이지도 않고 손으로 만져볼 수도 없기에 나로선 어딘가 아쉬운 기분도 들었지만, 리히토와 데이트를 하고 있다는 사실 자체가 내 삶의 커다란 이벤트였으므로 작품을 얼마만큼 감상할 수 있는지는 그다지 문제가 되지 않는다.

나는 미술 감상보다도 오히려 그 후에 시간을 보내는 미술관 내 카페의 분위기를 좋아했다. 그곳은 대개 천장이 높고 개방적이라 웅성거리는 사람들의 이야기 소리마저도 오케스트라 연주처럼 기분 좋게 들려온다. 더운 한여름 날의 오후, 냉방이 잘되는 미술관 내 카페에서 보내는 시간은 더위를 잘 타는 조이에게도 분명 쾌적했을 터다.

남자 친구가 생겼다고 보고했더니 마녀 마리 씨가, 내가 입던 거라 좀 그렇지만, 하며 유카타(홑겹의 기모노—옮긴이)와 오비(기모노의 허리 부분을 감싸는 띠—옮긴이)를 선물해주었다. 마리 씨가 입혀준 유카타 차림으로 나는 난생처음 불꽃 축제에도 갔다.

기본적으로 데이트에는 조이도 동행했지만, 아무래도 불꽃 축제는 조이가 무서워할 것을 고려해 집에서 기다리도록 했다. 나는 흰지팡이를 드는 대신 리히토의 팔에 내 손을 얹고 천천히 걸었다. 리히토와 팔짱을 끼고 걷는 그 시간 자체가 사랑스러웠다.

불꽃은 참으로 아름다웠다. 착각일 수도 있지만 빛의 농담(濃淡)을 느낄 수 있었으며 소리가 몸 안쪽으로까지 퍼져 와 내

장이 공명하는 듯한 감각도 경험했다. 그리고 밤하늘에 피어나는 커다란 꽃송이를 상상하려니 눈앞이 캄캄했다. 어렴풋이 감도는 화약 냄새 역시도 나의 본능을 부썩부썩 자극했다.

처음 리히토의 목덜미 냄새를 맡은 건 불꽃 축제에서 돌아오는 길이었다. 나는 꼭 조이가 그러는 것처럼 질름질름 격렬하게 숨을 들이쉬며 리히토의 냄새로 가득 찬 캡슐을 낱낱이 들이마셨다. 그런 다음 얼굴 냄새를 꼼꼼히 건져 올렸다.

공원 벤치에 앉아 리히토와 고요히 입술을 포개며 나는 로즈메리와 나누었던 첫 입맞춤을 떠올리고 있었다. 그 무렵, 친구라 부를 수 있는 상대는 로즈메리 오직 한 명뿐이었다.

집으로 돌아와 운동화를 벗고, 유카타도 갈아입고, 한차례 조이를 산책시키고 간식을 챙겨준 뒤 우리는 우선 아주 잔잔히 몸을 다가붙였다. 나와 리히토는 그저 서로의 몸을 끌어안고 있기만 했다.

"이러고 있으면, 왠지 모르게 리히토의 얼굴이 보일 것만 같아."

조각처럼 굳은 채 오래도록 서로를 끌어안은 후, 나는 리히토의 얼굴을 정성스레 두 손으로 확인했다.

턱, 울대뼈, 귓불, 입술, 눈꺼풀, 광대뼈, 머리카락.

얼굴 탐색이 끝나자 그 수색 범위를 몸 전체로 확장한다.

나는 리히토의 몸 표면에 빠이며 손바닥을 대어 '보들보들'을 찾아냈다. 그러나 같은 보들보들도 엄마의 보들보들과 리히토의 보들보들은 탄력 등이 전혀 다르다.

"남자 몸과 여자 몸은 역시 다르구나."

흡사 엄청난 발견을 한 콜럼버스가 된 기분으로 나는 말했다. 그런 나를, 리히토는 칭찬하듯이 쓰다듬어준다.

리히토 역시 내 몸 구석구석을 탐색했다. 나는 내 몸 한가운데에 그렇게나 깊은 동굴이 있는 줄 스스로도 잘 모르고 있었다. 리히토의 손가락이 움직일 때마다 몸이 녹아드는 듯한 기분이 들었다.

몸을 포개기까지 하니 둘의 거리가 좁혀져 이윽고 몸도 마음도 하나가 될 수 있다고 믿는 양 우리는 서로를 갈망했다. 아무것도 모르는 우리는 여름 내내 구애와 욕정을 되풀이했다.

리히토가 인디언들 사이에 전해진다는 당나귀 우화를 들려준 건 하지의 첫 만남으로부터 두 달이 지날 무렵이었다. 우리는 둘 다 실오라기 하나 걸치지 않은 모습으로 침대에 누워 있었다.

느닷없이 리히토는 말했다.

"어느 마을에, 엄청나게 나이 든 할아버지랑 마찬가지로 엄청나게 나이 든 당나귀가 있었대. 그런데 어느 날, 당나귀가 오래된 우물에 빠져 나오지 못하게 되었지.

당나귀는 무섭고 슬퍼서 울음을 터뜨렸대. 그 모습을 보고 할아버지도 슬픔에 빠졌어. 하지만 아무리 해도 당나귀는 그곳에서 나올 수가 없었고, 이대로는 어린아이가 또다시 우물에 빠져버릴지도 모르는 상황이었지. 그래서 할아버지는, 그 우물을 메우기로 했어."

"그럼, 당나귀는? 당나귀는 아직 살아 있잖아."

나는 말했다. 손바닥에 어린이 동물원에서 만졌던 당나귀의 온기가 되살아난다.

"응, 그치만 할아버지는 어쩔 도리가 없었어. 그래서 도와줄 사람을 불러다 흙을 쏟아부으며, 당나귀가 살아 있는 채로 우물을 메워갔대."

"너무해."

나는 말했다. 만일 조이가 그런 일을 당했다면 나도 함께 구멍에 떨어져 어떻게든 조이만이라도 그곳에서 내보낼 방법이 없을지 심각하게 고민했을 것이다. 그러나 할아버지는 소중한 당나귀를 죽게 내버려 두었다고 한다. 나는 도무지 납득할 수가 없다.

"그런데, 중요한 건 지금부터야."

리히토가 내 머리칼에 손가락을 휘감으며 말한다.

"당나귀는 그냥 가만히 흙모래에 묻히지 않고, 등에 쏟아져 내린 돌과 흙을 발밑으로 털면서 그 위에 조금씩 몸을 얹어갔어. 그랬더니 점점 구멍 밑바닥이 차오르기 시작하면서, 처음에는 자기 힘으로 절대 기어오를 수 없을 만큼 깊었던 구멍이, 늙은 당나귀도 거뜬히 올라갈 수 있을 정도가 되었지."

"그래서?"

설마 그런 전개가 되리라고는 상상도 못 했던 나는 서둘러 뒷이야기를 알고 싶어 들썽들썽한다.

"마침내 당나귀는 구멍 밖으로 나왔어. 그리고 뒤도 한 번 안 돌아보고 어디론가 가버렸대."

리히토는 말했다.

"뒤도 한 번 안 돌아봤다는 건, 즉 할아버지랑 이별했다는 말이야?"

당나귀가 된 기분으로 나는 말했다.

"아마 그렇지 않을까?"

리히토는 모호하게 대답했다.

리히토는 내 과거에 무슨 일이 있었는지를 알고 있다. 직접 자세히 이야기해준 적은 없으나, 요점만 간추려 말했더니 리히토가 곤장 사건의 상세한 내용을 인터넷으로 알아본 후 그 사실을 나에게도 숨김없이 가르쳐준 것이다.

만약 그 일로 리히토에게 이별을 통보받는다면 되도록 관계가 얕을 때 그러는 편이 낫다고 생각했기에 오히려 나에게 무슨 일이 있었는지를 리히토가 일찍이 알게 된 사실에 마음이 놓였다. 그리고 리히토는 그런 건 상관없다는 말도 해주었다. 하지만 갑자기 이런 이야기를 한다는 건 역시나 상관이 있다는 암시일지도 모른다. 리히토의 본심을 알 수 없었다.

"토와를 만나고부터, 자꾸만 이 우화가 생각나. 토와는 어떻게 그렇게 강하고, 긍정적으로 살아갈 수 있는 걸까 싶어서."

나에 대해 그렇게 말하는 사람이 리히토만이 아닌 건 사실이다. 그렇지만 나는 내가 긍정적이고 강한 사람이라고 자각해본 적은 한 번도 없었다. 예전보다 긍정적일 수 있게 된 건 조이를 만나고부터다. 조이가 나를 밝은 쪽으로 이끌어준 덕분인 것이다.

하지만 지금까지의 나는 결코 긍정적인 사람이 아니었다. 애당초 줄곧 어둠 속에 있었던 나는 빛이 어디에 있는지조차 몰랐으며, 앞이 어느 쪽이고 뒤가 어느 쪽인지조차 정확히 알지 못했다.

나는 말했다.

"나약한 겁쟁이야. 그런데 그때 도와주는 사람이 주위에 아무도 없었으니까, 스스로 어떻게든 해보는 수밖에 없었던 거지."

그래서 뭐라도 주워대고, 뭐라도 입에 넣으며 살아남았다.

"그리고, 이야기 덕분이려나."

엄마가 어떤 마음으로 내게 책을 읽어주었던 건지 모르겠다. 그러나 이야기는 나를 구해주었다. 글자 그대로 목숨을 구해주었다. 아무리 현실 세계가 괴로워도 이야기가 나에게 도망칠 장소를 마련해주었다. 만일 내 삶에서 이야기마저 빼앗기고 말았더라면 나는 진작에 삶을 포기했을지도 모른다.

"나한테 이야기는, 생명의 은인이야."

나는 말했다. 만약 이야기에도 모습이나 형태가 있다면 리히토의 몸에 그러는 것처럼 나 역시 이야기를 가슴에 껴안아 젖을 물리고, 내 손바닥으로 부드럽고 부드럽게 사랑해주고 싶다는 생각을 했다.

그 후 우리는 가볍게 입맞춤을 나누고 손을 잡은 채로 잠이 들었다.

나와 리히토는 하루에 한 번 반드시 사랑을 나누었다. 그러자고 약속한 것은 아니지만 결과적으로는 늘 그렇게 되었다. 대충 하거나 그럭저럭 적당한 기분으로 몸을 포개는 일은 한 번도 없었다. 알몸으로 서로를 끌어안을 때는 언제고 진검승부를 벌이는 듯했다.

나뿐만 아니라 리히토까지도 무한의 공백을 필사적으로 메우듯이 나를 갈망했다. 기분이 좋은지 귓가에 물어 오면 고분고분 수긍할 수밖에 없는 자신이 부끄러웠다.

그것이 나와 리히토의 전부였다. 더, 더 리히토를 알고 싶어서 나는 언제나 쉼없이 갈망했다.

"토와코는, 이제껏 살아오면서 죽고 싶다는 생각 해본 적 있어?"

여름도 저물어가는 어느 날 저녁, 리히토는 내 몸과 하나가 된 채 나에게 물었다.

"없는 것 같은데."

나는 떠올릴 수 있는 모든 과거를 되돌아보며 대답했다.

"리히토는?"

내가 묻자,

"있어. 이제껏 살아오면서 몇 번인가. 그런데, 토와를 만나고부터는 한 번도 없어."

리히토는 말했다.

리히토는 울고 있는 듯했다. 나는 그런 리히토의 얼굴에 혀를 가져가 위아래 입술로 스윽 부드럽게 눈물방울을 떠낸다.

리히토의 눈물은 내 혀 위에서 증발했다. 말로는 잘 표현할 수 없지만 리히토의 눈물 맛은 엄마의 눈물 맛과는 확연히 다르다. 나는 태어나 처음으로 사람의 눈물 맛이 저마다 다르다는 사실을 깨달았다. 지금까지 눈물은 누구든 같은 맛이 난다고 생각했었다.

"간지러워."

나는 리히토의 머리카락을 어루만지며 소리를 낸다. 예전에 새끼 고양이 니비가 나에게 똑같이 했던 일을 떠올리면서. 간지러움은 머지않아 기분 좋음으로 모습을 바꾼다.

지금 돌이켜보면 죽을 뻔했던 적은 몇 번이고 있었다. 하지만 그럴 때에도 나는 스스로 죽고 싶다는 생각은 한 번도 하지 않았다. 애초에 스스로 죽음을 택한다는 선택지가 내게는 존재하지 않았다.

나는 리히토의 팔에 안김으로써 눈으로 볼 수 있는 것만이 빛이 아니라는 사실을 깨달았다. 비록 앞이 보이진 않지만, 그렇다고 해서 내 삶에 빛이 없는 것은 결코 아니다. 빛은 나 스스로도 만들어낼 수 있다. 왜냐하면 리히토와 몸을 포개고 있을 때 나는 분명하게 빛을 느끼고 있으니까.

그 사실을 리히토가 가르쳐주었다.

대체 앞으로 몇 번 리히토와 몸을 포개야 이제 충분하다고 느낄 수 있을까.

그러나 이렇게 되리라고는 머리 한구석에서 처음부터 알고 있었던 것도 같다. 나와 리히토는 너무 서둘렀던 것이다. 너무 서두른 나머지 도중부터 그 속도를 자신들조차 따라갈 수 없게 되었다. 흡사 유리그릇에 담긴 빙수가 녹아 사라지는 정도의, 눈 깜짝할 새에 벌어진 일처럼 느껴진다. 한 여름의 사랑이었다.

나는 양말을 벗고 맨발이 된 채 하루 온종일을 정원에서 보낸다. 토와의 정원에는 백접초가 피어 있다. 백접초의 '접'은 새가 아닌 나비를 뜻한다고 한다(나비라는 뜻의 '접(蝶)'과 '새(鳥)'는 일본어로 음독한 발음이 서로 같다—옮긴이). 아마도 나비 모양의 꽃잎을 지닌 가련한 꽃일 것이다. 그러나 꽃말은 '스쳐 지나가는 사랑'이라고 한다. 이 얼마나 잔혹한 표현인가. 뇌리에 그 구절이 스칠 때마다 나는 퉤 하고 침을 뱉고 싶은 듯한, 화가 치미는 기분이 든다.

리히토와의 사랑에 정신이 팔린 사이 토와의 정원에는 잡초가 우거져 있었다. 풀을 뽑으며, 대체 리히토의 어디가, 무엇이 내 마음을 끌었던 걸까, 하고 냉정하게 숙고해본다.

확실히 데이트는 즐거웠다. 리히토의 뜨뜻미지근한 설명을 들으며 리히토가 추천하는 애니메이션 영화를 보는 것도 재미있었다. 다른 사람의 몸을 이용해 내 기분을 좋게 만드는 방법도 알게 됐다.

게다가 나는 리히토를 만나면서 밤을 진심으로 좋아하게 되었다. 리히토와 같은 세상을 보고 있다고 느끼는 일은 나에게 지금껏 경험한 적 없는 깊은 평온함을 가져다주었다.

하지만 그것이 리히토가 아니면 안 되는 까닭이 내 머릿속엔 도저히 떠오르지 않는다. 과연 리히토에게도 내가 아니면 안 되는 이유가 정말로 있었던 걸까.

리히토가 없어진 내 일상을 채우는 건 곤충들이다. 토와의 정원에는 매일 수많은 방문객이 찾아온다. 아니, 그들 입장에서는 내 쪽이 외지인일지도 모르지만.

사마귀, 무당벌레, 개구리, 달팽이.

방문객을 발견하면 나는 그들을 살며시 손에 들고 스마트폰 카메라를 가져다 댄다. 그리고 사진을 찍어 앱에 해석을 부탁한다. 사진을 잘 찍으면 그 생물의 이름을 알 수 있다. 움직임이 빠른 나비나 매미는 힘들었지만, 느릿느릿 움직이는 생물이라면 열 번 중 한 번 정도의 확률로 잘 찍을 수 있었다.

이렇게 나는 곤충들과의 친목을 다져갔다.

때로는 인생의 말년을 맞이한 매미를 손바닥으로 감싸며

생명의 덧없음을 헤아린다. 머지않아 숨이 끊길 매미일지라도 손바닥에서 벗어나고자 안간힘을 쓰며 발버둥 치는 모습이 사랑스러워 견딜 수 없다. 손을 하늘로 향하여 풀어주면 매미는 마지막 남은 힘을 쥐어짜 홱 하고 날아오른다.

한 여름 사랑의 열을 식히기에는 꼭 알맞은 약이었다.

"첫사랑은, 원래 그런 거야."

여름에 있었던 일련의 일들을 적당히 간추려 보고하니, 스즈는 아무렇지 않게 말했다.

스즈 가까이에 둔 두 닢으로 포갠 방석 위에는 한 살배기 아기가 자고 있다. 그 한 살배기 아기 옆에 찰싹 붙어 떨어지지 않는 건 조이다. 조이는 그의 냄새가 궁금한 모양인지 아까부터 죽 달라붙어 있다. 나는 한 살배기 아기를 어떻게 대해야 좋을지 몰라 아직 만져보지 못하고 있었다.

스즈가 아들을 데리고 놀러 온 것이다. 나는 스즈에게 보리차를 내어주고 이야기를 이어간다.

"원래 그런 건가."

살짝 틈을 두고 나는 말했다. 아까부터 풍경이 울리고 있다. 밖은 가을이라고는 생각되지 않을 정도로 아직 후덥지근하다.

"뭔가, 성이 같다는 것만으로 운명을 느껴버렸어."

풍경이 뎅 하고 맑은 소리를 연주할 때마다 나는 리히토의 팔에 안겨 바라보던 빛의 환영을 떠올렸다. 리히토의 땀이며 눈물의 맛이 혀 위에 되살아난다.

"무슨. 다나카 씨야 일본에 잔뜩 있으니까 만날 확률이 높은 것도 당연하잖아. 성이 같은 사람을 만날 때마다 연애해야 하면, 몸이 남아나질 않을 거야."

스즈는 태연하게 말했다.

"그치만 말야."

나는 여전히 미적지근하다. 우리 사이에 일어난 일을 스쳐 지나가는 사랑이라고 딱 한마디로 정리해버리기에는 어쩐지 석연찮은 것이다.

"토와, 이런 일은 자주 있어. 더욱이 그 리히토라는 남자, 꿈이 영화감독이라며? 눈이 먼 토와한테 접근해서 취재를 했던 거야. 그렇게 뻔뻔스러운 남자는 빨리 잊어버려."

확실히 리히토는 언젠가 돈을 모아 영화를 찍고 싶다고 했었다. 집 여관을 이어받는 건 그 자금을 모으기 위해서라고도 했다.

헤어지려는 찰나에 자기 입으로 말했다. 그러니까, 눈이 먼 사람에게 흥미가 있었다고. 그 말을 나는 되도록 깊이 생각하지 않으려 해왔으나 스즈는 망설임도 없이 치고 들어온다.

뚜껑을 열고 보니 내 쪽이 스즈보다도 연상이었다. 그러나 스즈가 여전히 내 언니와 같은 입장임은 변함없다.

"그치만 착했어, 그 사람."

스즈의 지적이 전부 지당하다 할지라도 아직 내 입으로 리히토를 나쁘게 말하고 싶지는 않다. 확실히 한 여름 만에 끝나버린 건 사실이지만 한 여름의 사랑에는 한 여름의 사랑 나름의, 그렇지 않고서는 맛볼 수 없는 새콤하고도 달콤한 풍미가 있었다는 생각도 든다. 틀림없이 내게는 첫사랑이었다.

"그래도 그 리히토라는 남자가, 말도 안 되게 나쁜 놈은 아니라서 다행이야. 토와, 남자한테 속아서 뒤대거나 하면 안 돼."

스즈가 언니처럼 딱 잘라 말했다. 뒤대기는커녕 내게는 뒤댈 만한 무엇도 없지만.

"그럼, 좋은 사람인지 나쁜 사람인지 어떻게 판단해야 해? 나는 앞이 보이지 않는걸."

태도를 바꾸고 나는 진지하게 물어본다. 스즈라면 명확한 해답을 내려줄지도 모른다. 스즈는 말했다.

"있잖아, 토와. 사람은 겉모습이 아냐. 중요한 건, 내면이야. 어떤 사고방식을 지닌 사람인지, 지금껏 어떤 삶을 살아왔는지, 가치관은 어떤지, 경제관념은 나와 비슷한지. 그런 것들이 중요한 거 아냐?"

나는 리히토를 딱히 겉모습으로 고른 건 아니었지만 그에 대해서는 구태여 반론하지 않았다. 애당초 눈이 먼 나는 겉모습으로 사람을 판단할 수가 없다.

“가치관이라. 그런데 가치관은 말 안 하면 모르잖아.”

내가 말하자,

“그래서 보통은 충분히 이야길 나누는 거야. 그런 다음 옷을 벗고 알몸이 되는 게 자연스러운 흐름이고. 처음에 육체관계부터 시작하다니, 토와, 대담무쌍한 것도 정도가 있지.”

스즈가 내게 설교한다.

“그치만, 어느샌가 몸이 원하고 있었단 말야. 멈출 수가 없었는걸. 왜냐면, 그럴 때마다 몸이 녹아드는 것 같았거든. 그게 너무 기분 좋았어. 게다가 매번 미끄덩하게 들어오기도 했고.”

나는 솔직하게 말했다. 스즈에게라면 뭐든지 이야기할 수 있었다.

“나 참.”

스즈가 어처구니없다는 듯한 소리를 낸다.

“뭐, 애를 낳은 몸으로선 미끄덩하다는 게 부럽긴 하네. 이젠 육아만으로도 벅차서 남편이랑 기분 낼 여유도, 가슴 설렐 일도 없어서 말이야.”

“앗, 그래? 이제 설레질 않아? 그렇게나 좋다, 좋다 했었으면서."

내가 놀라서 묻자,

"그야 그렇지. 설레는 건, 처음 삼 년까지만이야. 아니, 더 짧으려나."

스즈가 한숨 섞인 목소리로 말한다.

"그건 그렇고, 토와가 눈에 띄게 씩씩해져서 정말 다행이야!"

보리차를 꿀꺽 마신 스즈가, 이번에는 분위기를 싹 바꾸려는 듯한 어조로 말한다.

"그래? 나, 그렇게 달라졌어?"

나는 조금 시치미를 떼고 스즈에게 묻는다.

"달라지고 뭐고 간에, 아예 딴 사람이야. 그야, 토와가 거기에 처음 왔을 때를 생각하면."

거기까지 말하더니 스즈는 갑자기 풉, 하고 웃음을 터뜨렸다.

"뭔데? 뭐야, 궁금하니까 빨리 말해봐."

내가 말하자,

"그럼 솔직하게 고백하자면, 그때의 토와는 나무늘보였어."

스즈는 말했다.

"나무늘보라는 건, 그 동물원에 있는 나무늘보?"

내 마음은 순식간에 하짓날에 간 동물원으로 날아갔다. 하지만 그날, 소원대로 나무늘보를 만나지는 못했다. 나무늘보는 줄곧 나무에 매달린 채로 우리가 있는 곳에서는 전혀 보이지 않았던 것이다. 그래서 기척을 느끼기조차 힘들었다. 어떻게든 나무늘보를 설명하려던 리히토의 악전고투가 떠오른다.

그러고 보면 나무늘보는 좀처럼 걷는 일이 없다. 동물원에 다녀온 뒤 찾아보니 그렇게 쓰여 있었다. 그렇다면 확실히 당시의 나는 나무늘보였을지도 모른다.

“근데, 지금은 전혀 달라. 눈이 부실 정도로 예뻐졌어. 토와, 잘 버텼어.”

갑자기 스즈가 나를 다정하게 칭찬해줘서 나도 모르게 울음이 터질 것 같았다. 잘 버텼어, 라는 말은 아무도 해주지 않는다. 스스로도 그렇게 생각해본 적은 한 번도 없다. 그러나 분명 나는 잘 버텨온 것이리라. 조금은 스스로를 칭찬해주어도 괜찮을지 모른다.

“스즈랑 조이 덕분이야.”

넘쳐흐른 눈물을 손가락으로 감추며 나는 말했다. 아무래도 그 말에 리히토의 이름을 덧붙이는 건 스즈의 더 큰 분노를 살 듯해 관두었다. 그래도 리히토 역시 내 삶의 공헌자다. 그 사실은 나 스스로가 잘 알고 있다. 그야 리히토 덕분에 나는 지금껏 몰랐던 새로운 세상의 문을, 몸으로 부딪치듯 힘껏 열어젖힐 수 있었으니까.

스즈와 이렇게 연애 이야기를 할 수 있게 되리라곤 나무늘보 시절의 나는 상상조차 하지 못했다. 하지만 사람은 달라질 수 있다. 그 사실을, 나는 지금 내 삶을 통해 실제로 증명해 보이고 있다.

그날, 스즈와 한 살배기 아기는 우리 집에 묵었다.

밤이 되어 내 침대 옆에 스즈와 아들이 누울 이불을 깔고, 그 무렵처럼 나란히 잠을 잔다. 불을 끄고 얼마 지나자 스즈가 말했다.

"토와, 벌써 잠들었어?"

"아직 안 자. 왠지 스즈랑 같이 있는 게 기쁘고 흥분돼서 잠이 안 와."

내가 말하자,

"나도 그래."

스즈도 어리광 부리는 듯한 목소리로 말했다. 아주 잠깐이지만 스즈가 귀여운 여동생처럼 느껴졌다. 스즈는 설탕을 골고루 묻힌 것 같은 목소리로 말을 이었다.

"있잖아, 내 생각엔 토와한테도 운명의 상대가 무조건, 무조건 있을 테니까, 그 사람을 만날 때까지 포기하지 마."

"운명의 상대가 뭔데?"

"영혼의 반쪽이라고 해야 하나. 원래는 하나였던 영혼이라, 어떻게든 서로한테 끌릴 수밖에 없는 운명 말이야."

"그런 사람이 나한테도 있으려나."

나는 말했다.

"있어. 무조건 있어. 그래서, 물론 토와랑 그 사람이 원한다면 말이지만, 아이를 낳아 기르고, 토와는 좋은 엄마가 되고. 그렇게 역사를 다시 쓰는 거지. 토와는 분명 그럴 수 있을 테니까. 그러려고 힘든 상황 속에서도 살아남은 거야. 토와랑 똑같은 환경에서 도중에 목숨을 잃고 만 아이들이 정말 많을 텐데, 토와는 그러지 않았어. 살아남을 수 있도록 신이 토와를 지켜주었던 거지. 그러니까 토와는, 자신에게 주어진 사명을 다해야만 해. 부모에게 학대받아 괴로워하고 있는 아이들은 지금도 엄청 많으니까."

지금의 나로선 언젠가 내가 아이를 낳는다는 것이 상상조차 되지 않는다. 그 무렵보다 제법 씩씩해졌다고는 하나 객관적으로 보면 나는 결코 건강하다고는 할 수 없다. 아직까지도 신경 안정제를 먹지 않으면 일상생활이 어렵고 생리도 불규칙하다. 더욱이 가정을 꾸리려면 아무래도 돈이 필요하며, 아이를 낳는 데에도 돈이 든다. 현실 세상에서는 마법처럼 하늘에서 돈이 쏟아져 내리는 일도 기대할 수 없다. 호의에만 기대며 살아갈 수 있을 만큼 세상은 호락호락하지 않다는 걸 나는 조금씩 이해하고 있다.

하지만 스즈가 내게 전하고자 했던 무언가는, 내 가슴 제일 안쪽에 정확히 와닿았다. 그것은 모든 걸 알고 있는 스즈이기에 해줄 수 있는 최고의 선물이었다.

"고마워."

나는 반쯤 잠이 든 상태로, 예의 노인과 당나귀 우화를 스즈에게 들려주었다.

응, 응, 그래서? 하고 스즈는 맞장구를 치며 듣고 있었다.

이야기를 하면서 나는 마치 나 자신이 구멍에 빠진 당나귀가 된 듯한 기분이 들었다. 등에 쏟아지는 돌과 흙이 아프고 아파 견딜 수 없었다. 무엇보다도 괴로운 건 등에 돌이 쏟아져 내리는 아픔이 아닌, 하필이면 가장 좋아하고 믿었던 할아버지가 그 돌을 떨어뜨리고 있다는 현실이었다.

그런데 할아버지의 얼굴을 잘 들여다보니 할아버지 역시 괴로워 마음 아파하고 있다는 걸 알 수 있었다. 조금씩, 나는 할아버지가 있는 곳으로 다가갔다.

등에 쌓인 흙을 털어내고 나는 지면으로 이어지는 한 걸음을 앞으로 내딛는다. 그날, 구로우타도리 합창단의 목소리에 이끌려 내가 바깥세상으로 나갔던 것처럼.

리히토는, 마지막에 당나귀가 뒤도 돌아보지 않고 할아버지 곁을 떠났다고 했었다. 그래서 나는 당나귀가 할아버지와 이별한 것이라고 생각했다.

하지만 나는 당나귀의 진짜 마음을 알아차렸다. 당나귀는 사실, 할아버지를 돌아보고 싶었다. 그런데 두려워서 그럴 수가 없었다. 만약 그곳에 자신을 바라보는 할아버지의 눈빛이 없으면 당나귀는 그야말로 한평생 더 큰 슬픔을 짊어지며 살아가야 한다. 그래서 당나귀는 스스로를 지키기 위해 돌아보고 싶은 마음을 꾹 참고 앞으로 나아간 것이다. 그래, 이제야 알겠다.

"착하지, 착하지."

잠꼬대를 중얼거리는 듯한 목소리로 스즈가 말했다. 그것은 나에게 하는 말 같기도 하고, 옆에서 숨소리를 내며 자고 있는 제 아들에게 하는 말 같기도 했다.

모처럼 스즈도 구로우타도리 합창단의 노래로 눈을 떴으면 했지만, 그보다 먼저 한 살배기 아기의 울음소리로 하루가 분주하게 시작되었다. 결국 나는 한 살배기 아기를 한 번도 만져보지 못했다. 그의 존재가, 여지없이 오빠들의 삶을 떠올리게 했기 때문인지도 모른다.

스즈와 스즈의 아들이 돌아가자, 토와의 정원에 다음 계절이 찾아왔다.

시의 복지과에서 상담 일을 하고 있다는 여성에게 연락이 온 건, 가을 기운이 느껴지기 시작하는 구월의 끝 무렵이었다. 내게 건네주고 싶은 물건이 있으니 방문해달라는 연락이었다.

며칠 뒤 시청을 찾아갔다. 곧장 독실로 안내를 받고 잠시 기다리고 있자 내게 전화를 해준 여성이 방으로 들어왔다. 에이코라는 이름의 그 여성은 이름의 한자가 '英子'이거나 '栄子'일 테지만(한자 '英'과 '栄'을 일본어로 음독한 발음은 '에이'—옮긴이), 내게는 아무리 해도 'A子' 씨로밖에 느껴지지 않았다.

"열 살 생일날에 있었던 일은, 기억하고 계신가요?"

느닷없이 에이코 씨는 내게 물었다.

"네, 열 살 생일날의 일은 아주 잘 기억하고 있어요. 엄마가 제게 화장을 해주었거든요.

저는 엄마가 입혀준 예쁜 원피스 차림으로, 엄마에게 안겨 외출을 했어요."

꼭 어제의 일처럼 기억이 선명했다. 그때 내게는 신발이 없었다. 신발이 없다는 걸 깨달은 엄마의 비명 소리마저 내 뇌리에 또렷이 되살아났다.

"그때, 토와코 씨는 어떤 기분이었을까요? 어머니와의 외출이 기뻤나요?"

"아니요."

그때, 나는 전혀 기쁘지 않았다.

"그럼, 어떤 기분이었는지 말씀해주시겠어요?"

"무서웠어요. 사방에서 소리가 날아와, 마치 전쟁터에 끌려와 있는 기분이었어요."

"어머니는 어떠셨나요?"

지금도 그 당시 엄마의 손바닥이 생각난다. 엄마는 내내 떨고 있었다. 손바닥은 땀으로 축축하게 젖어, 작은 아기 새가 추위에 오들오들 떨듯이 떨고 있었다. 무언가에 겁을 먹고 있었던 건지도 모른다.

"모르겠어요."

나는 말했다.

"그렇군요. 그럼, 사진관에서 사진을 찍었던 일은 기억하고 계세요?"

"네, 기억하고 있어요."

찰칵 하는, 무언가 둥근 모양의 물체가 깨지는 듯한 소리는 지금도 내 몸에 새겨져 있다.

그때 나는 엄마의 상반신을 부둥켜안고 있었다. 엄마에게

선 넋을 잃으리만치 달콤한 냄새가 나, 나는 그 향기에 얼굴을 파묻었다. 엄마는 향수를 뿌림으로써 엄마가 있는 곳을 나에게 알려주었다.

그런 다음 아무 데도 들르지 않고 집으로 돌아왔다. 집으로 돌아와 좌우간 안도의 한숨을 내쉬었던 기억이 난다.

"여기, 그때 토와코 씨와 어머니가 찍은 사진이 있어요."

에이코 씨는 말했다.

"만져봐도, 될까요?"

내가 말하자, 물론이죠, 하며 그 사진을 내 손 바로 가까이로 내밀었다.

사진은 커다랗고 네모난 대지 같은 것에 끼워져 있었다. 낌새를 살피며 우선은 대지의 표면을 만진다.

"이건, 어디서 찾은 건가요?"

"토와코 씨 어머니의 옷장 안에 있었다고 해요."

마음껏 대지의 표면을 만진 다음, 친천히 표지를 넘긴다. 얇고 부드러운 거즈와 같은 종이 아래에 사늘한 사진의 감촉이 펴져 있다.

나는 사진 위에 내 손바닥을 살며시 포개었다. 여기에, 엄마가 있다. 엄마에게 안긴 내가 있다.

상상 속의 엄마는 분명히 존재한다. 코가 높고, 눈이 크고,

머리카락이 길고, 볼이 부드럽다. 정말이지 몇천 번, 몇만 번 그 얼굴을 이 손으로 '보아'왔다. 그러니 엄마에 대해선 잘 알고 있다. 하지만 엄마의 사진에 손바닥을 아무리 대어보아도 엄마의 모습은 떠오르지 않았다. 내 모습 역시 떠오르지 않는다. 내가 어떤 얼굴을 하고 있는지 나는 알 수가 없다.

에이코 씨는 말했다.

"사진관 주인께서, 어머니와 토와코 씨가 왔을 때의 일을 기억하고 계신다고 해요. 무척 아름다운 모녀였어서 기억에 남아 있다고 말씀하셨어요."

그 무렵의 나는 투명인간이었다. 누구의 눈에도, 아니, 엄밀히 말하면 엄마의 눈에만 보여야 하는 존재였다.

"가지고 가실 거죠?"

에이코 씨는 살짝 뜻이 담긴 억양으로 물었다. 에이코 씨에게선 어딘지 모르게 치과 의사 같은 냄새가 난다.

"네."

나는 간결하게 대답하고 자리에서 일어난다. 그때 불현듯 나는 무슨 색 원피스를 입고 있을까 하는 의문이 샘솟았다. 내 발 언저리에 엎드려 있던 조이가 슥 하고 조용히 일어선다. 나는 돌연 에이코 씨에게 물었다.

"사진 속의 저는, 어떤 색깔의 원피스를 입고 있나요?"

에이코 씨와 나 사이에 몇 초 동안 침묵이 흐른다. 에이코 씨는 대답이 없다.

“잿빛인가요?”

내가 다시 질문하자,

“잿빛?”

에이코 씨가 의아한 듯 내 말을 반복했다. 나는 에이코 씨에게 잿빛에 대한 설명을 꾀한다.

“회색? 쥐색? 그레이? 다 아닌 것 같은데요.”

에이코 씨는 말했다. 그러더니 내가 열 살 생일날에 입고 있던 원피스의 진짜 색깔을 알려준다.

“여기요.”

에이코 씨가 사진을 봉투에 넣어 건네준다. 나는 그것을 배낭에 넣는다. 방금 에이코 씨가 말한 색은, 잿빛과는 전혀 다른 색이었다.

“조이, 가자!”

나는 힘차게 말했다. 등에는 이십 년 전의 엄마와 내가 있다.

집으로 가는 도중, 조금 멀리 돌아 강가에 난 길로 빠졌다. 물가에서 나는 소리를 듣고 있다 보니 마음이 조금씩 느슨해져 간다. 릴랙스, 릴랙스. 주문처럼 소리를 내어 외어본다.

집 근처까지 다다르자 금목서 향기가 났다. 누군가에게 몸을 기대어 어리광을 부리는 듯한, 무방비한 향기다. 그런데 슬슬 꽃이 지려나 보다. 나는 얼굴을 하늘 쪽으로 향하며 향기 캡슐을 찾는다.

나는 한낮의 별을 찾는 듯한 기분으로 금목서의 향기를 들이마셨다.

계절은 바뀌어간다.

부엌에 서서 저녁 식사 준비를 하고 있는데 초인종이 울렸다. 현관으로 나가 문을 여니 그곳엔 마녀 마리 씨가 서 있었다. 황급히 현관 불 스위치를 켠다. 마리 씨에게선 늘 어렴풋이 뜸쑥 향기가 나므로, 마리 씨가 목소리를 내지 않아도 나는 앞에 있는 사람이 마리 씨임을 알아차린다.

"전부 다 끝났어."

입을 열자마자 마리 씨가 말했다.

고타쓰 근처에서 졸고 있던 조이가 마리 씨의 방문을 눈치채고 달음질해 왔다. 목걸이에 단 방울이 명랑한 소리를 내고 있다. 언제나 맛있는 간식을 아낌없이 베풀어주는 마리 씨는, 조이에게 있어 제일가는 아이돌이다.

"아아, 미안해. 오늘은 간식 안 가지고 왔어."

마리 씨가 허리를 숙이고 조이의 몸을 쓰다듬으며 말하자,

조이는 그 말을 이해한 모양인지 이번에는 타, 타, 타, 타, 하고 시시하다는 듯한 발걸음으로 다시 고타쓰 쪽으로 돌아간다.

"끝나셨군요."

나는 마리 씨의 말을 되풀이했다. 그런 다음 마리 씨의 몸에 천천히 다가가 두 손으로 살며시 끌어안는다. 그런 식으로 마리 씨와 맞닿기는 처음이었으나, 그렇게 하는 것 말고는 내 마음을 마리 씨에게 전할 방법이 떠오르지 않았다.

"고생하셨어요."

마리 씨의 차가운 볼을 느끼며 나는 마음 다해 마리 씨에게 위로의 말을 건넨다.

"괜찮으시다면, 들어왔다 가시지 않을래요?"

마리 씨에게서 살짝 몸을 떼고, 나는 말했다.

"고마워."

그렇게 대답한 마리 씨는 현관에 놓여 있는 의자에 앉아 신발 끈을 풀었다.

오늘 저녁 메뉴는 소고기 덮밥이었다. 마리 씨를 안내하며 거실로 돌아오니, 방 안에 소고기 덮밥 풍미의 훈훈한 김이 퍼져 있다. 문득 방 안이 어둡다는 사실을 떠올리고 거실 불도 켠다. 평소에는 친환경이라 일컬으며 최소한으로 필요한, 극히 적은 불만 켜놓고 있다.

마리 씨가 우리 집에 오는 것은 처음이다. 마리 씨는 줄곧 집에서 어머니의 병간호를 했었으므로 밖으로 나갈 수 있는 건 간병인이 와주는 동안의 아주 짧은 시간뿐이었다.

그래서 둘이 만날 때는 꼭 내가 마리 씨의 집으로 가 그곳에서 차를 얻어 마시거나 점심밥을 얻어먹었다. 기분 전환이 되어 좋다며 마리 씨는 매번 나와 조이의 방문을 환영해주었지만, 실은 마리 씨도 자유로이 밖을 나가고 싶지 않았을까 싶다. 그런데, 그도 이제 끝이 났다고 한다.

원래는 이런 상황에서, 명복을 빕니다, 라든지, 얼마나 상심이 크십니까, 라고 해야 맞을 것이다. 그런데 나는 왜인지 말이 잘 나오지 않는다. 마리 씨에 대한 마음이 뒤엉켜 목 근처에 걸려 있다.

그래서 마리 씨가 항상 나를 따뜻한 차로 대접해주듯이 나 또한 차를 끓이기로 했다. 그렇다 하더라도 우리 집에는 마리 씨네처럼 멋들어진 찻잎은 없고 슈퍼마켓에 파는 흔한 티백 차뿐이지만.

그럼에도 마음을 담아 우리면 조금은 맛있어질지도 모른다는 생각에 평소보다 정성 들여 뜨거운 물을 붓는다. 찻잎을 찻주전자에 넣고 뜸을 들이는 동안, 소고기가 끓고 있는 냄비 뚜껑을 열어 간을 보았다. 살짝 더 오래 끓이는 편이 맛이 잘

배어들어 좋을 듯했다.

"드세요. 극히 평범한 홍차지만요."

머그잔에 부은 차를 마리 씨에게 내민다.

"고마워. 잘 마실게."

마리 씨는 차분한 목소리로 말한 다음 머그잔에 입을 댄다.

"아아, 맛있다."

진심을 담은 마리 씨의 말 때문에 나까지 마법에 걸린 것일까, 어쩐지 홍차가 여느 때보다 맛있게 느껴진다. 역시나 마리 씨는 마법을 쓰는 마녀일지도 모른다. 적어도 내게는 마리 씨의 마법이 한껏 효과를 발휘한다.

"남이 끓여주는 차를 느긋하게 마셔보는 게 몇 년 만인지."

마리 씨가 툭 혼잣말을 내뱉는다. 내 눈에 그 표정은 보이지 않지만 그 목소리의 깊이로 마리 씨가 어머니 병간호에 얼마나 인생을 바쳐왔는지 잘 알 수 있었다.

"나는 말이야, 결코 착한 딸은 아니었어."

마리 씨는 조용히 이야기를 시작했다.

"엄마는, 애정이 너무 과하달까? 아빠에게도 그랬지만, 내게도 사랑을 지나치게 쏟는 성격이었어. 상대를 너무 세게 끌어안는 탓에, 그 사랑하는 상대를 자기 손으로 질식시키고 마는 듯한, 그런 일면이 있었지.

그래도 아빠는, 속박과 종이 한 장 차이였던 엄마의 애정을 이럭저럭 받아들이며 버티고 있었어. 그런데 나는 성별이 같아서 그런지 몰라도 사사건건 맞부딪치는 탓에, 엄마랑 같이 있는 생활을 견딜 수 없었지. 내가 뭘 입고, 누굴 만나고, 뭘 먹는지, 엄마는 내 모든 걸 지배하려 했고, 나는 늘 숨이 막혀 어쩔 줄을 몰랐어. 그래서 피아노 유학을 핑계 삼아 십 대 후반에 집을 뛰쳐나온 거야. 엄마로부터 도망치기 위한 최선책으로 나는 피아노 연습에 매진했지. 그때는, 이제 집으로 돌아갈 일은 평생 없으리라 생각했는데."

전기밥솥 타이머가 가동해 밥을 짓기 시작한다. 나는 의자에 앉은 채 발끝을 늘려 발치에 깔려 있는 전기장판의 온도를 높였다. 마리 씨가 말을 잇는다.

"부모님이 건강한 동안에는 문제 없었어. 나도 유럽 문화를 접하면서 기를 맘껏 펼 수 있었고. 엄마 역시 이국땅에 있는 딸을 간섭하는 데는 과연 한계가 있다 보니, 유학을 가고부터는 엄마와의 관계가 제법 좋아져서 한동안 휴전 상태에 들어가기까지 했어. 엄마는 일본 쌀 같은 걸 꾸린 짐을 거의 매주 보내줬는데, 그게 또 나로서는 고마운 일이었어서 그런 엄마의 애정을 순수하게 받아들일 수 있게 되었지. 마침내 엄마에게 약간이나마 감사하는 마음을 갖게 된 거야.

나 자신도 결혼을 하고, 아이를 낳고, 육아의 고단함을 몸소 경험하기도 했고. 그런데, 그렇게 평화로운 시절도 그리 오래 가지 않았어."

"아버지께서 병이 나셨기 때문이죠?"

나는 말했다. 그다음의 경위는 마리 씨를 처음 만났을 때 들었다.

"맞아. 그래서 정신을 차리고 보니 나는, 그렇게나 싫어하던 집으로 돌아와 그곳을 벗어나지 못하는 상황에 놓여 있던 거야. 아빠가 돌아가시고부터는 아들도 독립해서 엄마랑 나 둘뿐이었던 데다가, 아빠가 돌아가시고 얼마 안 돼 이번에는 엄마가 몸져눕고 말았어. 한밤중에도 맨날 불려 가다 보니 나도 모르게 짜증이 나서, 옛날에 엄마에게 느꼈던 증오가 되살아나는 거 있지. 밥에 조금씩 독을 섞으면 엄마를 죽일 수 있지 않을까 하는 생각을 진심으로 해보기도 했고.

나는 언젠가 엄마가 당신의 잘못을 인정하고, 한 번이라도 진심으로 사과해주길 기대했었는지도 몰라. 비록 그 기대는 덧없는 꿈으로 끝나버렸지만."

마리 씨가 솔직하게 털어놔 주지 않았더라면 나는 줄곧 마리 씨를 단순히 효성스러운 딸이라 믿고 있었음이 분명하다.

"근데 말이야……."

마리 씨는 말을 이었다. 그 목소리에, 아주 희미하게나마 빛이 드리운다.

"엄마가 점점 아기처럼 변해갔잖아? 내가 누구인지 알아보지도 못하고. 그렇게 권위적으로 굴던 사람이 내가 없으면 밥 한 숟갈도 못 먹는 존재가 되었구나, 하고 생각하니 뭐랄까. 그제야 비로소 엄마가 사랑스럽게 느껴졌어. 엄마라는 존재를 넘어서, 이를테면 토와가 조이를 조건 없이 귀여워하는 것처럼. 게다가 엄마가 엄마가 아니게 되어가는 모습을 보고 안심하게 된 것도 사실이야. 이걸로 나는 두 번 다시 이 사람에게 지배당하지 않는다, 지금은 내가 이 사람을 지배하고 있다, 라는 묘한 안도감과 우월감을 느낀 거지."

마리 씨의 이야기에 귀를 기울이면서 나는 나의 엄마를 생각하고 있었다. 지금 어디에서 무얼 하고 있을까, 하고. 여전히 속죄하며 자그마한 방에 갇혀 살고 있는 걸까. 내가 나이를 먹고 있으니 당연히 엄마도 나이를 먹고 있을 터다.

그러나 지금의 나에게 엄마는 몇억 광년이나 떨어진 행성처럼 아득한 존재로 느껴졌다.

전기밥솥이 드디어 클라이맥스 단계에 돌입하며 밥 냄새를 성대하게 풀어놓았다. 공기 중에는 소고기 덮밥 향기를 꾹꾹 눌러 담은 캡슐이 흩날려, 배에 의식을 집중하지 않으면 당장

에라도 꼬르륵 소리가 날 것 같았다.

삐삐이, 삐삐이, 삐삐이.

전기밥솥에서 취사가 완료되었다는 소리가 울려 퍼진다.

그때, 결국에는 꼬르륵 소리가 났다. 나는 순간 내 배에서 소리가 났다고 생각하고 배를 꾹 눌렀지만, 소리의 출처는 나도 조이도 아닌 마리 씨였다.

“배가 고파서 그만.”

마리 씨가 장난기 가득한 목소리로 말한다.

“소고기 덮밥이지? 나, 여기 들어왔을 때부터 계속 신경 쓰였어.”

“죄송해요.”

나는 사과했다. 마리 씨의 어머니가 돌아가신 일과 소고기 덮밥이 너무도 동떨어진 탓에, 나는 왠지 마리 씨에게 미안한 기분이 든다. 이런 날에 하필 소고기 덮밥을 만들다니.

“배가 고프실 만도 하죠.”

나는 말했다. 나 역시 밥 짓는 냄새와 소고기 냄새의 상승효과로 무척 배가 고팠다.

“마리 씨, 저희 집에서 드시고 가실래요? 소고기 덮밥으로도 괜찮으시다면요.”

일단은 권해보자는 생각으로 나는 물었다. 아무리 생각해도 오늘 저녁 마리 씨가 먹을 메뉴로는 어울리지 않는 것 같다. 그런데 마리 씨는 밝게 대답했다.

“먹을래! 토와가 만든 소고기 덮밥, 먹어보고 싶어.”

그 발랄하고 기운찬 목소리에 나는 무심코 웃고 만다. 마리 씨도 웃고 있다.

“내가 뭐 도와줄까?”

마리 씨의 말에,

“괜찮아요. 이미 다 돼 있어요. 양도 넉넉하게 만들었고요.”

나는 말했다. 그런 다음 사람용 식사와 조이의 밥을 동시에 준비하기 시작했다.

밥과 소고기를 담는 것만 마리 씨가 도와주었다. 나는 국그릇에 된장국을 담는다. 국그릇이 하나밖에 없었으므로 내가 늘 사용하는 그릇을 마리 씨에게 내어주고 내 된장국은 요전에 스즈가 선물로 가져와 준 카페오레 볼을 사용한다.

달걀만은 아직껏 성공해본 적이 없어 긴장되었다. 그래도 마리 씨에게 맛있는 소고기 덮밥을 대접하고 싶다는 마음 하나로 작은 냄비에 달걀물을 붓는다. 작은 냄비엔 소고기를 끓이고 남은 국물이 들어 있고 그것과 달걀이 반숙 상태로 잘 뒤섞여야 이상적인데, 지난번에는 달걀이 너무 익어서 두부처럼 되어버렸고, 지지난번에는 거꾸로 불을 일찍 꺼버린 탓에 날달걀에 가까웠다.

나는 달걀을 적당히 익힐 것을 염두에 두면서 냄비 안에서 들려오는 소리에 귀를 기울이고, 냄새를 감지하는 후각의 감도를 극한까지 끌어올려 만전의 태세로 불 조절에 도전한다. 얼마간 낌새를 엿보며 달걀이 냄비 옆면에서 단단해지는 순간을 기다리다, 긴 젓가락을 슬쩍 찔러 넣고는 전체적으로 휘휘 뒤섞었다. 그것을 따끈따끈할 때 소고기 덮밥 위에 얹었다. 마리 씨와 나에게 딱 절반씩 나누어지는 장면을 상상하면서.

"오래 기다리셨습니다."

마리 씨 앞에 소고기 덮밥이 담긴 밥그릇을 내밀며 나는 말했다. 그리고 우리는 마주 앉아 소고기 덮밥을 먹기 시작했다. 조이도 기운차게 자기 먹이를 먹고 있다.

내가 마침 절반 정도를 먹었을 때였다. 내내 묵묵히 소고기 덮밥을 먹던 마리 씨가 느닷없이 말했다. 나도 마침내 남들과 비슷한 속도로 식사를 할 수 있게 되었다.

"이 소고기 덮밥, 엄마도 먹어봤음 좋았을 텐데."

그 목소리로 마리 씨가 울고 있다는 걸 알아차렸다.

"왜냐면 이 소고기 덮밥, 너무 맛있단 말이야. 이렇게 맛있는 소고기 덮밥 처음 먹어봐. 우리 엄마, 고기를 엄청 좋아하는 사람이었는데, 점점 고기를 먹을 수가 없게 됐거든. 아아,

내가 왜 이럴까. 엄마 돌아가시고 나서 아직 한 번도 안 울었는데, 여기서 소고기 덮밥을 먹고 있으니까 갑자기 별의별 생각이 다 떠오르네. 정말이지, 내 감정이 제어가 안 돼.

그래서, 미안해, 토와. 나, 마음껏 울어도 돼?"

이미 울고 있으면서 마리 씨는 말했다. 그리고 그렇게 말하자마자 갑자기 울부짖었다.

"엄마!"

놀란 조이가 나에게 몸을 기대 올 정도로 마리 씨는 목이 쉬도록 울었다. 어른도 이렇게 우는구나, 하고 나는 조금 의외라는 생각을 했다. 도중에 마리 씨에게 갑 티슈를 내밀자 마리 씨는 흐느껴 우는 목소리로, 아까우니까 화장실 휴지로 충분해, 하고 그때만 멀쩡하게 현실로 되돌아와 말했다. 그래서 나는 새 두루마리 휴지를 가지고 와 마리 씨의 소고기 덮밥 옆에 둔다.

"토와는, 나 신경 쓰지 말고 팍팍 먹어."

마리 씨의 등을 쓰다듬든 무슨 말을 걸든 해야 하나 싶어 망설이고 있었더니 마리 씨가 그렇게 말했다. 그 말에, 마리 씨는 홀로 슬픔에 잠기고 싶은 것임을 헤아리고 나는 남은 소고기 덮밥을 천천히 먹기 시작한다.

역시 오늘 저녁 메뉴로는 소고기 덮밥이 정답이었던 것 같다. 만일 소고기 덮밥이 아닌 생선 조림이었거나 데친 두부였다면 마리 씨가 이렇게 눈물을 흘리는 일은 없었을지도 모른다. 그렇게 생각하는 한편, 오늘 저녁이 생선 조림이었든 데친 두부였든 역시나 마리 씨는 그 음식에서 눈물로 이어지는 실마리를 찾아내 똑같이, 엄마, 하고 외치며 크게 울었을지도 모른다는 생각도 했다.

소고기 덮밥 위에 올린 달걀은 스스로도 만점을 줄 수 있을 만큼 익은 정도가 완벽했다. 틀림없이 내 인생에서 최고로 완성도 높은 달걀이다.

마리 씨는 조금 전, 어머니에게도 이 소고기 덮밥을 맛보여주고 싶다는 말을 했다. 나는 지금껏 나의 엄마에게 내 요리를 먹이는 일 따위 상상해본 적도 없었다. 그런데 문득 엄마 생각이 뇌리를 스친다. 만약 엄마가 어딘가에서 배를 곯고 있다면, 나는 남은 소고기 덮밥을 밀폐 용기에 가득 담아서 지금 당장 그곳까지 달려가 배달해주고 싶은 기분이 들었다.

"이제 괜찮아졌어."

마리 씨는 온 동네에 메아리칠 정도로 호쾌하게 코를 풀더니 다시 젓가락을 들고 남은 소고기 덮밥을 싹싹 긁어 먹었다. 정말이지 긁어 먹는다는 표현이 아니고서는 무엇도 어울리지 않을 만큼 복스럽게 먹었다. 그런 다음 힘찬 목소리로 말했다.

"한 그릇 더!"

마리 씨의 손에서 텅 빈 밥그릇을 두 손으로 받아 든다.

"그러면, 내일 토와가 먹을 소고기 덮밥이 없으려나?"

"괜찮아요, 또 만들면 되니까요."

나는 그렇게 말하면서 밥그릇에 밥과 소고기를 담는다.

"죄송해요, 달걀은 아까 전부 끼얹어서요."

내가 사과하자,

"달걀 없이도 엄청 맛있어. 노 프라블럼."

마리 씨가 코맹맹이 소리로 말한다.

나는 냄비 바닥에 남아 있던 국물을 전부 끼얹고, 묵직해진 밥그릇을 마리 씨에게 두 손으로 내민다.

"잘 먹겠습니다."

마리 씨는 공손하게 말하고서 젓가락을 가져간다.

"왠지 말이야, 엄마가 귓가에 속삭이는 것 같아. 내 몫까지 많이 먹어, 하고."

마리 씨가 재미있는 말을 하기에,

"그거, 뭔가 임산부 같네요."

나는 말했다. 요전에 스즈가 우리 집에 자러 온 날 임신 중일 때 이야기를 해주었는데, 엄청난 식욕에 자기 몸이 안에서 조종당하고 있는 것 같아 무서웠다는 말을 한 것이다.

“듣고 보니 그렇네.”

마리 씨가 동의한다.

“부모 없는 고아가 돼서, 다시 임산부가 된 건지도 몰라. 앞으로의 인생은 내내 임신 중인 걸 수도 있겠어.”

사람은 죽은 뒤에도 연이 있던 사람들 속에서 계속 살아간다고 하는데, 그와 비슷한 것일지도 모른다.

“아아, 잘 먹었습니다. 이제 너무 배불러. 정말 더 이상은 절대로 안 들어가. 만삭이야, 만삭.”

얼마 후 마리 씨는 자신의 배를 문지르며 말했다. 그러고는 천천히 긴 숨을 내뱉는다.

마리 씨의 어머니가 돌아가셨는데 적절치 못할 수도 있지만, 식사를 마치고 난 거실에는 흡족하고도 온화한 공기가 감돌고 있었다. 그러고 보니 오늘 밤은 만월(滿月)이 뜨는 날이다.

“오늘 여기 오길 참 잘한 것 같아. 엄마가 돌아가시고, 이제 엄마 옆에 꼭 붙어 있을 필요가 없다는 걸 깨달았을 때, 맨 먼저 보러 가고 싶었던 게 토와네 정원이었어.”

헤어질 때, 현관 앞에서 신발 끈을 묶으며 마리 씨가 말한다.

“토와가 자기 정원 이야기를 할 때, 늘 무척 행복해 보였거든. 그래서 한번 보고 싶다는 생각을 했었어.”

“그러셨군요. 그런데 오늘은…….”

이미 해가 져서 볼 수가 없다. 내가 도중에 말을 줄이자,

"괜찮아, 괜찮아. 앞으로는 원하는 때에 언제든 외출할 수 있으니까. 여하튼 오늘은, 토와의 소고기 덮밥에 위로를 얻었어. 정말, 정말 고마워."

마리 씨는 그렇게 말하더니 이번에는 마리 씨 쪽이 내게 가까이 다가와 아무런 망설임 없이 왼쪽 볼, 그리고 오른쪽 볼에 프랑스식 입맞춤을 했다. 쪽 하고 가차 없이 밀어붙여 오는 마리 씨 입술의 감촉이 간지럽다. 순간, 마치 내가 파리의 센 강가에 멈춰 서 있는 듯한 기분이 들었다.

"마리 씨, 밤이 깊었으니 조심히 돌아가세요."

분명 마리 씨에게는 이제부터 길고 긴 특별한 밤이 기다리고 있을 것이다.

"토와도, 추우니까 감기 조심해."

가벼운 발걸음으로 걸어가는 마리 씨의 뒷모습을 조이와 나란히 서서 배웅한다.

하늘을 올려다보고 어딘가에 둥그런 달님이 떠 있으리라 상상하면서, 마리 씨가 먹은 소고기 덮밥이 마리 씨 어머니의 영혼에도 무사히 잘 가닿기를 남몰래 기도했다.

그 겨울은 나에게 크나큰 시련을 가져왔다.

해가 바뀌었을 즈음부터 콧속이 근질근질하기 시작하더니 몸이 찌뿌둥하다. 갑자기 발작 같은 기침이 나오고 멈추질 않는다. 가장 괴로웠던 건 코가 계속 막혀 있는 탓에 냄새를 감지하는 기능이 거의 사라진 점이다. 그래서 무얼 먹어도 아무 맛이 나지 않는다. 그 현실이 나를 구렁텅이로 빠뜨렸다.

나는 바깥세상과의 접점을 완전히 잃은 듯한 기분이 들어 막막하기만 했다. 흡사 사람 하나 없는 밀실에 갇혀 나 홀로 고립되어 있는 것만 같았다.

마리 씨에게 상담했더니 근처의 괜찮은 이비인후과 선생님을 소개해주었다. 불치병이면 어쩌지, 하고 심히 두려워하고 있었는데, 내게 내려진 진단 결과는 꽃가루 알레르기였다.

처방받은 약을 먹었더니 이번에는 온종일 잠이 쏟아지고 머리도 무겁다. 되도록 집 안에 있으면서 창문을 꼭 닫고 꽃가루가 들어오지 못하게 해야 한다는 건 알지만, 조이의 산책을 거를 수는 없는 노릇이며 장을 보기 위해서라도 외출을 안 할 수가 없다. 외출할 때는 단단히 마스크를 쓰긴 했지만 그러는 데도 한계가 있었다. 몸 안에 꽃가루가 얼씬도 못 하게 하기란 불가능이었다. 잠잘 때 토하는 듯한 기침이 계속되면 이 세상의 끝과 같은 절망적인 기분이 들곤 했다.

무엇보다도 괴로운 건, 봄을 맞으며 또다시 늘어나고 있을 향기 캡슐을 조금도 느낄 수 없다는 점이었다. 후각이 기능하지 않게 되고서야 비로소 자신이 평소 얼마나 코에 의지하며 생활했었는지를 깨달았다. 후각은 나와 세상을 잇는 강력한 탯줄이었던 것이다. 눈이 먼 내가 그것을 잃는다는 건, 세상과의 접점을 잃는 것이나 다름없다.

그 사실에 초조한 마음이 들어 아무 죄도 없는 조이에게까지 화풀이를 하고 만다. 그런 스스로에게 점점 더 혐오감이 들면서, 부정적인 나선 계단은 끝없이, 끝없이 깊은 곳으로 추락해간다.

집중력이 없어 독서도 하지 못하고 애당초 도서관까지 책을 빌리러 갈 만한 기력이 없다.

밖에서 정원 일도 할 수 없으니 기분을 달래기 위해, 집 안에서 라디오를 들으며 오로지 손만 움직일 수 있는 일을 하자는 대책을 세웠다. 나라도 할 수 있는 손일이 뭐가 있을까 궁리하다 생각해낸 것이 걸레 바느질이었다. 걸레의 재료가 되는 수건은, 이전에 이사를 도와준 친구들이 놔두고 가준 게 아직 많이 남아 있다.

바늘에 실을 꿰는 작업은 비시각장애인에 비하면 확실히 시간이 걸리긴 하지만, 그만큼 바늘귀가 큰 자수바늘에 실 꿰는 기구로 자수용 실을 꿤으로써 나 역시도 비교적 간단히 실을 꿸 수 있게 되었다. 실매듭은 일 년 동안 다녔던 특별 지원 학교 가정과 수업에서 배웠다. 바늘에 실을 꿰고 실 끝에 매듭을 지은 다음, 개킨 수건을 한 땀 한 땀 바느질한다. 자수 실은 일부러 빨강이나 파랑, 초록 등 발랄한 색을 사용했다. 나는 꽃가루 알레르기에 좋다는 첨차(甜茶, 장미과의 관목 잎을 달인 단맛이 나는 중국차—옮긴이)를 마시며 오로지 손을 움직였다.

바느질을 하고 있으면 시간이 눈 깜짝할 새에 지나가는 순간이 있다. 그럴 때는 내 코가 막혀 괴롭다는 사실도 일순 잊어버리곤 한다. 긴장을 늦추면서도 신경을 집중해 걸레를 꿰매는 일이 그리 쉽지만은 않지만, 아주 잠깐 동안 그런 시간이 찾아오면 나는 온 세상 모두와 손을 잡고 라인 댄스를 추고 있는 듯한, 밝고 따뜻하고 평온한 기분에 젖었다.

빨강은 정열.
파랑은 활짝 갠 하늘.
초록은 지구.
분홍은 상냥함.
노랑은 태양.
보라는 황혼.

맞든 틀리든, 내게도 차츰 나만의 색의 이미지가 생겨나고 있다. 그 색들을 조합해 나는 걸레를 꿰매나간다. 걸레 한 장에 사용한 색을 기억에 남기며 완성된 걸레를 상상하는 일은 나만의 즐거움이었다.

고육지책으로 시작한 걸레 바느질이었지만, 나는 그 일에서 한 줄기 즐거움과 기쁨을 찾아내는 데 성공했다. 그리고 그렇게 밑바닥 속에서 탄생한 걸레를 마리 씨는 몹시도 칭찬해주었다.

"와아, 멋진걸!"

어느 날 선물 받은 귤을 나누어주러 불쑥 들른 마리 씨가, 바느질하다 만 내 걸레를 보며 말했다.

"정말요?"

내가 머뭇머뭇 물어보자,

"마녀 마리 씨가 거짓말할 리 없잖아."

마리 씨가 장난기 가득한 목소리로 말한다.

"그럼 마리 씨, 귤 주신 답례로 마음에 드는 거 원하시는 만큼 가져가세요."

내가 말하자,

"그렇게 막 주면 안 되지!"

마리 씨가 딱 잘라 말했다.

"그치만……."

내가 우물우물하자,

"정성껏 만든 물건은, 제대로 된 값을 받는다. 그게 이 세상의 규칙이야, 토와."

마리 씨가 당연하다는 듯 덧붙인다. 하지만 판매를 한다고 해도 내게는 그럴 방법이 없다.

"괜찮아, 나한테 좋은 아이디어가 있어."

크크크크크, 하고 우쭐거리는 양 웃으며 마리 씨가 말했다. 그러고는 말을 이었다.

"한 장에 삼천 엔 어때?"

"비싸요."

나는 곧장 대답했다. 삼천 엔이라는 큰돈을 걸레 한 장에 낼 사람은 없을 것 같다. 삼천 엔이면 며칠을 생활할 수 있으니 말이다. 아무리 농담이라 할지라도 도가 지나치다.

"말도 안 돼요."

나는 단언했다.

"그럼, 이천 엔?"

"그것도 비싼 것 같아요."

"으음, 그럼 천오백 엔은?"

실은 천 엔도 비싼 느낌이다. 애초에 팔려는 생각은 요만큼도 없었다. 누군가가 사용해준다면 그것으로 족했다. 그런데 혹시라도 이 걸레에 돈을 내주는 사람이 있다면, 그렇게 기쁜 일은 또 없을 것이다. 스스로 돈을 벌 수 있다면 얼마나 행복할까. 그러면 이제껏 나를 지원해준 사람들과 사회 전체에 조금이나마 보답을 할 수 있다.

"네."

숙고 끝에 나는 순순히 수락했다.

"좋아! 이걸로 거래 성립이야. 오늘은 지갑에 돈이 그다지 많지 않아서 한 장밖에 못 사지만. 내가 토와의 오리지널 걸레, 첫 손님인 거다? 야호."

마리 씨는 발랄한 목소리로 말했다. 그러고는 내 손에 천오백 엔을 건네주었다. 나는 그것을 치마 주머니에 구겨 넣는다.

나는 지금껏 완성한 걸레들이 담긴 상자를 가지고 와서 마리 씨에게 보여주었다. 마리 씨가 어떤 얼굴을 하며 걸레를 보고 있는지 내게는 보이지 않는다. 마리 씨에게서, 와아, 라든지, 오오, 하는, 말로 표현할 수 없는 한숨 비슷한 것이 새어 나온다. 왠지 돋보기로 내 알몸을 찬찬히 들여다보고 있는 것 같아 부끄러워진 나머지, 나는 자리에서 물러나 차를 끓인다. 내내 첨차만 마시고 있었으므로 가끔은 녹차를 마시고 싶었다.

방금 마리 씨에게 받은 천오백 엔을 주머니 위로 살며시 어루만진다. 이 천오백 엔으로 나는 맛있는 차를 사고 싶다. 마리 씨 집에 있는 것처럼 깡통에 든 제대로 된 차를 사 와서, 이번에는 내가 마리 씨에게 대접하고 싶다는 생각을 했다.

마리 씨가 예전에 피아노를 가르쳤던 학생 중 인터넷에 밝은 남성이 있어, 그 사람이 내 걸레의 판매 사이트 개설과 관리를 해주게 되었다. 우선은 겨우내 바느질한 걸레를 모아 사진을 찍고 사이트에 올려 판매를 개시했다. 걸레쯤이야 지금은 백엔숍에도 수두룩이 팔고 있으니 아무도 안 살 것 같았는데, 뜻밖에도 사이트를 오픈하고 불과 하루도 안 되어 두 장이나 팔리는 걸 보고 깜짝 놀랐다. 나는 구입해준 사람의 주소를 프린터로 인쇄해, 봉투에 붙여 우편으로 보냈다.

작업에 익숙해지면 사진을 찍어 사이트에 올리는 일도 직접 할 수 있다고 한다. 그렇게 되기까지는 아직 갈 길이 멀지만, 우선은 그것을 목표로 걸레 바느질에 힘썼다. 목이며 어깨가 결릴 때는 마리 씨네로 달려가 뜸을 뜬다. 마리 씨에게는 그럴 때마다 뜸쑥값을 냈다.

재료가 되는 수건이 조만간 동나지 않을까 하는 걱정은 쓸데없는 걱정이었다. 마리 씨를 비롯해 나의 돈벌이를 알게 된 주위 사람들이 집에서 잠자고 있는 수건을 무상으로 제공해 주기 시작한 것이다. 꽃가루 알레르기 탓에 봄의 첫울음 소리를 들을 기회는 놓쳤지만, 걸레를 만나면서 내 삶은 생각지도 못한 방향으로 선회하고 있었다.

"토와가 만든 걸레, 최고야!"

만날 때마다 마리 씨는 내 걸레를 칭찬해주었다.

"처음엔 쓰기가 아까웠는데 말이야, 막상 쓰기 시작하니 청소가 엄청 즐거워지는 거 있지. 게다가 전보다 청소가 더 잘 되기도 하고.

역시 걸레는 참 대단해."

그렇게 마리 씨는 주변 사람에게도 소개를 해주곤 했다.

벚꽃이 질 무렵에는 마스크 없이 외출해도 아무렇지 않게 되었고, 조이와의 산책을 다시금 진심으로 즐길 수 있게 되었다.

눈으로 보는 것만이 벚꽃을 즐기는 방법은 아니다. 둥실둥실 봄바람이 부는 날에 벚나무 가로수 아래를 지나면 무수한 꽃잎이 여우비처럼 쏟아져 내린다. 손바닥으로 가리어보면 그곳에 꽃잎이 만져진다. 나무줄기에 손을 대면 조이와 비슷한 온기가 느껴지고, 지면에 내려 쌓인 꽃잎의 층은 스펀지케이크처럼 폭신하다.

그러한 봄날 산책길의 이미지를 가슴에 새기고, 훗날 그 이미지를 걸레 한 장에 나른다.

놀랍게도 나는 꽃가루 알레르기의 폭풍이 지나간 뒤에도 걸레 바느질을 관둘 생각이 없었다. 나는 일기를 쓰듯이 걸레를 꿰매게 되었다. 걸레를 꿰매는 일은 꽃가루 알레르기의 고통을 잊기 위한 수단으로서 괴로운 나머지 시작한 일이었지만, 결과적으로는 내 삶의 보람이 될 것 같다는 예감이 들었다. 비록 모든 생활의 양식을 걸레로 마련하기는 어려울지라도, 적어도 조이와 내 식비 정도는 내가 번 돈으로 대고 싶다. 그러면 조금 더 가슴을 펴고 살아갈 수 있다.

조이와의 산책, 정원 일, 도서관 가기, 독서, 거기에 걸레 바느질이 새로 더해졌다.

내 삶에 조금씩 보석 같은 시간이 늘어간다. 이따금 약 먹는 걸 잊어서 그 암흑 같았던 시절을 떠올리며 패닉에 빠지는 때도 있지만, 지금 나를 에워싸고 있는 것은 압도적으로 눈부신 아름다운 빛이다. 손을 뻗으면 그곳에 빛이 느껴진다. 도와줘, 하고 소리를 지르면 손을 내밀어줄 사람이 분명히 존재한다. 그 사실엔 의심의 여지가 없다. 나는 보호받고 있다. 언제나, 빛 그 자체에 그러안겨 있다.

그 사실을 깨달은 건, 여름을 맞이한 어느 날 아침이었다.

어라, 아는 냄새다.

나는 생각했다.

몹시도 그립다. 그러나 냄새의 근원이 생각나지 않는다.

맨발로 토와의 정원으로 나왔다.

"좋은 아침."

여느 때처럼 식물들에게 인사한다. 땅은 아직 밤의 여운을 남긴 채 사늘하고, 발바닥에는 희미하게 축축한 감촉이 번진다.

풀꽃을 밟지 않도록 발끝을 신중하게 앞으로 내디디며 천천히 토와의 정원을 탐색한다.

어디 있어?

마음속으로 다정하게 말을 걸며 숨바꼭질을 하고 있는 상대와의 거리를 조금씩 좁힌다.

여기 있었구나.

손으로 더듬어 꽃과 잎사귀의 존재를 확인하면서 그 자리에 살며시 웅크려 앉는다.

'금은화'

뿌리 쪽 돌에 붙은 점자 라벨을 손가락으로 읽는다.

"엄마."

나는 말했다. 정신을 차리고 보니 그렇게 소리 내어 부르고 있었다.

"엄마."

한 번 더 애정을 담아 부른다.

그랬다. 금은화는, 엄마의 냄새였다. 줄곧, 줄곧, 그 사실을 잊고 있었다. 그런데 지금 막 기억이 났다. 엄마에게선 늘 금은화 향기가 났다.

금은화는 초여름에 피는 꽃이다. 바닐라 같은, 함초롬히 젖은 듯한 향기가 난다. 어릴 적에 한 번, 엄마가 금은화의 꿀을 맛보여준 적이 있었다. 조그마한 꽃을 따서 그 꽃을 내 입에 넣어준 것이다. 꽃잎의 발치에는 꿀이 잠자고 있다. 쭉 하고 빨아들이자 입 안에 연한 설탕물 같은 맛이 퍼지던 걸 기억하고 있다.

나는 금은화를 부드럽게 따서 꽃잎의 발치에 잠든 꿀을 빨아들인다.

달콤하다. 달콤하고, 부드럽다. 나는 엄마의 가슴께에 안겨 젖을 물고 있는 듯한 기분이 든다. 분명 엄마의 젖도 이런 맛이 났음에 틀림없다.

금은화가 나에게 소중한 것을 떠올리게 해주었다.

여름의 끝, 토와의 정원에는 한차례 짧은 정적이 찾아온다. 토와의 정원은 과묵해지며, 명상에 잠긴다. 아주 잠시, 어디에서도 향기가 나지 않게 된다. 이것이 여름에서 가을로 계절이 바뀜을 알리는 소식이었다. 하지만 다시 가을이 되면 향기가 서서히 되살아난다.

마리 씨는 이번 가을부터 다시 피아노 교실을 시작했다. 집 창문을 열고 있으면 멀리서 마리 씨가 연주하는 피아노 소리가 들려온다. 마리 씨는 이제 예전처럼 격렬한 곡은 치지 못한다. 그러나 느긋이 물이 흐르는 듯한 도도(滔滔)한 곡도 마리 씨에게는 잘 맞는다고 나는 생각한다. 마리 씨가 연주하는 피아노 소리는 황금빛 실이 되어 내 고막을 흔든다.

스즈는 둘째를 임신 중이다. 보아하니 이번엔 여자아이인 모양이라 머지않아 아들 하나 딸 하나를 둔 엄마가 된다. 나는 태어날 아기를 위해 천 기저귀를 지어 스즈에게 출산 선물을 할 계획이다.

그리고 나는, 서른 살이 되었다.

열 살 생일날의 일은 지금도 머리에서 떠나지 않는다. 엄마가 선물해준 원피스를 처음 입었을 때의 감촉과 오븐에서 구워지는 초콜릿 케이크의 달콤한 향기, 엄마가 내 입술에 발라준 립스틱의 맛, 나를 껴안고 걷는 엄마 가슴의 온기, 사진관 아저씨의 냄새.

나는 거울 앞에 서서 정성스레 머리칼을 빗었다. 그런 다음 어깨까지 자란 머리칼을 좌우로 갈라 세 가닥으로 땋는다. 얼굴에 파운데이션을 바르고 스즈가 골라준, 나에게 가장 잘 어울린다는 연분홍색 립스틱을 바른다. 속눈썹은 뷰러로 위를 향하도록 컬하고, 마지막으로 가볍게 볼 터치를 했다. 내가 아동 보호 시설을 나올 때 스즈가 화장하는 법을 대강 가르쳐준 것이다. 그러고 나서 나들이용 원피스로 갈아입고 조이에게 말한다.

"사진관에 갈 거야. 오늘로 내가 서른 살이 되었대. 그러니까, 축하하는 의미로 조이랑 같이 사진을 찍어달라고 하자."

그러려고 나는 매달 조금씩 돈을 모아왔다.

나는 이전에 에이코 씨로부터 건네받은 엄마와의 기념사진이 든 봉투를 꺼내 와, 그 대지에 쓰여 있을 사진관 이름을 사진으로 찍어 화면 낭독 기능이 있는 앱을 사용해 해석한다. 그런 다음 사진관 주소를 알아본 뒤 그곳까지 가는 길도 앱으로 찾아본다. 가는 길은 내 머릿속 지도에 간직한다.

"조이도 살짝 멋 좀 부려볼까?"

번뜩 생각이 나서 조이의 털을 가볍게 빗질해 정리한 다음 조이의 목 언저리에 빨간 반다나를 묶는다. 조이에게 하네스를 채우고, 평소 그다지 신는 일이 없는 검은 펌프스를 신었다. 집 문을 잠그고 출발한다.

"조이, 가자."

내가 호령하자 조이는 여느 때처럼 기운차게 한 걸음을 앞으로 내딛는다.

그때 엄마가 흐느껴 우는 나를 가슴에 안고 걸었던 길과 똑같은 길을 지나고 있는지는 알 수 없었다. 하지만 나는 이제 아무리 큰 소리가 들려와도 울부짖거나 하진 않는다. 발바닥에 아치도 생겼으므로 내 두 발로 내 몸을 단단히 지탱할 수 있다.

"잘했어! 조이, 잘했어!"

나는 조이에게 아낌없이 칭찬의 말을 건네며 조이와 개선 행진을 하고 있는 듯한 기분이 든다. 그렇다, 이건 나와 조이의 생일 기념 행진인 것이다. 우리는 한 사람과 한 마리의 힘을 합쳐 위대한 빛을 거머쥐었다. 나는 그 빛을 트로피처럼 오른손에 들고, 하늘로 드높이 가져다 대고 싶은 기분이 들었다.

사진관까지는 집에서 삼십 분 조금 안 되게 걸렸다. 도중에 길을 잘못 들어 되돌아가기도 했지만, 그럭저럭 무사히 도착했으므로 한시름을 놓는다. 사진관으로 들어가는 바로 앞길에서 할리 데이비슨(미국 브랜드의 오토바이—옮긴이)이 나를 앞질

렀다. 나를 위한 조그마한 생일 선물인지도 모른다. 그렇게 상상하니 즐거운 마음이 든다.

수많은 인공적인 소리 중에서도 나는 할리 데이비슨의 소리를 유달리 좋아하는 것이다. 좀처럼 만나기가 어렵지만, 우연히 길에서 할리 데이비슨을 마주친 날에는 하루 종일은 물론이고 다음 날까지도 마음이 설렌다. 온몸을 파고드는 듯한 낮은 소리를 떠올리면, 무척 좋아하는 초콜릿을 볼이 미어지도록 집어넣는 것처럼 행복감을 맛볼 수 있다. 나에게는 네 잎 클로버보다도 가치 있는 존재다.

할리 데이비슨의 여운을 맛보며 자동문을 지나 안으로 들어갔다. 그러자 바깥의 떠들썩함이 단숨에 고요해졌고, 나는 문득 이십 년 전 시공에 발을 들여놓은 듯한 신기로운 기분에 휩싸였다.

"어서 오세요."

잠시 그 자리에 서서 낌새를 살피고 있었더니 안쪽에서 남성이 다가온다. 목소리의 느낌으로 헤아려보건대 반올림해서 마흔 살 정도 되었으려나. 키는 그다지 크지 않다. 아무리 코를 킁킁거려도 그때의 냄새는 나지 않았다.

"저기, 실은 제가 이십 년 전에 여기서 사진을 찍은 적이 있는데요.

그래서 혹시나 그때 일을 기억하고 계신다면, 말씀해주셨으면 해서요."

내가 거기까지 말하자 눈앞의 상대가 한순간 숨을 죽이는 걸 알 수 있었다. 그러고는,

"아버지를 불러올 테니, 잠깐 그쪽 소파에 앉아서 기다려주시겠어요?"

라는 말을 남기고, 잰걸음으로 가게 안쪽으로 사라졌다.

나는 손을 더듬어 소파를 찾아 거기에 앉는다. 소파에서는 낡은 가죽 특유의 기름 같은 냄새가 난다. 가까이에 신문지가 포개어져 있는 듯하다. 종이와 잉크의 냄새도 난다.

제법 오랜 시간 그곳에 앉아 기다리고 있었다. 그사이 사진관을 찾아오는 사람은 한 명도 없었고, 입구의 자동문은 닫힌 그대로다. 가까이에 상점가가 있는데도 거의 아무 소리가 나지 않는다. 가게 안에 금붕어를 기르는 수조라도 있는 것인지 지잉 하는 기계음만이 울리고 있다. 조이는 조금 지친 모양인지 내 발 언저리에 드러누웠다.

갑자기 자동문이 열려 나도 조이도 깜짝 놀랐다. 그러나 곧바로 아까 사진관에 있던 남성이 아버지를 데리고 온 것임을 알았다. 정겨운 냄새가 났다.

"죄송해요, 기다리시게 해서. 아버지가 지난달 계단에서 굴

러떨어지는 바람에 발이 골절되셨거든요. 그래서 집에서 모시고 오는 데 시간이 좀 걸렸어요."

아들이 말한다.

"죄송합니다, 어려우신 와중에."

내가 죄송스러워하자 이번에는 아버지가,

"아닙니다, 아닙니다. 오랜만에 바깥 공기도 쐬고 좋지요, 뭐."

아들과 같은 목소리로 말했다. 휠체어에 앉아 있는 탓에 목소리가 바로 가까이에서 들려온다.

아버지도 아들도 사근사근한 목소리를 가졌다. 나와 아버지가 이야기하는 동안 아들이 안쪽에서 차를 끓여 내온다. 산뜻한 현미차 향기에 순간 초원에서 상쾌한 바람을 맞고 있는 듯한 기분이 들었다. 마음을 가라앉힌 다음, 나는 말을 꺼낸다.

"실은, 예전에 여기서 엄마와 사진을 찍은 적이 있어요. 지금으로부터 딱 이십 년 전에요."

나는 될 수 있는 한 아버지가 있는 쪽을 바라보도록 하며 말했다. 그러자,

"기억납니다. 그때, 함께 왔던 따님이시군요."

감회가 깊은 듯 아버지가 말한다. 그러더니 아들을 불러,

"어이, 이십 년 전 노트 좀 가져와 봐."

그렇게 말하며 아들에게 노트를 가져오도록 했다. 그 후 가게의 전화가 울렸고, 아들은 전화를 받더니 약간은 까다로운 대화를 나누기 시작했다. 아버지는 노트를 넘기며 온화한 목소리로 말을 이었다.

"날이 꽤 추워진 무렵이었지요. 이제 손님은 안 오려나 싶어 여기서 커피를 마시고 있었더니, 젊은 엄마가 딸을 업고 '기념사진, 찍을 수 있나요?'라며 찾아온 겁니다. 여자아이는 엄마 등에서 울고 있었어요. 자지러질 듯 울어댄다는 표현이 있는데, 딱 그 표현 그대로였죠. 엄마는, 옛날에 영화 주인공이 했던 그걸 무슨 머리라고 하더라? 여하튼 스카프를 머리에 쓰고 있었고요. 사진 크기와 가격을 설명했더니, 제일 작은 거면 된다고 말씀하셨죠. 아리따운 분이었습니다. 키가 훤칠하게 크고, 피부가 뽀얬어요. 그런데 묻는 말에 대답하는 것 외에는 말이 없으셔서, 점잖다는 인상을 받았습니다. 딸이 이렇게나 울고 있는데, 좀 이상하다 싶었죠.

그런 다음, 스튜디오 의자에 앉도록 했습니다. 하지만 딸이 울음을 그치지 않았죠. 그래서 평소 아기의 시선을 끌 때 사용하는 장난감 트럼펫 같은 걸 불었어요. 그랬더니 점점 더 울더군요. 참 난처했습니다."

"죄송해요."

나는 당시의 일을 떠올리며 사과의 말을 한다. 그때 나는 익숙지 않은 소리 한가운데에 돌연 내팽개쳐진 듯한 기분이었다. 좌우간 소리가 무섭고 또 무서워 어쩔 도리가 없었던 것이다.

"그래서 말이죠, 저는 엄마께 말했습니다. 모처럼 찍는 기념사진이니까, 다음에 다시 오실래요? 하고요.

그랬더니요, 엄마는 다부진 눈빛으로 저를 보며 완강히 고개를 젓는 겁니다. 그때 흘끗, 얼굴 오른쪽에 붉은 반점이 있다는 걸 눈치챘어요. 오늘이 아니면 의미가 없는가 보다 싶어, 여자아이가 진정될 때까지 잠시 기다리기로 했죠. 다른 손님이 들어오지 않도록 가게의 셔터는 내려버렸고요.

그 후, 여자아이가 울다 지쳤는지 조금은 진정이 되었습니다. 그래서 다시 스튜디오 의자에 앉도록 했어요. 저는 말이죠, 당연히 엄마와 딸이 나란히 앉으리라 생각했는데, 딸이 엄마의 가슴팍에서 절대로 떨어지질 않는 겁니다. 이렇게 꼬옥 두 손으로 엄마의 블라우스를 쥐고, 매달려 있는 느낌으로요. 그래서 엄마는 카메라에 등을 돌리고 앉아, 자기 어깨 너머로 여자아이의 얼굴이 보이도록 했어요. 렌즈에 등을 돌린 사진은 좀처럼 없긴 하지만, 어쩐지 엄마의 마음이 이해되었기에 손님의 의향을 따르기로 했습니다. 렌즈 너머로 여자아이의 얼굴을 보았는데, 참 귀여웠죠. 마침내 셔터를 누를 단계가 되니, 엄마가 머리의 스카프를 스스로 벗었어요.

원래라면 치맛자락이라든지 발의 위치라든지 옷의 주름이라든지 여러 가지로 세세하게 매만지곤 하는데요, 여자아이가 겨우 울음을 그쳤으니 정말 지금이 아니면 안 된다는 생각에 저는 서둘러 셔터를 눌렀습니다."

"그러면, 그때는 울고 있지 않았다는 말씀이신가요?"

내 기억으로는 큰 소리로 울고 있었을 터였다.

"글쎄요, 울고 있지 않았다고 딱 잘라 말할 수 있을 만큼 울음을 그쳤던 건 아니지만요. 그래도 셔터를 누르는 순간, 엄마가 딸의 배를 간지럽힌 건지 딸이 활짝 웃음을 띠었고, 그 웃는 얼굴을 보고 엄마가 자기도 모르게 여자아이 쪽을 보며 미소를 지었습니다. 아아, 좋은 사진이 찍혀서 다행이다 싶었어요."

나는 줄곧 사진에는 엄마의 뒷모습밖에 찍혀 있지 않다고 생각했었다. 그리고 나는 울상인 채로 찍혀 있다고.

"그렇군요. 그럼, 저도 엄마도 웃고 있는 건가요?"

나는 재차 확인하고 싶어졌다.

"그렇습니다. 기적적으로 그렇게 되었죠. 그런 걸, 저는 항상 사진의 신이 베푸는 인정으로 생각하려 해요."

"그날은, 제 열 살 생일날이었어요."

온갖 감정을 담아 나는 말했다.

"경찰에게 들었습니다. 저는 말이죠, 여자아이가 앞을 보지 못한다고는 내내 눈치채지 못했었어요. 그런데, 그랬던 거군요."

스스로는 알 수 없지만 나는 남들에게 그런 말을 자주 듣는다. 눈을 뜨고 있으면 비시각장애인으로 생각되곤 하는 것이다. 그래서 밖을 걸을 때는 일부러 눈을 감고 있다.

만일 엄마가 이십 년 전 나를 사진관으로 데려오지 않았더라면 내 생일은 아직껏 알 수 없었을 것이다. 당시 이 사진관을 운영했던 아버지가 셔터를 누르지 않았더라면 나는 지금도 투명인간인 채 그 집에 살고 있었을지도 모른다.

잘 모르겠다.

잘은 모르겠지만, 이 사람 역시도 내 삶에 있어 소중한 증인인 것만은 분명한 사실이다.

"감사합니다."

나는 마음을 담아 감사 인사를 전했다.

"별말씀을요."

아버지의 목소리가 눈물로 젖어 있다.

"미안합니다. 요즘 들어, 쓸데없이 눈물이 많아져서."

그렇게 변명하듯 말하며 아버지는 갑 티슈에서 휴지를 뽑고 있다.

나는 오늘 이곳에 온 또 하나의 목적을 생각해냈다.

"그래서 오늘은, 또 한 번 사진을 찍어주실 수 있을까 해서요. 이번에는 이 아이랑 같이 부탁드려도 될까요?"

조이의 머리를 쓰다듬으며 묻자,

"그야 되고 말고요."

아버지가 밝은 목소리를 낸다. 그런 다음 큰 소리로 아들의 이름을 불러 촬영 준비를 하도록 했다. 아들은 긴 통화를 겨우 마치고 안쪽으로 물러나 있었다.

나와 조이가 스튜디오로 안내받는다. 눈치 빠른 아들이 이십 년 전 엄마와 내가 앉았던 긴 의자를 준비해주었다.

아들의 부인도 사진관에 와 내 앞머리며 옷깃, 치맛주름을 손봐준다. 아버지는 아들이 들여다보고 있는 카메라로부터 살짝 비스듬한 위치로 이동했다. 보아하니 나와 조이의 시선을 그쪽으로 돌리기 위해 또 소리를 내려는 듯하다.

"아버지가 소리를 내도 괜찮으신가요?"

촬영의 주도권을 쥔 아들이 조심스레 물어 왔으므로, 괜찮아요, 하고 나는 여유 있는 미소로 대답했다. 이십 년이 지난 나는 소리에 겁을 먹고 큰 소리로 울거나 하진 않는다. 소리는 이제 공포의 대상이 아닌 세상을 물들이는 그림물감이 된 것이다.

아버지는 나와 조이의 주의를 끌기 위해 뿌하뿌하, 하는 살짝 우스운 악기 소리를 내었고, 부인은 나뿐만 아니라 조이의 눈곱까지 떼주며 우리가 조금이라도 더 예쁘게 사진에 담기도록 신경을 써주었다. 나 스스로가 수많은 애정에 에워싸여 있음을 실감했다.

"그럼 찍겠습니다. 셋, 둘, 하나."

부드럽고 커다란 소리와 함께 셔터가 눌린다.

그로부터, 이십 년이 흐른 것이다.

"나, 서른 살이 되었대."

사진관에서 돌아오는 길, 나는 조이에게 말을 걸었다.

시간의 흐름이 느껴지는 건 이를테면 바삭바삭했던 전병이 눅눅해지거나, 젖어 있던 빨래가 마르거나, 토와의 정원 식물들의 꽃이 시들고, 열매를 맺고, 또 싹이 나거나 할 때다. 나는 내 손으로 만지고, 냄새를 맡고, 맛을 확인하고, 소리를 들음으로써 세상을 파악하는 수밖에 없다. 확실하게 이해할 수 있는 존재는 스스로의 몸의 감각으로 확인된 것이 전부이고, 그래서 나의 세상은 별자리와 같이 점과 점으로 이어져 있다. 내 삶은, 보이지 않는 밤하늘에 낯익은 별자리를 조금씩 늘려가는 일이다.

모든 것을 손으로 더듬어야 하기에 내가 실제로 살고 있는 세상은 초등학생이 여름방학 자유 탐구 숙제로 만든 실사 모형처럼 몹시도 조그맣다.

하지만 그 실사 모형 안에는 조이가 있고, 토와의 정원도 있다. 구로우타도리 합창단도 있다. 마녀 마리 씨와 스즈를 비롯해 마음을 열 수 있는 친구도 몇 명인가 있다. 도서관도 있다. 이야기도 있다. 읽고 싶을 때 원하는 만큼 책을 읽을 수 있는 자유도 있다.

더욱이, 나는 생각한다.

지금껏 읽은 이야기에 등장하는 모든 주인공뿐만 아니라 아주 잠깐 출연하는 조연도, 동물도 식물도, 그들은 모두, 모두 내 인생을 함께 걸어가는 동반자인 것이라고. 비록 내 조그만 뇌에는 한계가 있어 잊어버리곤 할지라도, 그들은 나라는 삶의 배에 함께 올라탄 선원이라고.

"행복해."

나는 말했다.

"살아 있다는 건, 굉장한 일이구나."

열 살, 서른 살에 사진을 찍었으니 다음 기념사진은 쉰 살이려나, 하고 문득 생각했다. 그런데 그때는 아마도 조이가 이미 이 세상에 없을 것이다. 어쩌면 나 역시 없을지도 모른다.

그건 누구도 알 수 없다.

그러므로 지금 이 순간을 만끽해야 한다.

조이와 산책을 할 수 있다는 것 또한 기적과 같은 굉장한 일인 것이다. 사실 한순간, 한순간이 기적의 연속인 것이다. 그 사실을 깨달을 수 있었다는 것이 서른 살의 가장 큰 선물이었는지도 모른다.

나는 때때로 금은화가 엄마인지, 엄마가 금은화인지 잘 모르겠다. 어쩌면 엄마 같은 건 애초부터 없었고 나는 처음부터 외톨이인 채, 금은화의 정령에게 홀려 기나긴 꿈을 꾸고 있었을 뿐 아닐까 하는 기분도 든다.

그것은 크리스마스까지 며칠 남지 않은, 어느 추운 겨울날의 일이었다.

침대에서 자고 있는데 불현듯 무언가의 기척이 느껴져 잠을 깼다. 나는 내가 꿈을 꾸고 있다고 생각했다. 내 코에 느껴지는 건 금은화 향기였기 때문이다.

어라, 겨울인데 어째서 금은화 향기가 나는 걸까.

눈을 감은 채 나는 의아해했다. 그러더니 왠인지 모르게 몸 전체에 찌릿찌릿 전기가 오는 듯한 감각이 느껴졌다.

나는 찬찬히 금은화 향기를 들이마셨다.

그리고 정신을 차리고 보니 다시금 깊은 잠에 빠져 있었다.

엄마가 이미 세상을 떠났다는 사실을 알게 된 건 그로부터 몇 년이 지난 후였다. 우편함에 웬일인지 편지가 와 있었다. 곧바로 스마트폰 앱을 써서 알아보니 보낸 사람은 수요일 아빠였다. 편지에 그 사실이 짧은 문장으로 쓰여 있었다.

수요일 아빠는 엄마로부터 맡은 물건이 있다고 한다. 그것이 편지와 함께 동봉되어 있었다.

엄마가 원고지에 옮겨 적은 「샘」이라는 시였다. 그 종이를 손에 든 순간 나는 엄마의 목소리를 떠올렸다. 엄마의 부드러운 목소리가 내 가슴에 메아리친다. 엄마가 나를 사랑해주었다는 증거가 이곳에 분명히 남겨져 있다. 그리고 엄마 역시 내 외할아버지인 아빠에게 사랑을 받았었다.

나는 엄마의 글씨가 쓰여 있을 원고지를 두 손으로 들어 올려 그 냄새를 맡는다. 어렴풋이 금은화 향기가 느껴진 건 나만의 착각일까.

모든 것은 여기에서 시작되었고, 또다시 여기로 되돌아왔다. 내 인생의 끄트머리와 끄트머리가 묶여 둥근 모양의 화환이 된다. 찌그러졌지만 아름다운 그 동그라미 한가운데 나, 그리고 엄마의 삶이 있다.

엄마를 끌어안고 싶다. 내 두 손으로 다정히 끌어안아 주고 싶다.

그러나 이제는 그럴 수 없다. 그날, 엄마는 분명 내게 작별을 고하러 왔던 것이리라. 겨울날의 금은화 향기는, 엄마의 영혼에서 나는 냄새였음이 틀림없다.

그 향기를 나는 가슴 한가득히 들이마셨다. 그렇게 함으로써 엄마는 지금도 내 몸 안에서 숨 쉬고 있다.

나는 마음속으로 「샘」을 읽는다.

엄마가 내게 읽어주었던 시를, 이번에는 내가 엄마에게 들려준다.

그리고 그 시는 마지막을 이렇게 끝맺는다.

괜찮아, 샘은 결코 마르지 않으니까.
마음 놓고, 내 곁에서 곤히 잠자렴.

기억났다. 종이에 쓰여 있는 엄마의 글씨는 읽을 수 없지만 엄마의 목소리는 이 가슴 속에 살아 있다.

나는 이 시를 읽어주던 엄마의 심정을 비로소 이해했다.

엄마는, 나를 사랑했던 것이다.

내가 엄마를 사랑한 것처럼 엄마도 나를 사랑해주었다. 도중에 그 사랑이 길을 잘못 들었을 뿐 처음에는 엄마도 나를 순수하게 사랑했었다.

그 사실을 가까스로 깨달은 내 어깨를, 어디선가 나타난 금은화 향기가 살그머니 감쌌다.

나는 아직도 하고 싶은 일이 많다.

인생의 새로운 문은 지금 막 열린 참이다.

비행기를 타고 하늘을 날며 바람에 흔들리는 풍압을 이 몸으로 느껴보고 싶다.

할리 데이비슨도 타보고 싶다. 내가 운전하기는 어렵겠지만, 누군가의 등을 꼭 붙들고 미래를 향해 바람을 가르는 일은 할 수 있다.

그리고 언젠간 말도 타보고 싶다.

말은 어쩌면 앞이 보이지 않는 나라도 탈 수 있을지 모른다. 누군가와 함께 타도 좋다. 조금씩 속도를 내며 초원 속을 달리고 싶다. 아주 잠깐이라도 좋으니 말 등에 올라타 파란 하늘을 마음껏 날아다니고 싶다.

그것이 나의 꿈이다.

앞을 못 보는 나일지라도 세상이 아름답다는 건 느낄 수 있다. 이 세상에는 여전히 아름다운 것들이 잔뜩 숨어 있다.

그리고 나는, 그 하나하나를 내 작은 손바닥으로 사랑해주고 싶다. 그러려고 태어난 것이니까. 이 몸이 살아 있는 한, 밤하늘에는 나만의 별자리가 쉼 없이 생겨난다.

옮긴이의 말

예사로운 일상을 잃어가는 요즘이다. 지난해 봄, 저자 오가와 이토 역시 베를린에서의 생활을 정리하고 돌아와 한동안 집에 머무르는 나날을 보냈다. 이제껏 느껴본 적 없는 답답함과 불안 증세를 겪던 그때, 그녀 마음의 버팀목이 되어준 존재는 '이야기'였다. 내면에 자리한 이야기의 씨앗에 애정을 쏟음으로써 싹이 나고, 잎이 자라고, 꽃이 피고, 이윽고 열매를 맺는 모습을 보며, 그녀는 코앞에 숨죽이고 있는 공포로부터 마음을 달랠 수 있었다고 한다. 그렇게 열매를 맺은 이야기가 바로 『토와의 정원』이다. 『토와의 정원』은 글을 써 내려가는 저자 본인에게 있어 어렴풋한 희망이 되어준, 치유의 이야기인 것이다.

그녀는 아무리 큰 어려움에 부닥치더라도 시간의 흐름에 몸을 맡기고 있다 보면 상처는 언젠가 치유되고, 회복된다고 말한다. 마찬가지로 주인공 토와 역시 차분한 시간의 흐름 속에서 생명력을 가꾸어내며 스스로 아물어간다. 어두운 심연 속에 잠겨서도 투명한 빛과 작디작은 기쁨을 찾아내어 마음을 데우곤 하는 토와는, 가늘게 반짝이는 삶과 보잘것없이 소소한 하루하루의 소중함을 우리에게 아로새겨준다. 온 지구가 평화롭고 온화한, 아름다운 정원이 되길 바라는 저자의 소망이 이 한 권에 오롯이 담겨 있다고 볼 수 있다.

그리고 '엄마'. 『토와의 정원』에서 빼놓을 수 없는 단어다. 저자는 엄마라는 존재를 이렇게 표현한다. "가장 가까이 있으면서, 동시에 가장 멀리 있는 존재." 토와는 세상에서 가장 큰 기쁨을 안겨주던 엄마로부터 세상에서 가장 큰 슬픔을 떠맡았다. 마녀 마리 씨는 지나친 사랑으로 빚어진 엄마의 구속 탓에 먼 이국땅에 홀로 발을 디뎠다. 그리고 토와의 엄마는 자신의 엄마에게 사뭇 학대를 받다가 스무 살이 되자마자 집에서 내쫓겼다.

하지만 이들은 결국 그 시작점으로 되돌아온다. 토와가 비유하듯 인생의 끄트머리와 끄트머리가 묶여 둥근 모양의 화환이 된다. 토와는 다시 집으로 돌아와 엄마의 향기를 가슴 한가득히 들이마시고, 마녀 마리 씨 역시 집으로 돌아와 병든 엄마를 보살핀다. 저마다 엄마를 가슴에 사무치도록 그리워하거나 미워하곤 했지만, 받았던 사랑만은 진실한 것이었음을 기억하기에 엄마라는 존재를 한평생 곁에 두고 살아간다.

엄마가 책을 읽어주지 않았더라면, 향기를 품은 나무들을 심어주지 않았더라면 토와는 이야기와 정원으로부터 구원받는 삶을 살지 못했을 것이다. 엄마와 멀어질 필요가 없었더라면 마녀 마리 씨는 엄마에 대한 애정을 조금 더 일찍 품게 되었을지도 모른다. 뜻하든 뜻하지 않든, 탯줄이 이어지고부터 엄마는 아이의 삶에 어떤 형태로든 씨앗을 심는다. 토와의 엄마가 엄마로부터 알맞은 사랑을 받았더라면 그녀의 삶도, 토와의 삶도 다른 모습이었을 수 있듯이.

아들 하나 딸 하나를 낳은 스즈는 어떤 엄마가 될까. 쉰 살이 된 토와는 그 사진관을 누구와 함께 찾으려나. 한 땀 두 땀, 밤하늘에 쉼 없이 수놓아질 그들만의 별자리가 궁금하다.

2021년 봄

박우주

토와의 정원

초판 1쇄 발행 2021년 5월 20일
초판 2쇄 발행 2021년 7월 7일

지은이 오가와 이토
옮긴이 박우주
펴낸이 서재필

펴낸곳 마인드빌딩
출판등록 2018년 1월 11일 제395-2018-000009호
주소 서울특별시 마포구 월드컵북로 400 (상암동) 5층 7호
전화 02)3153-1330
이메일 mindbuilders@naver.com

달로와는 마인드빌딩의 문학 브랜드입니다.

ISBN 979-11-90015-37-0 03830